A toi,
à toi,
à toi,
à toi,
et à toi,
que j'ai tant aimées,
si mal.

AVERTISSEMENT

QUAND, venant du passé, on a rattrapé le présent, il ne reste qu'une seule direction possible : vers l'avenir.

Ce livre est le cinquième d'une série autobiographique qui commença avec *Les Ritals* et continua avec *Les Russkoffs*, puis *Bête et Méchant*, enfin *Les Yeux plus grands que le ventre*. A la fin de ce dernier volume, quatrième de la série, l'auteur avait rejoint le moment même où il était en train d'écrire.

Là, il se heurtait au mur du futur, au-delà duquel il n'est que ténèbres.

Allait-il laisser briser son élan par le paradoxe temporel? Devait-il attendre d'avoir vécu la suite pour la raconter?

C'eût été mal le connaître.

Crânement, il releva le défi.

Le présent ouvrage est le résultat de ce défi.

Le présent ouvrage est, entre autres choses, un essai d'autobiographie-fiction, le premier essai d'autobiographie-fiction de tous les temps.

L'auteur a bricolé ce mot peu harmonieux à l'imitation des mots « science-fiction » et « politique-fiction », pas très jolis non plus, et pas très français, hélas! mais que chacun emploie et reçoit dans une acception bien définie : la projection dans un avenir hypothétique de péripéties à base scientifique ou politique.

« Autobiographie-fiction » signifie donc que l'histoire racontée dans les pages qui suivent est le récit d'événements non encore advenus dans la vie de celui qui les raconte mais qui découlent presque fatalement de ce que nous savons de lui, de ses antécédents, de son caractère, d'après les épisodes antérieurs de sa biographie, épisodes scrupuleusement vrais, ceux-là, et effectivement vécus, qui donnent de lui et des protagonistes de sa « saga » une image suffisamment précise pour que l'extrapolation dans un avenir d'ailleurs peu éloigné (environ cinq ans) soit possible sans trop de risque.

EXERCICE PRATIQUE

Parmi les personnages de cette histoire, certains ont existé, d'autres non. Certains sont vraisemblables, d'autres non. Saurez-vous reconnaître les uns et les autres, compte tenu que les moins vraisemblables ne sont pas forcément les moins existants?

CAVANNA

Maria

PIERRE BELFOND

MARIA

François Cavanna est né en 1923 à Nogent-sur-Marne, de père italien et de mère nivernaise. Son enfance, c'est la banlieue des bords de Marne, la chaleur de la communauté italienne, la liberté — il l'évoque dans *Les Ritals* (1978).
A seize ans : premier emploi, trieur de lettres aux P.T.T. La guerre, l'exode, le retour à Paris où il devient vendeur de légumes et de poissons sur les marchés, puis apprenti maçon. La suite, il la raconte dans *Les Russkoffs* (Prix Interallié 1979), le S.T.O., l'apocalypse de la fin de la guerre à Berlin, etc. *Bête et Méchant* est le troisième volet de son autobiographie. Le quatrième est *Les Yeux plus grands que le ventre,* le cinquième : *Maria.*
A partir de 1945, début de sa carrière de journaliste. En 1949, il devient dessinateur humoristique. En 1960, il crée avec des camarades *Hara-Kiri,* « journal bête et méchant ». En 1968, c'est l'hebdo qui connaît le succès que l'on sait et qui devient en 1970 *Charlie-Hebdo.*

Paru dans Le Livre de Poche :

LES RITALS.
LES RUSSKOFFS.
BÊTE ET MÉCHANT.
LES ÉCRITURES.
LES YEUX PLUS GRANDS QUE LE VENTRE.
... ET LE SINGE DEVINT CON.

CHAPITRE ZÉRO

Lorsque commence cette histoire, nous sommes en 1989, ou peut-être 1990, à quelques mois près, ne chipotons pas. En tout cas, pas plus tard. Ni plus tôt, puisque le deuxième septennat de François Mitterrand est à peine entamé.

La France est encore sous le coup du stupéfiant redressement de la gauche qui, dans les tout derniers mois avant les législatives de 1986, sut, contre toute attente, mais d'extrême justesse, renouveler sa victoire de mai 1981, puis la transformer en triomphe aux présidentielles de 1988.

Tous les spécialistes sont d'accord pour voir dans ce succès inespéré la conséquence directe, magnifiquement exploitée, de la découverte du fabuleux gisement pétrolifère de Seine-et-Marne qui hissa d'un seul coup la France au premier rang des puissances productrices d'énergie, cette aubaine ayant d'autre part coïncidé avec la mise en application dans les charbonnages français du procédé révolutionnaire Mouminoux-Cartry de transformation de la houille de basse qualité en protéines alimentaires à haute valeur énergétique pour un prix de revient ridiculement modeste – procédé top secret (défense nationale) – et la consécutive ascension du franc sur les marchés internationaux.

Le gouvernement tira immédiatement parti de la situation : réduction massive des impôts, résorption du chômage à 75 p. 100, subventions à la recherche scientifique et à l'initiative, réintégration des ministres communistes...

Ce dernier point, fort controversé sur le moment, fut reconnu ensuite comme un coup de génie par ses détracteurs même. Il eut en effet pour conséquence, alors que s'amorçait une réelle volonté de détente entre les grandes puissances, de faire de la France l'interlocuteur privilégié de l'Union soviétique.

C'est en janvier 1986 qu'eut lieu, à Paris, l'historique rencontre Est-Ouest au sommet d'où devait sortir le traité de désarmement universel et d'interdiction du recours à la force qui régla à tout jamais la question des arsenaux nucléaires et celles des fusées intercontinentales, des satellites militaires, des armes chimiques et bactériologiques, etc. Traité auquel même la Chine populaire et la toute jeune république de Nouvelle-Calédonie souscrivirent sans restriction.

Dans l'euphorie générale, le président Mitterrand, usant de son charme personnel, obtint des Soviétiques et des Japonais qu'ils renoncent à chasser les baleines, ce qui lui rallia la phalange, restreinte, certes, mais dynamique, des amis des bêtes.

Ceci n'étant dit qu'afin de situer l'action dans son contexte spatio-temporel, car notre propos ne vise nullement ces altitudes que nous laissons volontiers aux historiens. Nous nous en tiendrons pour notre part plus modestement aux faits et gestes du principal personnage des précédents épisodes de la présente biographie.

Il n'échappera pas à la sagacité du lecteur que l'auteur, ici, contrairement à son habitude, ne dit pas « je ». Soudaine crise de modestie? Oubli, dû aux ravages du temps, de l'usage des subtilités de la conjugaison à la première personne du singulier?... Quoi qu'il en soit, le lecteur, nous n'en doutons pas, saura le reconnaître dès sa première apparition.

LES CHATS

Plantée au milieu de la cour, Madame Durand pleure. Ça ne fait pas beaucoup de bruit. Elle pourrait pleurer longtemps comme ça, les locataires sont partis gagner leur petite vie, éparpillés à tous les diables, et puis ce n'est pas jour de marché sur la place Maubert, alors les bonnes femmes à cabas sont restées chez elles, leurs cabas aussi.

Madame Durand regarde la porte de son gourbi, de biais à cause de sa colonne vertébrale qui penche vers sa hanche gauche, d'en dessous parce qu'en plus elle penche vers l'avant. Madame Durand est tordue deux fois, comme ces vieux clous qui ont donné du travail aux tenailles. Elle regarde cette saloperie de porte, et elle pleure, à petits sanglots. La pluie lui colle des mèches grises sur les yeux, l'espèce de sac de laine marron qu'elle porte sur la tête pendouille de chaque côté en oreilles de cocker, tout pendouille et pisse l'eau, murs et gens, c'est le printemps de Paris.

Une porte s'ouvre au fond de la cour. Il en sort l'escogriffe du rez-de-chaussée, celui aux volets toujours fermés, un long vieux maigre à l'air tristasse, plutôt aimable bonjour-bonsoir mais on sent qu'il se force et qu'au fond il s'en fout. Il tire sa porte, il fait l'enjoué, « Bonjour, madame Durand! », il fonce tête baissée vers le portail de la rue, il n'a rien vu, preuve qu'il pensait à autre chose, preuve que son bonjour est bidon. Ah! tiens, tout de même, il s'arrête, il revient, il demande « Ça va pas, madame Durand? » C'en est un qui fonctionne à retardement.

Madame Durand hoquette et morve, et couine sa détresse, t'attrapes pas la queue d'un mot mais elle fait les gestes, alors il comprend qu'elle est à la porte de chez elle, elle a perdu ses clefs, ou bien la porte lui aura claqué aux fesses, enfin, bon, un de ces petits drames. Ou peut-être son Camille qui lui aura foutu une branlée et l'aura jetée sur le pavé, et puis sera parti se consoler « Chez Fernand » en emportant les clefs, c'est possible aussi, ça. Le moustachu – il est moustachu, oui, avec excès, ça lui mousse tout blanc autour de la bouche, déjà qu'il a l'air pas gai, du coup il fait sauvage hirsute, en plus – le moustachu voit que la fenêtre du gourbi est seulement poussée. Il dit :

« Votre fenêtre, là, elle est juste poussée, madame Durand. Elle est pas fermée, juste poussée. Je vais entrer par là, et après je vous ouvrirai le verrou de par en dedans, voilà, je vais faire comme ça, c'est pas dur. »

Madame Durand couine et sanglote, rien à en tirer, alors le moustachu déploie ses guibolles fil-de-fer, il grimpe sur le tas de vieux pots de fleurs et de saloperies, il pousse le battant, il lance son pied à l'intérieur, le voilà dedans. Il respire un bon coup. Et manque crever. Le concentré de pisse de chat lui a décapé les poumons au lance-flammes, lui a ravagé le nez, la gorge, toute la tuyauterie. Ses muqueuses fument comme le bout de craie sous l'acide sulfurique SO^4H^2. Dans la pénombre, des milliers de paires d'yeux de chats le regardent suffoquer, écarquillés tout ronds, un ciel étoilé d'yeux de chats, jaune d'or ou vert pâle, du sol au plafond. Une ampoule de vingt-cinq watts piquetée de chiures de mouches, se balance dans un brouillard jaune, un brouillard de pisse de chat, l'ampoule-soleil fait s'évaporer la pisse de chat, qui monte, vapeur épaisse, et se condense en nuages lourds, qui rampent à ras de plafond puis retombent en pluie de pisse de chat, qui ruisselle et s'amasse en rivières, fleuves et océans de pisse de chat grossis encore de l'apport de pisse fraîche jaillie des actives vessies des chats, et ça recommence, encore et encore, c'est le grand cycle cosmique de la pisse de chat. Le gourbi de Madame Durand est une planète autonome et étanche, il y règne un microclimat du type équatorial-humide basé sur le cycle de la pisse de chat. L'indigène né sur place doit s'y sentir à l'aise, il y fait chaud, chaque chat rayonne comme un petit soleil, il y règne une moiteur propice à la plante en pot, le monde méchant ne se risque pas à franchir le seuil. Un inexpugnable cocon.

*

Le moustachu bloque sa respiration, allonge les bras devant lui à l'horizontale et fonce à tâtons en direction de la porte. Un hurlement atroce lui part de sous le pied, un de ces hurlements de chat fou de terreur qui ridiculisent le rugissement du lion, c'est en effet un chat, un chat d'entre les chats, il lui a marché sur la queue. Le chat, en un effort suprême, arrache sa queue à l'infernale étreinte, le pied vient avec, l'escogriffe chute lourdement, ses deux mains se plaquent dans du visqueux. Dans du visqueux infâme, il vérifie. L'odeur du caca de chat vole certes moins haut que celle du pipi de matou en chaleur mais, le nez dessus, elle est sans conteste la plus excrémentielle de toutes les odeurs excrémentielles. Pourquoi le chat est-il devenu notre petit compagnon familier, hein? Pourquoi le chat et pas, par exemple, le lapin? pense à toute vitesse le moustachu tout en jurant les bordels de putain de mes couilles de vieille conasse dingue avec ses greffiers de vérole de merde. Le lapin est aussi doux à caresser que le chat, il doit certainement être aussi affectueux, pas de raison, en tout cas il ne lacère pas la tapisserie du canapé ni les yeux des petits enfants, on peut le transporter par les oreilles, très pratique pour le voyage... Surtout surtout, ses petites crottes dures ne sentent rien. Pratiquement rien. A moins, bien sûr, d'être un renard... Soyons sérieux. Et la pisse? Ah! la pisse, je ne sais pas, mais ça ne peut pas puer autant que la pisse de chat. Pas à vous brûler les yeux. Une bête qui se nourrit de carottes... Tiens, encore ça : les carottes. Plus économique que les boîtes de Ronron, et même que le mou, non? Vraiment, je ne comprends pas. Pourquoi les pauvres ont-ils des chats et pas des lapins? Parce qu'ils ont peur de les manger, un coup de gourmandise, et d'avoir du chagrin après?

Toute cette philosophie, il l'a pensée en un éclair, comme on revoit sa vie à la seconde où l'on se noie, paraît-il. En même temps il s'est relevé, s'est essuyé les mains à un chiffon qui pendait là, probablement immonde, et puis il a repris sa route vers la porte, tout ça sans respirer. Il trouve le verrou, l'actionne, tire le battant, jaillit dans la cour. Il avale l'air à gueule ouverte. Les larmes lui coulent sur les joues. Il est fier de lui, il dit « Et voilà, madame Durand! » Il n'a pas pris garde au chat rouge qui lui a filé entre les jambes.

« Moumou! »

Cette fois, c'est Madame Durand qui a hurlé. Hurlement plus terrible encore que celui du chat de tout à l'heure. Le moustachu sursaute et tire vite la porte avant que tous les chats ne se soient fait la paire. Hurlement. Un chat s'y est fait prendre la patte, peut-être le même, il y a comme ça des êtres marqués par le destin. Madame Durand engueule le moustachu, de bas en haut et de gauche à droite.

« Pouvez pas faire attention? Qu'est-ce qu'ils vous ont fait, mes moumous? Vous aimez pas les bêtes, vous, ça se voit bien que vous les aimez pas. Et mon Moumou que v'là ensauvé, maintenant! Ah! ben! Comment que c'est que je vas le rattraper, moi? Ah! là! là!... Ah! là! là!... »

Pour Madame Durand, tous les chats sont des moumous, et le chat rouge est son Moumou. Dans quelle secrète province, en quel farouche patois dit-on « Moumou » pour « Mimi »? Celui qui pourrait répondre à cela tiendrait le bout de la queue du mystère. Car Madame Durand ne s'appelle pas Durand, pas vraiment. En fait, elle n'a pas de nom. Personne ne peut dire d'où elle sort. On l'a toujours vue là, dans son gourbi de bidonville posé comme une crotte de chien au milieu de cette cour convenable, avant elle faisait la concierge, elle balayait vaguement les trois escaliers, jetait un seau d'eau dans les chiottes en râlant contre tous ces cochons dégueulasses qu'on se demande si c'est du monde ou si c'est des sauvages, et glissait le courrier sous les portes. L'assemblée des copropriétaires a décidé qu'une concierge ça revient trop cher et puis d'abord qu'elle avait bien assez travaillé dans sa chienne de vie, on lui a quand même permis de rester dans ses dix mètres carrés pourris, quand il pleut trop fort dedans l'un ou l'autre grimpe lui poser un bout de plastique sur le trou avec quatre pavés à cause du vent, on attend qu'elle soit crevée pour foutre la baraque par terre et planter des fleufleurs à la place, mais elle a tout son temps, on n'est pas des féroces.

« Je vais vous le rattraper, votre Moumou, dit l'escogriffe.

– Oh! là! là! il est bien trop malin, vous le

rattraperez jamais! Oh! là! là! oh! là! là!... ricane amèrement Madame Durand.

– On peut toujours essayer », dit l'escogriffe.

Le portail sur la rue est fermé, mais il y a un creux, dans le coin, par-dessous, pour le passage des eaux de pluie. Assez pour un chat rouge, en se raclant le dos. Dans la rue, pas de chat rouge en vue, rien qu'Emmanuel à plat ventre dans le caniveau, l'air pas content, et ses patins à roulettes qui tournent à toute vitesse au bout de ses pieds.

« T'as pas vu le Moumou de Madame Durand, Emmanuel?

– Oh! si, je l'ai vu! Mais je l'ai vu trop tard, la vache! Qu'est-ce que vous croyez?

– Tu y as pas fait du mal, au moins? » s'éplore Madame Durand.

Emmanuel regarde son genou droit, celui qui saigne.

« Ben, non. C'est lui qu'a gagné.

– Tu y as fait peur, hein? Et maintenant, où qu'il est sauvé? Ah! là! là!... Ah! là! là!... »

Elle appelle :

« Moumou! Moumou!

– Il est rentré là-dedans », dit Emmanuel.

Il désigne la porte close du vieux machin vide qui était l'entrepôt du Chinois, dans le temps.

« Ah! ben, voilà! gémit Madame Durand. Juste là où que je voulais pas qu'il aille! Tout le temps il veut aller là-dedans, tout le temps, et moi je veux pas qu'il y aille, qu'il aille pas m'attraper des maladies, et voilà, maintenant il va m'attraper des maladies, ça c'est sûr! Ah! là! là!... Comment que je vas faire, moi, comment que je vas faire? »

*

C'était un immeuble tout noir, tout vieux, comme tous ceux de par ici, un jour ils se sont amenés, échafaudages, poulies, Portugais casqués de jaune, transistors, tout ce qu'il faut, ils ont viré les locataires va savoir ce qu'ils en ont fait, ravalement chic genre vieille pierre patinée, fer forgé ou tout comme, poutres apparentes, le Chinois du rez-de-chaussée qui entassait là ses caisses chinoises, ses paniers chinois, ses œufs de mille ans, ses verdures, ses sacs de riz, ses odeurs de vase et d'Asie, un va-et-vient du matin au soir, plus de Chinois, on se demandait ce qu'il allait y avoir à la place, un restau petites bougies pour locdus du samedi soir, un marchand de fringues hindoues, une galerie-photos (ça se répand, les galeries-photos), enfin bon, on se demandait, quoi, et alors, rien. Les échafaudages sont partis, les logements sont restés vides avec leurs poutres en vrai vieux chêne teintées vieux chêne xylophène, on les voit par les fenêtres sans rideaux, les poutres, et l'entrepôt du Chinois, vide aussi. Une histoire pas claire d'héritage tordu, ou d'impôts pas payés, peut-être bien. Et voilà cette belle maison qui reste une jambe en l'air, tout le haut très vieux Paris bohème bon chic-bon genre, et en bas ce rez-de-chaussée resté Maube pourrie des temps cradingues d'avant les antiquaires, barricadé de débris de planches comme un radeau de la *Méduse* vertical. Les deux clochards de la rue ont adopté la grosse pierre du seuil, elle fait un renfoncement contre le vent de Seine, ils y posent leurs culs et leurs litres, entre les culs et les litres se faufilent les chats, les clochards ne les voient pas, les clochards ne voient que le niveau du pinard dans les litres.

Les chats s'aplatissent sous la porte et disparaissent de l'autre côté, la queue en dernier. L'entrepôt du Chinois est devenu la république des chats. Personne n'est entré là-dedans depuis des années. Que les chats. Ils naissent, vivent et crèvent de l'autre côté de cette porte clouée. Et se reproduisent, bien sûr. Tant que ça peut. Par les nuits chaudes, il faut entendre les chattes en rut miauler l'ardent appel de leurs entrailles, queue dressée, sexe ouvert, traînant leur ventre sur les gravats! Et les terribles combats des mâles pour l'accession au trou fabuleux, les charivaris de jungle en folie qui rendent enragé l'honnête travailleur frustré de son légitime temps de sommeil...

Nés et grandis dans ce monde sans hommes, ces chats ne connaissent l'homme qu'en tant qu'un des éléments du monde extérieur, élément naturellement hostile et dont il convient de se méfier, comme du reste de tout ce qui s'agite du mauvais côté de la porte, hommes, chiens, voitures, motos, balais, pavés volants... Tout est péril au chat sans maître, sauf les moineaux et les pigeons, dont la saveur est amicale sous la dent, mais ceux-là, va donc les attraper!

L'hiver, quand une voiture arrive et fait son créneau le long du trottoir, à peine le type a claqué sa portière qu'un matou pointe le nez sous la porte du Chinois, jette un œil alentour, s'arrache tout plat hors du trou, fait prudemment le tour de la bagnole, renifle les quatre roues et, à peu près rassuré quant au piège possible, saute sur le capot, s'y love en boule. La bonne chaleur du moteur lui monte dans le ventre, lui court dans les membres. Une auto qui arrive est chaude, une auto qui s'en va est froide. Ils ont compris ça, les chats!

Ce qu'ils mangent? Il y a longtemps que la queue du dernier rat a disparu dans la gueule du dernier chat à avoir goûté du rat, vous pensez bien. Peut-être dévorent-ils les chatons qu'ils ont eux-mêmes procréés, attendant avec une patience de chat que la mère ait tourné la tête... Peut-être, mais ça ne suffirait pas. Heureusement pour eux, il y a la dame aux chats.

*

A certaines heures, généralement crépusculaires, dans certaines ruelles perdues, le long des grilles cadenassées de certains jardins publics, auprès de chaque trou par où peut se faufiler un chat, apparaît la dame aux chats. Il y a toujours une dame aux chats.

Elle est généralement pas très jeune – pas forcément très vieille non plus –, pas très riche, pas très heureuse. Elle trimbale un cabas plein de gamelles débordantes de restes de cuisine qu'elle a raflés dans une cantine scolaire, dans un hôpital, dans une caserne, ça dépend de l'endroit où ses fonctions lui donnent accès, ou dans les poubelles d'un restaurant si elle n'a accès nulle part. Il peut aussi y avoir des boîtes de « Ronron », dans le cabas, si, ses enfants dûment élevés et casés, elle peut enfin se permettre de prélever sur son petit budget de quoi nourrir les chats perdus sans se faire trop montrer du doigt par les voisins. Elle est furtive, car ce qu'elle fait est interdit. Elle est patiente : elle ne se contente pas de déposer son offrande à portée de chat et puis de s'en aller, elle veut voir qui en profite, s'il n'y a pas un caïd qui s'empiffre tout, s'il y a dans la communauté des chats malades, ou blessés, ou tristes. Elle s'accroupit donc devant le trou, ou bien au coin du buisson. Elle appelle doucement. Ça peut être long à rassurer, un chat traqué. Elle seule peut les approcher, et encore! Elle a sur elle de la teinture d'iode, un tube de pommade, elle essaie de tamponner les plaies, d'oindre les pelades. Ses mains sont lacérées de coups de griffes. Quand elle se relève, elle a des larmes plein les yeux. Elle dit « Pauvres petits! » Les gosses se foutent d'elle. Les gens raisonnables grommellent des paroles sévères à propos des enfants du Sahel. Ils ne savent pas qu'elle pleure aussi sur les enfants du Sahel et qu'elle envoie chaque mois un mandat là où la télé nous dit d'envoyer les mandats pour le Sahel. Les gens raisonnables évoquent le Sahel chaque fois qu'il s'agit de chats, de chiens, de chasse ou de délinquance. Le Sahel, c'est à ça que ça sert : à river leur clou aux sensiblouillards irresponsables qui ont des larmes et du temps à perdre pour les chats galeux, les bébés phoques et la graine d'apache. Les sensiblouillards irresponsables, en particulier les dames aux chats, pourraient répondre aux gens raisonnables et aux chasseurs : « Pour le Sahel, moi, j'ai donné. Et vous? » Elles ne le font pas. On ne s'improvise pas riveuse de clous. C'est de naissance.

Justement, la voilà qui s'amène, la dame aux chats de par ici. Les deux cloches poussent leur cul à droite à gauche, bien dégager le trou aux chats. Madame Durand arrive par l'autre bout, avec elle l'escogriffe moustachu et Emmanuel à quatre pattes, il ne sait pas encore bien marcher sur ses patins, il apprend.

« Y a mon Moumou qu'est sauvé là-dedans, pleurniche Madame Durand.

– Oh! ben, s'il est là-dedans, vous pouvez y faire une croix dessus, dit le clochard de droite, qui s'appelle Dany. Les autres vont le bouffer. C'est peut-être même déjà fait.

– Oh! non, crie Madame Durand. Vous voulez me faire peur, hein?

– Sûr, que je veux. N'empêche que c'est peut-être vrai. Y en a des féroces, là-dedans.

– Peut-être qu'il est pas rentré là? suggère Madame Durand.

– Si, si, il est dedans! affirme Emmanuel. Moi, je l'ai vu rentrer, moi, je l'ai vu!

– Oh! là! là! pleure Madame Durand. Moumou!

Moumou! Viens donc! Oh! là! là!... Il va m'attraper des maladies... »

Cependant, la dame aux chats a posé son cabas sur le pavé et elle commence à découper le couvercle d'une boîte de conserve pour chats. L'autre clochard, celui qui s'appelle Henri, lui tient son parapluie ouvert au-dessus de la tête et lui fait la conversation.

« Vous savez ce que c'est, là, dans vos boîtes? demande le clochard Henri.

– Boh... De la viande, non? Avec des carottes, du riz, des choses comme ça.

– Oui, mais quelle viande? Ah!

– Des abats, des bas morceaux...

– Bas morceaux mon cul, Madame. C'est du kangourou qu'il y a là-dedans. Du kangourou, Madame. Vous avez déjà vu des kangourous?

– A la télé, des fois...

– Une bête superbe. Vestige des âges révolus. Fossile vivant. Plein l'Australie. Ils sautent, vous savez sur quoi? Sur leur queue, Madame. Hop, hop! Le petit dans la poche. Hop, hop! Toute la place qu'ils veulent. Mangent de l'herbe. Font chier personne. Gentils comme tout. Bon. Et alors, quoi? On envoie des mecs, des voyous, des traîne-patin, avec des fusils, pan pan, les kangourous dans les camions, en route pour l'usine, des tonnes de kangourous pour faire du « Ronron ». Merde.

– Moi, je croyais que c'était du bœuf, dit la dame aux chats.

– Du bœuf mon cul, Madame. Et aussi du bébé phoque, ils y mettent. Les bébés phoques on leur fauchait la fourrure, et total la viande on la laissait pourrir sur place, c'était trop con, non? Alors, ils ont eu l'idée de la mettre dans la bouffe pour les chats. Voilà. Faut savoir les choses.

– Ecoutez, moi je m'occupe des chats, dit la dame

aux chats. On ne peut pas être partout à la fois, n'est-ce pas?

– Et aussi du chat, dit Henri.

– Quoi, du chat?

– Dans vos boîtes, là, vos boîtes pour les chats. Ils y mettent du chat. Vous les nourrissez d'un côté, ils les zigouillent de l'autre, à peine vous tournez le dos ils les zigouillent, et ils les foutent en boîte, et vous, vous achetez les boîtes, et vous leur faites bouffer ça. Vous vous rendez compte?

– C'est horrible, ce que vous dites, dit la dame aux chats.

– C'est pas horrible, c'est l'écologie, dit Henri. La grande loi de la nature. Faut que ça tourne. La vie, c'est comme un manège, pareil. Faut que ça tourne.

– Tu dis rien que des conneries, dit le clochard Dany.

– Quoi, des conneries? C'est pas vrai, peut-être?

– Les chats, tu peux pas y donner à bouffer du chat. Ça pourrait pas marcher. L'odeur, tu comprends? L'odeur de chat. Sont pas fous, hé, les chats. Alors, la barbaque de chat, ils en font du « Canigou », pour les chiens. Et pour les chats, ben, c'est du chien qu'ils y mettent, dans les boîtes. Comme ça, oui, ça peut marcher, vu que les chats et les clebs, ça peut pas se piffer, ça, oui, c'est la nature, t'y peux rien contre, alors qu'est-ce qu'il s'est dit, le mec? Il s'est dit je fais bouffer du chat aux chiens et du chien aux chats, tout le monde est content et moi je me paie mon yacht.

– Ça se tient, ce qu'il dit, faut reconnaître, dit Henri à la dame aux chats. C'est parce qu'il a bossé à la fourrière, vous comprenez.

– Moumou! » crie Madame Durand.

Elle cogne du poing contre la porte.

« Vous pouvez toujours y aller, c'est du solide! ricane le clochard Henri.

– Maintenant, vous leur avez fait peur, ils ne viendront pas manger, déplore la dame aux chats.

– Faudrait forcer le cadenas, suggère le moustachu.

– C'est ça! Et après, on dira que c'est nous, disent ensemble les deux cloches.

– Qu'est-ce que vous lui voulez, à c'te lourde? demande Bibi.

– Tiens, t'es là, Bibi? dit le moustachu. C'est le Moumou de Madame Durand qui s'est faufilé là-dedans.

– C'est mon Moumou, dit Madame Durand. Là-dedans, qu'il s'est sauvé. Ah! là! là!...

– C'te lourde, hein? » dit Bibi.

Il la jauge, de l'œil. Un taureau, Bibi. Un petit taureau tout rond, mais avec des bras. Des bras comme des cuisses. Chaque bras comme deux cuisses. Quand il veut de la place pour sa bagnole, il s'accroupit, dos tourné, devant le nez d'une voiture en stationnement, il empoigne le pare-chocs par-dessous, il arrache les roues du bitume, et il pousse avec son cul, freins serrés, jusqu'à ce que l'arrière de la tire cogne l'avant de celle d'après, et alors il pousse les deux ensemble, et quand la deuxième en touche une troisième il les pousse toutes les trois, et c'est comme ça qu'il se regagne une place pour sa bagnole à lui. Voilà Bibi.

Bibi cale son dos contre la porte. Il croche à pleines paumes dans le mur de chaque côté, et il pousse avec son cul, il lui fait le coup de la bagnole sur freins. Et se retrouve les quatre pattes en l'air.

« La vache! Elle était pas fermée!

– Ça, c'est marrant : elle était juste poussée, dit Henri.

– Vachement bien imité, dit Dany, qui examine le cadenas.

– Moumou! Moumou! Réponds-moi, Moumou! » supplie Madame Durand.

La porte ouverte bâille sur du noir.

*

« Ça pue, là-dedans, dit Madame Durand. Ça pue la pisse de chat. Pouh!

– J'ai connu pire », dit le moustachu.

Madame Durand risque un pas, bute sur des gravats. Bibi tend son briquet. Gravats et charpentes pourries, tout ce qui était cloisons ou boiseries gît en tas par terre.

« Attention, ça doit être plein de clous rouillés, dit la dame aux chats.

– Moumou! Moumou! Où que t'es donc passé? » appelle Madame Durand. Et puis un grand cri : « Houlah! Me v'là tombée sur mes genoux!

– Restez là, bougez pas, on va y aller, dit le moustachu. Tu viens, Bibi?

– Minute! Pas comme ça. Je veux pas me péter une rotule dans ce bordel. Je vais chercher la torche.

– Pas la peine, la v'là », dit Odile, qui est venue, a vu et a compris qu'il allait être question de torche.

Bibi envoie la lumière et commence à enjamber les gravats. Derrière lui le moustachu, et puis Madame Durand, et puis Odile, et puis rien. La dame aux chats regarde depuis la rue, Emmanuel aussi, le cul sur le trottoir, à cause des patins, il ne sait pas se mettre debout tout seul, alors il reste sur son cul. Les deux cloches se désintéressent de tout le fourbi. Ils boivent un coup, chacun son tour, un qui boit, l'autre qui surveille le niveau, pas que le collègue se tape plus que sa part, la vie c'est bien toujours la jungle, du haut en bas de l'échelle, t'oublies de faire gaffe le temps de cligner de l'œil, t'es marron.

Bibi avancc à petits pas, en regardant bien où il met le pied, et soudain s'arrête, le doigt sur les lèvres. Il éteint la torche. Le moustachu, sur son élan, vient buter dans un madrier hérissé de morceaux de plafond. Il jure le bordel de Dieu, se rattrape au dos puissant de Bibi.

« Chut, donc! fait Bibi.

– Qu'est-ce qu'il y a? murmure le moustachu. T'as entendu quelque chose?

– Chut! Juste là. Derrière le pan de mur. Ça a remué, sûr.

– Un chat, pardi.

– Un gros chat, alors! Vachement gros. Gros comme un goret de dix mois, je dirais, à l'oreille. »

Et braoumm! Le tonnerre éclate dans les têtes. On dirait une tôle ondulée sur laquelle se serait abattu un sac de cent kilos de patates. Bibi et le moustachu tournent le coin, lumière braquée. C'est bien une tôle ondulée, toute tordue. Elle achève de se dandiner par terre, avec des mugissements lointains de queue d'orage. Mais pas de sac tombé dessus, ni rien d'autre de lourd, ni rien du tout.

« Ça, c'est costaud, dit Bibi. C'est comme si un parpaing serait tombé dessus, et puis qu'il aurait rebondi va savoir où.

– Hé! c'est le chat qu'on avait entendu bouger. Le gros chat. Il aura sauté sur la tôle et ressauté au diable. Je vois pas le problème... »

Un « Miaou » tout frêle tombe des hauteurs enténébrées.

« Moumou! crie Madame Durand. Je le reconnais! C'est mon Moumou! Où que t'es donc? Je te vois pas. Descends! Viens avec maman! Viens, Moumou! »

Mais voilà que dix, vingt, cent mille matous donnent de la voix tous ensemble, de partout à la fois, ça résonne là-dedans et s'amplifie fantastiquement, du miaulement qui cette fois n'a rien de frêle, ça hurle, ça rage, ça feule, ça gronde, ça couine, ça crache, ça module de terribles menaces arrachées du fond de la gorge, ça rugit, même. A croire qu'il y a quelques tigres dans le lot. Bibi et le moustachu se regardent. Les dames sont un peu pâles.

« Ils sont après mon Moumou! Ils vont me lui faire du mal! Sale race! Y a longtemps qu'on aurait dû nettoyer tout ça, ah! là! là! Faut monter me le chercher. Vous autres, les hommes, qu'est-ce que vous attendez? Ah! si j'étais un homme, tiens! »

Eux autres les hommes, ils ne font pas les fiers.

« C'est par là-haut que ça se passe », dit Bibi.

Il promène sa rondelle de lumière jaune dans les superstructures. La boutique est plutôt basse de plafond, mais elle se prolonge par une cour étroite qu'on a couverte autrefois pour en faire un entrepôt, si bien que, là, le toit culmine beaucoup plus haut. Les restes d'une galerie en bois courent tout autour. Quand passe le rond de lumière, des yeux de chats s'allument, des constellations d'yeux de chats qui ne cillent pas.

« On se croirait chez vous, madame Durand, dit le moustachu, voulant faire plaisir.

– Chez moi? Où que vous avez vu ça, vous?

– Tous ces chats, madame Durand...

– Oh! vous voulez dire mes moumous? Mais dites donc, mes moumous c'est du moumou bien élevé, ils me connaissent, mes moumous. Et puis d'abord ils sortent jamais. Oh! dame, je fais attention, et Camille aussi. Ceux-là, là, c'est des voyous. De la crapule. Ils vous mangeraient tout vivant. Et c'est plein de maladies. Des cancers, même, c'en est plein partout, ici, qu'il y a rien de plus mauvais, vous savez, et alors c'est les chats qui les donnent au monde. Moi je veux reprendre mon Moumou et m'ensauver d'ici, v'là ce que je veux, moi, et en vitesse, même, que je veux pas attraper des maladies. Les maladies, c'est pas bon pour la santé, d'abord. J'ai déjà bien assez de misère avec mes ulcères varicieux et le foie de Camille que le docteur de l'Hôtel-Dieu a dit comme ça que si il diminue pas ses huit litres et ses quinze pastis par jour il peut me tomber raide mort sur le pavé, vous croyez qu'on en a pas assez comme ça, de la misère?... Tenez, le v'là, mon Moumou! Le v'là! C'est lui! Moumou! Moumou! Maman est là, mon trésor! »

Au milieu du rond jaune, réfugié tout petit tout petit à l'extrême bout d'un trognon de charpente qui s'avance au-dessus du vide, le chat rouge miaule sa détresse. Une meute lui fait face, barrant le passage. Il est coincé sur son bout de bois. Les assaillants laissent filer à voix retenue ces terribles modulations de gorge du chat fou de haine.

« Sales bêtes! » crie Madame Durand.

Elle ramasse un plâtras et le lance vers la meute. Trop bas de deux bons mètres.

« Ouh là! V'là que je me suis fait mal à mon bras. Oh! ben... »

On commence à y voir plus clair, les yeux s'habituent. Un peu de jour gris filtre par une lucarne tartinée de fiente de pigeon. Le long d'un mur rampe un fantôme d'escalier. Les marches du bas manquent jusqu'à hauteur d'homme. Bibi fait la courte échelle au moustachu, qui à son tour tire Bibi en haut.

« Faut faire gaffe où qu'on met le pied, dit Bibi. Allez, pfft, barrez-vous, vermine! »

Il agite la main. Les chats crachent de fureur, mais s'écartent. Moumou crache aussi, de peur. Sa queue hérissée pointe droit en l'air, grosse comme un gros concombre. Le moustachu dit « Tiens-moi les pieds ». Il se couche à plat ventre sur le chicot de madrier. Il psalmodie à voix caressante « Aie pas peur, Moumou, aie pas peur, mon tout beau... » Il avance la main. Moumou, preste, la lui lacère bien profondément. « Ah! la petite vache! rage le moustachu. Hé! madame Durand, attrapez! » Il enveloppe sa main de son mouchoir et balance sans prévenir une solide tape au chat, qui bascule sur le côté et tombe avec un hurlement à vous dresser les cheveux.

Blâf, fait Moumou en tombant sur quelque chose de mou qui se met à glapir d'extase :

« Je l'ai! Mon Moumou! Oh! mon Moumou! Viens vite chez nous, mon trésor!

– Je m'en vais aussi, dit Odile. Je peux pas laisser mon téléphone.

– Bon, ben, voilà, dit le moustachu. Il m'a saigné à blanc, le petit salaud.

– Faut laver ça avec de l'eau de Javel, dit Bibi. Les griffures de chat, ça rigole pas, vu qu'y a rien de plus mauvais. J'ai connu un mec, une fois, c'était quand je livrais le lait, avec mon cheval et ma carriole, je vous parle de ça c'est pas la porte à côté, ce mec que je vous cause il avait fauché le greffier de sa bourgeoise, il en avait marre, pas qu'il l'aimait pas, remarquez, mais faut le comprendre, chaque fois qu'il tringlait Bobonne c'te petite bête venait lui passer sa queue sous le nez en ronronnant comme un vélosolex, c'était par amitié, notez bien, mais lui ça lui coupait l'inspiration aussi sec, surtout qu'en faisant ses huit sur l'oreiller le greffier lui baladait son trou du cul sous le nez, je sais pas si vous voyez, alors, bon, le mec... Hé! Qu'est-ce que c'est que ça? »

TARZAN

Le faisceau de lumière fouille un renfoncement où s'entassent de ces paniers de bambou refendu dans lesquels les fascinants légumes nés de la terre chinoise effectuent leur périlleux voyage depuis les rives de l'Orient mystérieux.

« T'as vu quelque chose?

– Ouais, j'ai vu quelque chose. Quelque chose de gros. Plus gros qu'un chat, en tout cas. »

Bibi, avec précaution, ôte un panier de sur le tas et le jette en bas. Le moustachu en fait autant.

« Faut peut-être pas s'approcher trop près, dit le moustachu.

– Passe-moi c'te trique, dit Bibi. Ça sera comme si j'avais un œil au bout. »

Un formidable « Miaou! » sort de derrière les paniers.

« Rien que d'entendre parler de trique, il se met à chanter. Chante, mon gars! Chante tout ton soûl. »

La longue trique fourraille derrière les paniers.

« Ah! là, j'ai touché du mou! »

La bête soudain se dresse derrière le tas de paniers. Dans le noir de ce racoin, on ne voit pas bien. On voit seulement que c'est gros, que c'est grand, vachement gros et grand, oh! là! là!... Ça a une tête de chat, des oreilles de chat, des yeux de chat ou de diable, des griffes de chat en position d'attaque, juste à bonne hauteur pour arracher des yeux de bonhomme.

Bibi braque sa torche droit dessus. Alors on se rend mieux compte. Les oreilles de chat sont des cheveux taillés en pointe, dressés en l'air de chaque côté de la tête et collés à la gomina, les yeux de chat sont les verres bombés d'une paire de lunettes, les griffes de chat des ongles terriblement longs et affûtés à la lime. La chose serre sur son cœur une vieille chatte au poil rayé où la pelade met des plaques sanguinolentes. La vieille chatte fixe la lumière et crache de sa gueule sans crocs.

« Ben, dis donc... dit le moustachu.

– C'que tu fous là, toi? » dit Bibi, qui en a vu d'autres.

Le gars fait le gros dos, tassé contre le mur, et grimace un miaulement de menace tout à fait bien imité.

« On te veut pas de mal. Nous, on s'en fout. Simplement, on peut peut-être t'aider. Tu crèches dans le coin? »

Miaulement. Et remiaulement. Très joliment modulés. La vieille chatte gigote pour s'échapper. Il la serre plus fort. C'est un adolescent maigre, ses coudes pointent par les trous d'un vieux pull noir verni de crasse. Le visage est pâle, avec du bistre dans les creux. Les pommettes saillent, les joues collent aux dents, de grandes fortes dents de jeune cheval, la mâchoire est tout en os, du gros os, la tignasse frise serré serré, presque crépue : l'enfant berbère dans toute la sauvage beauté de sa race, échappé des clapiers à bougnoules de la périphérie.

Bibi s'énerve.

« Arrête de jouer au con, tu veux? C'est toi qu'as cassé le cadenas? »

Miaulement.

« Ecoute, si tu continues à te foutre de notre gueule, je vais te retourner une paire de mandales sur le museau, tu me diras si c'est du Ronron ou du Canigou. Ça, tu le comprends, ou faut te le miauler? Ton bestiau qui perd ses plumes, là, c'est ton interprète? »

Bibi, du bout de sa trique, désigne la vieille chatte. Le gars a un geste de recul, mais il lui faudrait s'enfoncer dans le mur.

« Touchez-y pas! C'est ma maman. »

Tiens, ça y est, il a parlé. Il n'en a pas dit long, assez quand même pour donner à réfléchir. Mais il en faut plus que ça pour démonter Bibi.

« Enchanté, madame. Vous avez un bel enfant. Il a dû vous faire mal pour passer, ou bien est-ce qu'il a grandi seulement après? »

Le môme hausse les épaules.

« C'est pas ma vraie mère. Ma vraie mère, je l'emmerde. Elle, c'est ma mère adoptive. Elle m'a recueilli quand j'étais tout petit. Elle m'a élevé. Elle avait des petits chats, toute une portée, alors je tétais son lait avec eux. Ça faisait pas beaucoup de lait. Une nuit, je me suis retourné en dormant, j'ai écrasé mes petits frères. Je l'ai pas fait exprès, allez pas croire. Ça fait que je me suis retrouvé tout seul à boire tout le lait. Et quand j'ai eu compris ça, je me suis mis à téter les autres chattes qu'avaient des petits, je prenais les petits par la peau du cou et hop, je me tapais tout le bon lait. C'est pour ça que je suis devenu vachement fort. »

*

Bibi regarde le moustachu. Le moustachu regarde Bibi. Est-ce du lard, est-ce du cochon? Qui se fout de la gueule de qui? Bibi demande :

« Enfin, merde, qui que t'es?

– Moi? Ben, je suis Tarzan des Chats.

– Voilà voilà, dit Bibi.

– Tout s'explique, dit le moustachu.

– Quand j'ai été plus grand, elle m'a appris à attraper les souris, ça fait que j'ai mangé de la viande. Toutes les souris qu'elle attrapait, elle me les donnait, plus celles que j'attrapais moi, plus celles que je fauchais aux autres chats, ça faisait beaucoup de souris pour moi tout seul, et aussi des rats, c'en est plein, dans le coin, des mastards, et aussi des pigeons, et aussi les boîtes de Ronron...

– Ah! ah! Les boîtes de Ronron... dit le moustachu.

– Ouais, bien sûr. Je guette la vieille quand elle passe, par la fente sous la porte. Mais je bouffe pas tout, j'en laisse pour les autres chats. Je me sers le premier, quoi, c'est normal : je suis le roi des chats. Vous allez pas me dénoncer à la fourrière, hein? »

Ses yeux courent sur les visages des deux intrus, savoir s'ils ont des gueules de dénonciateurs ou si on peut leur faire confiance. Au bout de ça, il semble se rassurer un peu. Il enjambe le tas de paniers. Ses jambes sont nues et maigres.

« Hé! vous auriez pas quelque chose à bouffer? Un bout de pain, n'importe quoi, j'sais pas... »

Il porte autour des flancs une espèce de pagne fait de la peau d'une bête qui, lorsqu'elle courait sur ses quatres pattes, était blanche avec de grosses taches noires. Cette bête avait aussi une queue en panache qui maintenant se balance au-dessus des fesses maigres de Tarzan des Chats. Le pagne tient par une épingle de nourrice. Il est un peu juste et n'arrive pas à se fermer tout à fait, alors on voit que Tarzan, par-dessous, porte un slip petit-bateau tout gris avec des trous. Un couteau de chasse fantaisie dans sa gaine de plastique façon cuir lui pend au côté.

« Du pain? On n'a pas de pain sur nous, mon p'tit

gars, dit Bibi. Mais je croyais que tu te nourrissais comme les chats?

On peut avoir envie de changer, non? Dites, vous voulez que je vous fasse le grand miaulement de détresse? Vous allez voir, aussi sec, tous les chats du quartier rappliquent pour me défendre, tous à la fois, ça vaut le coup d'être vu, je l'ai jamais montré à personne. »

Il pose doucement la vieille chatte sur le cul d'un panier renversé, il arrondit ses mains en porte-voix autour de sa bouche et, la tête rejetée en arrière, campé sur ses jarrets étiques dans la fière posture de l'autre Tarzan, celui des Singes, il lance vers le ciel le grand miaulement de détresse. Et puis il dit, tout faraud :

« Vous allez voir ça! »

Après deux minutes d'attente, il est moins faraud.

« Ça, alors, je comprends pas. Il m'ont jamais fait ce coup-là. Normalement, ils auraient dû être là dix secondes après, et vous tomber dessus, et vous arracher les yeux, et vous déchirer en tout petits morceaux... C'est peut-être parce qu'il fait pas nuit?

– Y a des jours comme ça, dit Bibi.

– Vous voulez que je vous fasse le grand miaulement d'amour?...

– Parce que tu te farcis les chattes, aussi? rigole Bibi.

– Un peu, tiens! Elles sont toutes dingues de moi. Je me tape toutes celles que je veux. J'ai la bite toute petite, et raide comme un crayon, juste bien pour. La chatte, c'est étroit, pauv'tite bête, et sec, sec, vous pouvez pas savoir...

– Mais faut qu'elles soient en chaleur, non? Si c'est pas la période, ça peut pas marcher, dit le moustachu, en chercheur consciencieux qui examine tous les aspects de la question.

– Ouais, ça, c'est la nature, pour la reproduction, quoi. Mais moi, j'ai qu'à miauler le grand miaulement d'amour, y a pus de nature. Dingues, elles sont. Elles viennent se frotter le ventre par terre, elles me tendent leur petit bazar grand ouvert, j'ai que l'embarras du choix. Vous voulez que je vous fasse voir?... Non, après tout, je crois que ça marcherait pas non plus. C'est parce que vous êtes là. Ça doit faire des espèces d'ondes qui interjectent.

– Dis donc, dit Bibi, à propos d'ondes, t'es équipé. » Il a un mouvement du menton vers la petite boîte noire et les écouteurs qu'on aperçoit maintenant dans le fond du coin obscur.

« Ah! mon walkman?

– « Ton » walkman! Ça serait pas celui qu'a été barboté au môme de Zélia, pauvre gosse, qu'il en a été malade, a fallu qu'elle lui en rachète un autre?... Dis donc, tu serais pas un peu malhonnête, toi?

– Et ta peau de bête, là, dit le moustachu, je la reconnais, maintenant, ça y est : c'est le chien du « Relais Lagrange »!

– Oh! il était tellement vieux... Il se traînait sa misère, c'était de l'acharnement tétrapeuthique de le laisser vivre. Mes chats, ils y ont rendu service, oui.

– Tes chats, tes chats... Ils ont bon dos, tes chats, dit Bibi, louchant vers le beau couteau au manche de plastique imitation corne de cerf.

– Mes chats et moi, c'est la même chose.

– Dis donc, c'est pas une bouteille, que je vois là-bas? Si tu nous payais un coup à boire? Après tout, on est tes invités, non? »

Tarzan des Chats regarde les deux bonshommes, l'un après l'autre, et puis il hausse les épaules.

« Oh! pis, merde, d'accord, venez par ici. Je sais que vous me ferez pas de vacherie. Je vous connais. Je vous vois dans vos turnes, là, à côté. J'ai fait des trous secrets dans les murs, un peu partout. Pas la peine de chercher, vous les trouverez pas. »

*

Ils enjambent les paniers, les voilà dans la tanière du roi des chats. C'est un peu plus grand que le dedans du ventre d'une chatte, juste un peu plus. Des bouts de matelas en mousse de polytrucmuche comme on en trouve plein les rues, au petit matin avec un rond jaune de vieille pisse au milieu, des duvets de camping bavant leurs plumes, des couvertures marquées S.N.C.F., tout ça noir cradingue poisseux les doigts t'en collent rien qu'à regarder, et puis des illustrés de bandes dessinées, des milliers, en vrac ou en piles, et puis un épais feutrage de poils de chats par là-dessus. Et des chats, des chats, des gros, des petits, des jeunes, des vieux, tigrés, tachetés, siamois, bâtards, lovés dans les creux, dans les plis, dans les illustrés, yeux mi-clos qui nous suivent sans que bougent les têtes, juste les prunelles en fentes et les pointes d'oreilles... Tarzan des Chats sort une bouteille de je ne sais où.

« Faites excuses, j'ai pas de verre. A la vôtre! »

Il boit le premier, la vieille chatte affalée sur son bras replié. Sa pomme d'Adam saute à chaque goulée. Il tend la bouteille à Bibi.

« Tu t'emmerdes pas, dit Bibi. Je sais d'où il vient, ce tutu-là. Il vient de pas loin. Juste de l'autre côté du mur. »

Il fait voir l'étiquette au moustachu. Qui lit à voix haute :

– « Château Barrail des Graves »... C'est le saint-émilion du petit père Descrambes, ça!

– Notre saint-émilion!... Oh! oh!... Dis donc, tu dis que t'as fait des petits trous pour les yeux, mais je crois bien que tes yeux ont des doigts, ou alors t'as un truc pour passer à travers les murailles.

– Qu'est-ce que vous allez chercher! Je l'ai chourée aux deux cloches, dehors.

– Et comment qu'ils auraient eu une boutanche de chez Descrambes, les deux débris? Tu peux me dire?

– De temps en temps, je leur en refile une des miennes, dit le moustachu. Attention, je dis une à moi, que j'ai payée avec mes sous.

– Si tu crois qu'ils font la différence avec du récure-évier...

– Moi je me figure qu'ils apprécient, et eux ils font semblant d'apprécier pour me faire plaisir, et qui est-ce que ça gêne? De toute façon, moi, le pinard... »

Bibi hausse les épaules et fait descendre une lampée, une grosse. Il questionne :

« Alors, comme ça, personne sait que t'es là?

– Non. Vous êtes les premiers. Soyez chouettes, les mecs. Vous fermerez vos gueules, hein?

– Oh! nous...

– Dis donc, s'avise le moustachu, comment que tu vois clair, là-dedans?

– Ben... J'ai des yeux de chat, non?

– Ah! ouais... J'avais oublié. Mais pour les bandes dessinées, comment tu fais? Les chats, ça lit pas de bandes dessinées. »

Tarzan des Chats écarte un repli de couverture et tire de là un petit boîtier à piles.

« Voilà, voilà... dit le moustachu. Et pour les piles, comment tu fais?

– Oh! ben, je me démerde à droite à gauche.

– Bon, tu les fauches, quoi. Pourquoi pas? Mais pour entrer dans un Prisunic ou au B.H.V., faut quand même bien que tu sortes d'ici, et donc que tu te sapes un minimum, non?

– Je me démerde. C'est mes oignons... Attendez voir. »

Il plonge encore la main derrière son tas de

loques, en ramène cette fois un gros bouquin relié, extrêmement fatigué, avec des pages qui foutent le camp. Il le tend au moustachu, qui l'ouvre.

« Bakounine. *Œuvres complètes.* Tu lis ça? »

Tarzan soudain s'anime. Ses yeux brillent.

« C'est le seul bouquin valable. Super. Ce mec-là, il avait tout compris, tout. On peut rien ajouter. Marx, c'était un petit con, à côté. Un bourgeois timide, un flic qu'avait la trouille, au fond. Marx, ça aboutit à Staline, vous comprenez? Fatalement. Ça aussi, Bakounine l'avait prévu. Il n'y a qu'une seule voie : l'anarchie. Qu'est-ce que c'est beau! Lui, oui, il y croyait, en l'homme, merde. Pas de chefs. Pas de flics. Pas d'armée. Pas de pognon. De chacun selon ses possibilités, à chacun selon ses besoins. Et toc. Pas de mariage. Mecs et gonzesses, tout le monde pareil, tout le monde égal, tout le monde libre. Les mômes appartiennent à personne. Quand t'as pas envie de bosser, tu bosses pas, tu bouffes quand même. L'an 01, quoi... Vous êtes pas d'accord? »

Bibi se gratte la tête.

« C'est les chats qui t'ont appris à lire?

– Les chats, ils s'en foutent, de lire. Ils ont pas besoin de savoir lire, les chats. Tout ça, tout ce que je vous dis, l'anarchie, ettcétéra, ils l'ont en eux, les chats, pas besoin de leur apprendre. C'est l'instinct, quoi. Attention, je dis les chats sauvages, comme voilà ceux d'ici, parce que les chats qui vivent chez les gens, ben ils sont comme les gens, pareil, aussi cons, l'instinct ils l'ont perdu, c'est devenu des pauvres lèche-cul dégénérés... Et encore, je vous dis les chats, mais eux c'est rien, faut voir les clebs! Alors, là, complètement foutus. Des esclaves. Des esclaves d'esclaves. Pas de dignité, rien. A dégueuler partout. Moi, quand je vois un clébard, avec sa queue qui frétille et ses yeux de merlan frit, c'est bien simple, j'ai envie de tuer.

– Chiens et chats, ça va pas ensemble, dit le moustachu.

– Bon, dit Bibi. C'est pas qu'on s'emmerde, mais moi j'ai mes journaux à porter à la poste. Tchao, Tarzan!

– Salut, dit le moustachu.

– Eh, les mecs, vous fermez votre gueule, hein? dit Tarzan des Chats.

– Oh! nous, hein, tant que tu fous pas le feu, dit Bibi... Quand même, je vais vérifier le cadenas du pinard. »

UNE VISITE

Il est rentré dans sa turne, au fond de la cour, l'escogriffe, le moustachu. Dans sa cabane. Il appelle ça sa cabane. Ça fait homme des bois. C'est justement comme ça qu'il se voit : Robinson Crusoé après soixante ans d'île déserte, devenu vieux con radoteur. Et sans Vendredi. Radoteur dans le dedans de sa tête, rêvasseur-ruminant-cause tout seul... Un maigre épouvantail voûté, les coudes qui pointent par les trous des manches du gros chandail, il porte toujours un chandail, un gros, parce qu'il est sensible aux courants d'air, il s'enrhume d'un rien, et troué, le chandail, parce qu'il vit tout seul et qu'il est trop feignant pour s'occuper des trous, il ne sait même pas à qui on demande pour les repriser, il se dit que sûrement à notre époque de toujours neuf-toujours luxe on ne reprise plus, un qui demanderait ça se ferait foutre de sa gueule, et puis d'abord, lui, les trous, si vous croyez qu'il les voit! Ses yeux glissent sur ces choses, elles n'entrent pas dans sa tête.

Il a donné le bon vieux coup d'épaule dans la porte, parce qu'elle coince, le bois a gonflé, un de ces jours faudra qu'il lui file un petit coup de râpe, un de ces jours, il sait juste à quel endroit, il l'a repéré, juste un petit coup, il sent déjà la râpe mordre dans le chêne, il la sent dans sa paume bien serrée autour du manche, dans le bout des doigts de son autre main qui appuient délicatement sur le fer de la râpe, la râpe mord et c'est lui qui mord, le bois s'émiette et cède millimètre à millimètre, il le sent céder dans les muscles de son bras, c'est une sensation très bonne, et puis il regarde où ça en est, ça devrait faire l'affaire, voyons voir, un petit essai, ric et rac, la porte, comme une mariée, un petit coup de papier de verre pour la touche finale, voilà. Oui, bon, un de ces jours... Demain, tiens... Ben, et la râpe? Qu'est-ce que j'en ai foutu, de ma râpe? Oh! c'est vrai, elle est restée là-bas, avec le reste. De râpe, j'en ai plus. Ni rien. C'est con, j'aurais dû emporter trois quatre outils, l'indispensable. Les outils de papa, merde. Les vieux outils de papa. Crasseux de sa sueur, crasseux de la mienne, increvables, je les ai toujours connus depuis que je suis au monde... Oui, bon, fais-toi-la pas au sentiment, Ducon. Littérature, tout ça. Symboles et compagnie. Il est mort, papa, il a eu tort. Il avait qu'à pas mourir. Si tu meurs, t'as tort. Ses outils, elle les foutra en l'air, un jour ou l'autre, pour elle c'est des ferrailles, ses fils ses gendres leur faut de l'outil moderne, le dernier cri, rouge bleu jaune, avec des petits moteurs au cul et l'« Encyclopédie du Bricolage » en douze volumes sur l'étagère, de l'étagère spéciale en promotion au B.H.V., tôle laquée bricoleur étudiée pour, attention, pas de la planche de caisse... Nostalgise pas, qu'on te dit. T'en as rien à foutre. T'as pas pour raison de vivre de continuer pieusement ton papa. De raison de vivre, y en a pas. Vis, c'est marre. Si tu peux. Comme tu peux. Au jour le jour. Tant mieux si tu bandes, tant pis si tu t'emmerdes.

Là, il s'arrête. Il fait toujours le même chemin, et toujours, arrivé là, il s'arrête. Quand t'arrives au fond d'une impasse, tu te cognes au mur, alors tu t'arrêtes.

*

Il appuie sur l'interrupteur, la lampe là-haut s'allume, enfin elle fait ce qu'elle peut, avec toutes ces toiles d'araignée autour – Faudra que je grimpe nettoyer ça, un de ces jours... Oh! merde, j'ai pas d'escabeau... – La cabane n'est pas un foutoir, pas exactement. Il a horreur de la saleté, du désordre, mais il a bien plus horreur encore de nettoyer, de ranger. Alors il ne salit pas, il ne dérange pas. Disons, le moins possible. Il sait qu'un objet déplacé restera là où il l'aura posé, qu'une tache apparue ne disparaîtra plus, jusqu'à la fin des temps. Il se surveille. Remue à l'économie de gestes. Mange des charcuteries dans le papier pour ne pas salir l'assiette. Boit au goulot, ou au robinet. Couche sans drap, sur un matelas mousse, par terre, enroulé dans un duvet aux bords jaunis. Dans trois duvets, l'hiver.

Il lui arrive encore de se dire « Demain, je fais le ménage », mais c'est un vieux tic. Il sait que, dans la lutte entre son besoin de cabane propre et sa feignasserie, c'est toujours la feignasserie qui gagne, alors pourquoi lutter?

Avant, quand il lui arrivait encore d'avoir le sursaut, il se forçait à balayer, à laver la douche, à ranger les bouquins, tout bien impecc, comme il rêvait que ce soit, et puis il contemplait le résultat, il se disait c'est bien, ça fait plaisir, t'es fier de toi, et alors un cafard terrible lui tombait dessus, l'envie de chialer lui serrait la gorge, il aurait voulu être mort, de toutes ses forces il aurait voulu. C'est le moment où un type normalement constitué court au bistrot se soûler la gueule en écoutant déconner d'autres types dans le même cas. Il avait essayé. Ce n'était pas le même cafard, mais un cafard pire.

Il avait alors essayé de boire tout seul. Ça non plus, ça n'arrangeait rien.

*

Le désordre de la cabane n'est pas ce joyeux foutoir des lieux où vivent des gens brouillons mais actifs et pleins de projets. Gabrielle était brouillonne et active. Autour d'elle foisonnait une végétation tropicale de kleenex souillés, de fonds de boisson figés dans les verres, de pots de cosmétiques, de bouquins marqués à la page, de peaux de lapin psychédéliques et de ces cartes postales insolites que des copains pleins de goût vous envoient pour montrer comme ils ont du goût. Par là-dessus Gabrielle, ses grands bras, son grand rire, ses yeux de premier matin du monde. La vie... Dans la cabane, les choses prennent racine là où elles tombent, et la poussière tout doucement les y scelle pour l'éternité. Aucune aurore ne se faufile par les volets clos une fois pour toutes. Ça sent le corps pas assez souvent douché, le linge pas assez souvent changé, la poubelle pas assez souvent vidée, l'air mille et mille fois respiré et recraché. Ça sent le vieux garçon qui s'obstine à vivre il ne sait pas pourquoi. Ça sent la mort acceptée.

Tout ça, il le sait, c'est même lui qui vient de se le dire une fois de plus. Il se le répète plus d'une fois chaque jour, et tout au long des sales nuits sans sommeil, quand les comprimés tardent à le faire basculer. C'est bien pourquoi il lit avec cette frénésie morne. Pour ne pas penser, puisque ça ne sert à rien, qu'à te réveiller l'angoisse et te cogner la gueule contre le mur, au fond de l'impasse. Toujours le nez dans un bouquin. Avant de se mettre à table il cherche de quoi lire, avant d'aller aux chiottes aussi, paniqué à l'idée de rester cinq minutes sans imprimé à déchiffrer. Même le temps de pisser dans l'évier, il tient son bouquin à la main. La télé, la radio, les bruits domestiqués, il s'en fout. Lui, son vice, c'est le papier.

Il vient, donc, d'allumer. L'odeur de tanière d'abord l'agresse, et puis l'accueille, la chère rassurante vieille odeur. C'est sa tanière à lui, l'odeur de son trou du cul à lui. L'homme seul a très fort le sens de la tanière.

Il dit :

« Salut, la cabane! »

A ses pieds, poussés par la bouffée d'air venue de la porte, courent quelques gros flocons de poussière, de ceux que sa maman appelait des « moutons ». Il les cueille un à un, du bout des doigts, les examine, curieux de voir de quoi ils sont faits : des cheveux – Je perds pourtant pas mes cheveux! –, de très ténus brins de laine – Mon pull se déplume... –, et puis, prises au piège là-dedans, de menues grisailles peu identifiables – Faudra que je donne un coup de balai, un de ces quatre.

*

C'est alors qu'on frappe à la porte.

« Merde! »

C'est toujours « Merde! » qui lui vient aux lèvres quand on frappe à sa porte. Il jette un regard hargneux sur le bordel triste tout autour. « Ça y est, je vais encore avoir honte, moi. » On refrappe. Trois petits coups secs et nets. Résigné, il crie :

« Entrez! »

La poignée bouge. Pas la porte.

« Ah! c'est vrai, dit-il. Elle est dure. »

Il crie :

« J'arrive! »

A deux mains, il tire le battant à lui. La lumière entre, comme on dit, à flots, et c'est une lumière rouge. Rouge comme du cuivre rouge. Il cligne les yeux. Un soleil de cheveux rouges autour d'un visage d'ombre. La cabane est en contrebas de la cour, alors il regarde de bas en haut, il regarde ce soleil levant qui emplit tout le cadre de la porte, tout le rectangle de ciel gris.

Oh! bon dieu, une rouquine!

Le vieux fantasme secret de tous les mâles. Une vraie rouquine. Un fantasme qui franchit bien rarement le mur de la réalité : les vraies rouquines sont presque aussi rares que les Rolls.

Il se souvient, c'était là-bas au temps de ses vingt ans, il y avait une fille rousse comme un écureuil, avec ces yeux verts qu'elles ont, une Ukrainienne, dix-sept dix-huit ans, ils les raflaient au berceau, elle était malade, elle brûlait la fièvre, lui il était venu à l'infirmerie du camp pour faire changer le pansement de sa main mutilée, il marchait dans le corridor central, elle avait entrebâillé la porte de la chambrée des femmes russes – les Russes à droite, les Français à gauche, ou sans ça c'est le bordel –, Lydia, elle s'appelait, ça lui revient, Lydia la Rouquine, elle s'était enveloppée dans une couverture de la Wehrmacht, tout le mobilier de camp provenait de la Wehrmacht, elle avait regardé vite vite à droite à gauche et elle lui avait demandé une cigarette. Les femmes russes n'avaient pas droit aux rations de tabac. Il lui avait répondu non, j'ai pas de cigarettes, ma ration je l'échange à un prisonnier français voleur contre des patates qu'il vole à la cantine, il avait réussi à dire tout ça avec les trois mots de russe et les quatre d'allemand qu'il connaissait, en faisant les gestes pour qu'elle comprenne bien et en exagérant sur sa figure des grimaces navrées pour qu'elle voie bien qu'il était navré, qu'il aurait tant voulu lui offrir ce petit plaisir. Et pendant tout ce temps il avait sous le nez cette rouquine pas lavée, avec ce soleil rouge autour de son visage blanc comme du lait et ces yeux vert intense au fond des grands trous d'ombre mauve car elle était vraiment très malade, une de ces maladies des camps, le typhus peut-être bien, elle était en isolement, elle claquait des dents. D'habitude, ses cheveux, on les voyait à peine, juste des bouts de nattes qui dépassaient du foulard russe bien serré.

La couverture l'enveloppait mal, les couvertures ne sont pas faites pour ça, dessous elle était peut-être à poil, en tout cas on avait envie qu'elle le soit, et par l'entrebâillement de la couverture montait d'entre ses nichons et aussi de plus bas une odeur fantastique de femelle rousse dévorée de fièvre, quelle richesse, quelle puissance! Il avait d'un seul coup flambé dans cette odeur... Et puis elle avait dit « Vsio ravno », ça ne fait rien, elle avait rentré sa tête, elle avait refermé la porte. L'odeur affolante était restée, avait couru vers les deux bouts du corridor, que maintenant elle remplissait, elle avait perdu de sa force sauvage, elle n'était plus qu'effluve furtif mais avait acquis le pouvoir de faire surgir la fille rousse. Ton nez captait un souvenir d'odeur, et voilà : la rouquine était là, plus vivante qu'en vrai, tellement vivante que la tête te tournait, les genoux te tremblaient.

L'odeur des rouquines, il en avait entendu parler, comme tout le monde, c'est un des thèmes favoris des conversations des jeunes mâles quand vient l'époque où les poils leur poussent au cul et l'obsession dans la tête, mais jamais il n'avait eu l'occasion. Il pensait qu'il y avait là de la méchanceté, une sorte de racisme, comme pour les juives ou les négresses. La révélation était bouleversante, il ne comprenait pas comment on pouvait parler de ça en rigolant, il avait rencontré Dieu.

Il avait alors le cœur empli à déborder par son premier et très grand amour, Maria Iossifovna, et donc il était tout étonné que cette rouquine ait pu l'émouvoir aussi violemment. Il croyait que l'amour protège de l'amour. Il avait vingt ans à peine et n'était pas très précoce.

*

Le voilà donc aujourd'hui avec devant lui cette femme rousse, et quarante-cinq balais de mieux sur les endosses. A la seconde même tout lui remonte, la petite Lydia bien malade qui le fit bander si fort – et encore aujourd'hui, dans sa tête! –, l'odeur de femme rousse fiévreuse, et aussi l'odeur de désinfectant et de chien mouillé qui était celle de l'infirmerie du camp à cause de toutes ces matelasseries de loques rembourrées de paysans russes imbibées de molle pluie allemande qui ne séchait jamais tout à fait. Il n'aurait pas cru que l'odeur de l'infirmerie lui serait un jour douce à se rappeler. Ni même qu'il se la rappellerait un jour. Tout ce qui fut notre jeunesse est doux et triste, triste et doux, même le pire, même le meilleur.

*

Elle dit « Bonjour! », il l'a dit en même temps, ça fait deux bonjours qui s'entrechoquent en l'air et s'éparpillent en paillettes sur le pavé de la cour. Il dit « Entrez donc ». Si ç'avait été un homme, il aurait dit « Oui? C'est pour quoi? » et l'aurait laissé dehors. Il pense : « Ce que tu peux être con, mon pauvre con! » Car il est lucide comme c'est pas permis.

Elle entre, donc.

Et avec elle ses jambes, qui sont ce qu'on regarde tout de suite après le visage, et même avant, et on a bien raison.

Ces jambes-là valent vraiment qu'on commence par elles. Très très belles, mais pas seulement.

Insolentes. Des jambes qui savent poser leurs pieds. Il remonte le long et apprécie l'ensemble, tout est assorti aux jambes, tout est abandon souple, provocation dosée, juste le rien de trop mais pas plus. Une photo de *Elle* qui se serait mise à marcher. Il n'y connaît rien aux chiffons mais il se rend compte que les chaussures, la robe, le foulard et la petite dame répartie dans tout ça n'ont pas été achetés sur catalogue à la « Redoute ».

Et le coup de peigne du coiffeur de beau quartier qui sut faire flamber la rouge tignasse en un chef-d'œuvre de spontanéité contrôlée! Faut dire qu'il l'avait belle, le coiffeur, il y en a tellement et tellement, des cheveux, et tellement beaux un par un, et tellement somptueux tous ensemble... On en oublierait de penser aux jambes.

Et le parfum! Au fait, oui... Le parfum. Elle se parfume. La vache. Fallait s'y attendre. Et donc elle sent bon. Elle sent bon le parfum. Pas la rouquine. Son parfum n'accompagne pas, n'exalte pas l'attendue odeur de rouquine. Il n'est pas fait pour ça, le parfum. Au contraire. Le nez, déçu, palpite de la narine et capte seulement que ça sent le cher. T'auras rien de plus. Oh! non!... Et puis, tiens, tant mieux. Ça le ramène sur terre. Il s'envolait, le croûton! Il s'y croyait! Ouf... Dès qu'une femme sent autre chose que la femme, il débande. L'odeur de parfumerie les entoure d'une muraille anti-érotique. Elles veulent nier leur animalité, les connes, or l'instinct sexuel n'est-il pas ce qu'il y a de plus animal en nous? Il pense à ces radasses qui s'en tartinaient partout avant de venir le rejoindre. Qui – comble de la déception! – engouffraient dans leurs intimités des chimies désodorisantes. Et ne comprenaient pas sa froideur gentille, ou pleuraient « Je ne te plais pas? » s'il avait été assez faible pour les laisser mener les choses jusqu'au fiasco final. Toutes les bonnes femmes se désodorisent et se parfument, se remplacent l'odeur de fauve par celle de garçon coiffeur, toutes, du haut en bas de l'échelle, y a pas de raison, c'est une conquête sacrée de la démocratie, du syndicalisme et de la publicité créatrice d'emplois, les pauvres achètent ça sur le marché en même temps que la botte de poireaux, les branchées prennent conseil de l'esthéticienne diplômée... Même le cul! Surtout le cul! Tu y mets la langue, ça te brûle. Les aisselles ne sentent plus l'aisselle, un connard quelconque, P.-D.G. de je ne sais quelle multinationale et certainement impuissant, a fait le pari de les persuader qu'après dix-sept heures elles puaient pire qu'un tas de fumier, et il a gagné, le sale châtreur! Déjà qu'elles se les rasaient – oh! ces tristes aisselles glabres comme des sexes de petites filles, ce désert, cette obscénité... – maintenant, si, à défaut d'odeur, tu y cherches un semblant de goût, tu lèches un concentré de désinfectant amer et âcre... La sainte odeur du cul sauvage a déserté la fourmilière humaine. Ceci est très grave. Attendez-vous à de grands malheurs.

*

Enfin, bon, cette rouquine est là. Et maintenant qu'il voit sa tête, à la douce lumière que diffusent les toiles d'araignée, pas seulement la fabuleuse tignasse mais l'étroit visage qu'il y a au milieu, il se dit qu'elle est bien belle. Tellement belle qu'on ne doit plus pouvoir penser qu'à ça, quoi qu'elle fasse, quoi qu'elle dise, cause toujours, on la regarde et on se dit bon dieu qu'elle est belle, les anges existent, on ne peut plus regarder autre part, on se demande quel détail est le plus réussi, le nez, les yeux – verts, bien sûr, et si clairs : une eau à peine teintée d'un reflet de printemps –, les joues, la bouche, la ligne de la mâchoire qui file vers l'oreille – ah! l'oreille! –, tout est parfait et l'ensemble encore plus, et quand ça bouge, qu'elle parle, qu'elle penche la tête, encore plus.

Il la, comme on dit, dévore des yeux, il a un tel besoin de beauté, femmes, bêtes, arbres, choses, maisons... Femmes surtout. Il en existe qu'on voudrait rester là à contempler, on amènerait un pliant, on tournerait autour. Mais on ne peut que les regarder à la dérobée, si tu t'attardes elles croient tout de suite à la drague, évidemment il y a toujours un bout d'arrière-pensée de drague mais qui reste arrière-pensée, on peut bien admirer un paysage sans essayer d'en être propriétaire.

Il court vers la beauté comme un poussin vers sa mère poule. La beauté, c'est tout simplement les choses telles qu'elles devraient être, c'est l'accomplissement enfin atteint, la beauté exalte et apaise, elle vous prend dans ses mains, vous donne envie de pleurer de bonheur... Les hommes aussi, il les préfère agréables à regarder, mais ils le sont si rarement, de cette beauté, je veux dire, émouvante et noble, un peu douloureuse, des visages de femmes quand ils se mettent à être beaux... Surtout s'ils ont un peu souffert, pas trop, juste ce qu'il faut. (Qu'est-ce que je suis cynique! s'admire-t-il). Les hommes, la souffrance les rend moches et un peu répugnants. Question de glandes, oui, bon, m'en fous. A une femme belle on pardonne d'être conne. Un homme beau et con n'est que con. Est-ce que ça existe seulement, beau et con?... Il rougit. Il ne se déteste jamais autant que lorsqu'il se surprend à forger des aphorismes à deux ronds.

Le voilà donc avec cette rouquine superbe. Il faut bien que quelqu'un commence. Il dit :

« Alors? »

Et elle :

« Ça me fait tout drôle.

– Drôle? »

Elle a un geste panoramique, comme ils disent au cinéma.

« Ça. La chambre. C'est celle du livre?

– Ah! bon... Oui, c'est celle du livre. Dites-moi...

– Oui?

– Vous vendez quoi, au juste?

– J'ai une tête à vendre quelque chose?

– Peut-être pas l'*Encyclopaedia Universalis* en trente-deux volumes, mais, disons, de l'interview. Pour *Paris Match*, par exemple. Ou, non, j'y suis : pour *Actuel*. Une série dans le genre « Ces vieilles merdes qui furent hier des gloires que vous idolâtrâtes ». Hm? Passé simple en moins. Ça se vend très mal, le passé simple, surtout dans *Actuel*. »

Elle fait la moue. Qu'elle fasse ce qu'elle veut, c'est toujours joli. Et elle le sait. Et elle s'en sert. Et elle a bien raison. Il apprécie. Autant ne pas laisser se perdre. Un homme appréciera toujours qu'une bonne femme se mette en frais pour sa pomme, même si c'est pour lui placer une assurance-vie. Mais son nez déçu l'a vacciné, question glandes. Il pense « Vingt dieux la belle bête! » comme il le penserait d'une jument, s'il s'y connaissait en juments. Ça reste dans les délectations esthètes.

Il remet ça :

« Chasseuse de têtes, hein? De vieilles têtes branlantes pour faire bien marrer les jeunots branchés. Votre photographe attend dans la rue?... Et ils marchent, les « has been »? Ils ne vous balancent pas par la fenêtre? Non, si ça se trouve ils vous offrent le porto et les petits-beurre qu'ils courent acheter exprès chez le Félix Potin... Nos bons vieux! »

Il la prend aux épaules – rondes et élastiques, les épaules, juste comme il les imaginait : une petite caille qui fait son petit tennis chaque week-end – et, les yeux dans les yeux – Nom de dieu, ces yeux verts! – de la voix du juge pour enfants à la lycéenne de bonne famille qui s'est fait piquer à tapiner du côté de Barbès-Rochechouart :

« Vous n'avez pas honte? Pensez un peu à votre chère maman. »

Comme ça, de tout près, elle fait moins jeunette. Les joues un peu creuses, le délicat coup de griffe au coin de l'œil, le maquillage un rien trop parfait... Il en est tout remué. Une rose d'automne, tout ça, tout ça... Elle l'a suivi à la trace. Elle a le petit sourire qu'il faut :

« Hé! oui. « L'âge des ogresses qui rôdent, cla-
« quant des mâchoires. L'âge des mantes religieu-
« ses. Les redoutables divorcées de trente-cinq
« ans... » Sauf que j'en ai quarante-cinq. »

Alors, là, si on le cite, il fond, le vieux con. Il fait la roue. Ecoutez-le qui enchaîne :

« Petit homme triste qui rêves d'un gros doux cul pour y poser ta tête, petit homme triste, si tu en vois une à l'horizon, fuis à toutes jambes, fuis! »

Elle dit, de l'air convaincu qu'elles ont pour dire ces choses :

« J'ai beaucoup aimé ce livre.

– Mouais... Si vous saviez le mal qu'il m'a fait pour sortir. Il m'a arraché le cul.

– C'est tellement vrai! Tellement vécu... A chaque ligne on se sent concerné. On en prend plein la gueule.

– Tiens, donc! Et vous étiez qui, vous? Laquelle des deux?

– L'autre, bien sûr.

– Bien sûr... »

Elle a un petit rire.

« Ce que j'ai pu l'emmerder, le pauvre lapin. »

Elle a deux grosses larmes.

« Je l'aimais, le salaud! Je l'aime toujours. »

Elle cueille ses larmes, l'une après l'autre, de la pointe d'un kleenex roulé en cornet, surtout pas bouillasser le rimmel. Elle hausse les épaules.

« Et merde! »

Lui sent que le scénario exige qu'il se fasse gros bourru paternel, appuie ta joue contre mon épaule, petite fille, et regarde le ciel étoilé, comme c'est beau.

Il dit :

« Alors, à vous non plus, ce bouquin n'aura servi à rien?

– Parce que vous vous figurez que les bouquins servent à quelque chose? En dehors de faire passer le temps entre Montparnasse et Perros-Guirec, je veux dire.

– Non, c'est vrai. Ils servent juste à soulager sur le moment ceux qui les écrivent, s'ils ont la rage d'écrire...

– Et la chance de convaincre un éditeur!

– Oh! alors, là, c'est trop! Ça leur permet de bouffer, en plus.

– Manger son chagrin, c'est mieux que ronger son poing. Nous autres qui n'avons pas votre talent... Bon, ça va, tortillez pas, faites pas votre rosière... Nous autres, pauvres cons et pauvres connes tout venant, il nous faut quand même, cœur broyé ou pas, laisser nos petites angoisses au vestiaire de l'usine et faire l'andouille toute la journée pour gagner notre croûte.

– Vous la gagnez, au moins? Oui, vous avez l'air. Ou alors, « divorcée profit », comme on dit dans les petites annonces?

– Mettons qu'il y a des deux.

– Ce « mettons » suggère une troisième source, celle qui paie le loyer.

– Dites donc, vous!

– Pardon-excuses, y avait pas d'offense. Si nous revenions à la case de départ, hm? Qu'est-ce que vous vendez?

– Je peux m'asseoir? »

*

Il y a une chaise, et il y a un pliant, et c'est tout. La chaise, un vestige des temps où il était rédac-chef de son hebdo et où la cabane était son bureau. Le pliant, un cadeau de Bébert-bois, le marchand de bois au détail de la rue Monge (ne pas confondre avec Bébert-troquet, juste en face), le jour inaugural où il lui avait acheté la planche en agglo et les deux tréteaux. Il hésite s'il offrira la chaise ou le pliant, se décide pour la chaise, mais il doit d'abord la débarrasser du tas de linge sale – faudra que j'y aille, à la laverie, merde! – qu'il envoie d'un bloc sur le matelas, dans le coin par terre, où il se mélange avec l'amas de duvets en vrac. Tout ce remue-ménage brasse d'aigres remugles de dessous de bras refroidis et de vieux pets qui dormaient entre deux replis. Le parfum du bon faiseur, atteint de plein fouet, pousse un cri, se faufile sous la porte et regagne à tire-d'aile la rue de la Paix. La rouquine pose son cul sur la chaise, son cul petit et dur comme un chou bien pommé, lui les préfère plantureux, format bain turc, s'épanouissant fabuleusement après l'étranglement de la taille, enfin, bon, il s'accroupit sur le pliant, il se dit ça me fait tout humble devant elle, très chevalier aux pieds de sa dame, et puis il rectifie : un pliant, ça ne peut en aucun cas évoquer le chevaleresque, tortille tant que tu voudras t'as le choix entre pêcheur à la ligne et bébé sur le pot, oui mais ça lui amène la ligne d'horizon à ras d'œil, les gentils genoux ronds bien lisses à portée de battement de cils, et l'entrecuisse serré serré très sage, l'hypocrite, que la perspective fait filer en un raccourci vertigineux vers les infernales pénombres... Ne rien laisser perdre, jamais. Caresser de l'œil, c'est déjà posséder, c'est tout posséder. Curieux que, communément, « posseder » une femme, c'est éjaculer dedans. Tu ne possèdes rien, à cet instant-là, eh, tu es éclaté éparpillé aux trente-six mille diables, tu parles si tu possèdes! Madame qui marches devant moi dans la rue, madame qui me fais face dans le métro, madame que je dévore des yeux à la sournoise et que je déshabille dans ma tête et que je complète à ma façon et que j'écarquille et que je renifle et que je lèche et que je me blottis contre chien de fusil ventre à cul dans le cher vieux ventre à maman, madame à ce moment tu es à moi, rien qu'à moi, que tu le veuilles ou non, que tu le saches ou non (elles savent, toujours).

« Alors? »

Elle hésite.

« O.K...

– Oh! dites : c'est quoi, votre accent? »

Il vient de s'aviser qu'elle a un accent, chantant, dansant, roucoulant, difficile à situer, en tout cas troublant. Les cordes vocales des femmes à accent nous agissent à tous les coups sur la fantasmatique bandatoire, bons jobards que nous sommes.

« Yougoslave. Serbe, si vous voulez des précisions. Je dis « yougoslave » parce que les Français ne savent jamais où se trouve la Serbie.

– Les Serbes disent " O.K. "? »

Elle rit.

« Pas spécialement. Moins souvent que les Français. Mais j'ai quand même vécu quinze ans aux States.

– Voilà, voilà... Oh! mais, je me conduis comme un cochon! Je suis censé vous offrir à boire, non? C'est ce qui se fait. Alors, voilà. J'ai rien. Que de la gnôle, pour m'endormir. Un cadeau. Je sais pas avec quoi c'est fait. »

Il allonge le bras, ramène un litre aux trois quarts vide, avec « GNÔLE » écrit à la main sur une étiquette collée de travers.

« Je vous en propose pas. Je la bois au goulot. C'est fort comme le diable. De l'arrache-gueule. J'aime bien. Je suis pas buveur – hélas, je voudrais bien, mais je suis malade avant d'être bourré, je dégueule partout, et puis je deviens méchant –, mais, la nuit, quand les comprimés ne se décident pas à agir et que les yeux me brûlent tellement que je ne peux plus lire, deux trois bons gorgeons au goulot, hop, le crochet du gauche me cueille au menton, la droite arrive aussi sec comme un obus, ma petite cervelle pique du nez et se cogne contre mes arcades, imparable, juste le temps de me rendre compte que je plonge, c'est bon, c'est bon, et voilà, y a plus personne... Remarquez, si ça vous dit...

– Merci. Ça ira très bien, je ne bois jamais dans la journée...

– Un petit nes'? Je suis con, j'oubliais que j'ai du nescafé, et même de l'eau, et même une plaque pour faire bouillir l'eau.

– Non, vraiment.

– Vous êtes bien brave. Vous auriez dit oui, j'aurais dû laver le bol, c'est tout croûteux, j'aime pas ça, pas du tout, laver les bols.

– Je l'aurais parié. Ecoutez...

– Nous y voilà!

– Je travaille pour André Delétang.

– C'est qui, ça? Ça me dit quelque chose, mais va savoir quoi...

– Oh! dites, eh, ça va! Même si vous ne regardez pas la télé, vous lisez le journal...

– Non, madame. La télé m'emmerde, la radio aussi, et quant au journal, suffit de jeter une fois par semaine un coup d'œil sur les gros titres en passant devant le kiosque pour savoir si la guerre atomique a éclaté ou si on a encore un petit répit. Cherchez. Vous voyez une télé, ici? Un transistor?

– C'est du parti pris.

– Non, madame. Simplement, je sais quand ça m'emmerde et quand ça m'amuse. Et quand ça m'emmerde, je ne peux pas arriver à me persuader que ça m'amuse. Je cherche pas à faire l'original, j'ai personne à épater, je sais seulement que l'ennui est pour moi une souffrance aiguë, violente, insoutenable, les autres, je sais pas, ils sont sans doute moins douillets, alors je fuis les occasions de m'emmerder, et résultat je vis tout seul dans ce trou, c'est pas des roses mais c'est, je crois, le moins pire du pire.

– Compris. Je vais faire comme si vous étiez un Martien qui vient de débarquer de sa soucoupe.

– C'est exactement ça qu'il faut faire.

– Eh bien, André Delétang a une émission de télé...

– Qu'ça veut dire, « a » une émission? Ça veut dire qu'il est producteur, réalisateur, présentateur, qu'il tourne la manivelle du machin ou bien qu'il cause dans le bidule? On n'est jamais trop précis, avec les Martiens.

– Ça veut dire que c'est son émission, qu'il la présente, l'anime, la dirige, enfin, c'est son émission, quoi. Merde, la France entière ne connaît que lui! Vingt millions de bons bougres, chaque semaine, collés le nez à l'écran rien que pour lui!... Vous me faites marcher, hein?

– Ça s'appelle comment, cette émission! Et on y fait quoi?

– Ça s'appelle « Le Temps aboli ». On y réunit des gens qui se ont aimés, qu'un coup du sort a séparés et qui ne s'en sont jamais consolés...

– Larme à l'œil et vécu pleine pâte. Je vois d'ici. Vous savez que, commercialement parlant, c'est une idée formidable? Je comprends que ça doit marcher, un truc pareil!

– Ça galope. C'est du délire. Mais enfin d'où sortez-vous? On a vu l'indice d'écoute crever le plafond alors qu'il y avait une finale de Coupe de foot sur l'autre chaîne. Vous vous rendez compte?

– Pas très bien. Le football me fait chier. Mais je suppose que vous voulez me faire comprendre que plus populaire que votre « Temps des cerises », là, c'est pas possible?

– « Temps aboli ».

– Et qu'est-ce que je viens foutre là-dedans?

– Eh bien, un des tomes de votre autobiographie est construit autour de l'amour malheureux de vos vingt ans...

– Ah! c'est ça?

– C'est ça, oui. Vous me voyez venir...

– Oh! que oui! »

Il hoche la tête, et puis il dit en détachant les mots :

« Vous voulez me retrouver Maria?

– Pas moi. Delétang. Si vous êtes d'accord. »

Il en bafouille.

« C'est... C'est grotesque! Et con. Et cruel. Vous vous rendez compte, la vacherie de ça? Quarante-cinq ans après! La gueule que je me paie!... Et elle! Je la vois telle qu'elle était, je peux pas la voir autrement, je sais bien que les quarante-cinq berges lui sont passées dessus à elle aussi, des bonnes femmes de cet âge, j'en vois tous les jours, mais ça reste du raisonnement, vous comprenez, elle, c'était autre chose, une fille... – j'allais dire « une fille formidable », ce qu'on peut être con, pourquoi pas « une nana sensass », aussi? – Maria c'était Maria, quoi, faut pas toucher à ça! Surtout pour votre machin à la « France-Dimanche », là... Gros mélo à faire chialer le bon populo juste avant la pub pour un polaroïd...

– Vous avez peur?

– Peur? Qu'est-ce que ça vient foutre? Evidemment, j'ai peur. Je voudrais vous y voir! Mais c'est pas la question.

– La question est que vous trouvez indécent que ça se passe devant vingt millions de téléspectateurs.

« Indécent »! Vous avez du vocabulaire... Non. C'est pas le pire. Oh! bien sûr, je trouve pas ça d'un goût exquis, mais après tout, c'est moi qui ai commencé, n'est-ce pas, en racontant notre histoire dans un bouquin... Quoique, voyez-vous, il y a la manière. Un livre, on y met de la pudeur, on nuance, on espère que le lecteur fera la moitié du chemin, je dirais presque qu'on se le choisit, le lecteur, en tout cas on s'adresse à un lecteur idéal – une lectrice, dans mon cas –, oui, bon... Tandis que votre cirque, là, je vois ça d'ici. De la cordialité de bonimenteur, du sentiment à la louche, un coup on les fait pleurer, un coup on les attendrit, du roman-photo pour grand- mères un peu baveuses dans une ambiance de jeux télévisés... Je vous en veux pas, ça ne peut pas être autrement, la télé c'est ça, mais, merde, vous me voyez, moi, vieux hibou qu'on aura été dénicher au fond du placard aux balais pour le jeter sous les projos, les bonnes pommes se rappelleront vaguement avoir vu ma gueule quelque part, il y a longtemps, ils ne sauront plus trop à propos de quoi, et quand on le leur aura dit ils penseront « Ah! ce type-là... » Peut-être même qu'ils croiront à un coup de pub pour me faire revenir à la surface, on ne les étonne plus, vous savez, tous les coups tordus ils les connaissent... Et, dites donc, j'y pense, quand l'un des deux est mort, qu'est-ce que vous faites?... Non, ne me le dites pas! Que je suis bête : un mort, c'est du gâteau! C'est là qu'on a de quoi causer, le lendemain, au bureau! »

Il s'est énervé. Il n'a plus l'habitude de parler si longtemps, la tête lui tourne, il ne sait plus quoi dire, c'est trop gros. Elle fait signe qu'elle demande pouce :

« N'en parlons plus. Emmenez-moi plutôt déjeuner, on a bonne mine, moi sur mon perchoir, vous dans votre bain de siège. Je vous invite, naturellement.

– Oh! vous pouvez même inviter les gens! C'est les Mille et Une Nuits! »

UNE BOUFFE

IL lui avait demandé « Le Chinois ou l'Hippo? » Elle avait dit « Le Chinois », ils étaient donc assis chez madame Chinoise d'à-côté, madame Chinoise s'était précipitée à leur rencontre avec la joie de la sœur qui retrouve un frère tendrement chéri perdu en mer il y a vingt ans, la joie qu'elle réserve à tous ses clients. Qui a dit que les Chinois sont feutrés et silencieux? Celle-ci est la plus gaie, la plus expansive de toutes les patronnes de restaurant, son rire vous arrive dessus à peine la porte poussée. « Oh! vous, toujours avec très jolie madame! Cette madame-là, jamais vue. Encore plus jolie! » Elle en est restée au temps, déjà si lointain, où il lui arrivait de venir manger le travers de porc sauce piquante avec Gabrielle, ou avec une autre. Elle doit penser que c'est mettre l'homme en valeur auprès de la dame son invitée que de vanter ses conquêtes belles et nombreuses... Politesse chinoise, faut croire.

Tout en jouant des baguettes, elle attaque sec :

« Donc, vous n'êtes pas mort. »

Elle le cherche, ma parole! Ça l'agace. Elle s'en rend compte, alors elle dit, vite :

« On a dû vous servir ça pas mal de fois...

– Vous pouvez le dire! A la sortie du bouquin, c'était la question à mille balles.

– C'est votre faute, aussi. Pourquoi vous faites-vous mourir à la dernière page? On y croit, vous savez. Enfin, non, mais on se demande quand même si vous n'auriez pas écrit ça pour annoncer d'avance ce que vous alliez faire.

– Tiens, c'est vrai. J'y avais pas pensé. Evidemment, vous êtes déçue.

– Ça va, eh! Mais bon, puisque vous n'êtes pas mort, on aimerait connaître la suite. Et d'abord, pourquoi avez-vous cessé d'écrire?

– Je n'ai pas cessé. Faut bien bouffer.

– Oui, des bricoles. Faites pas semblant. Moi, je veux dire cette histoire. Votre histoire.

– Oh!... J'étais arrivé au bout. J'avais rattrapé le temps. Plus rien à raconter.

– Enfin, il s'est passé des choses, depuis... Vous nous avez laissés, coincé entre deux femmes, incapable de choisir. Votre épilogue était une galipette, une dérobade. Il y a de ça, voyons...

– Cinq ans.

– Cinq ans! Vous n'en êtes tout de même pas au même point qu'il y a cinq ans?

– Beh... Non, bien sûr. Non.

– Alors, vous avez choisi?

– Ah! ah! Ça vous démange, hein? Eh bien, non, je n'ai pas choisi. Disons, j'ai choisi la troisième solution. Celle qui supprime l'embarras du choix.

– C'est-à-dire?

– C'est-à-dire que j'ai quitté les deux.

– Oh! c'est malin, ça!

– Non, pas très. Mais c'était la seule chose que j'étais capable de faire.

– En somme, de leur point de vue, vous vous êtes vraiment supprimé.

– Sans me supprimer « physiquement », ce qui fait très peur, et je suis douillet. Quitter l'une, ou quitter l'autre, impossible. Continuer à vivre comme ça, impossible. Alors, bon, je perds tout.

– La fuite, toujours.

– On ne se refait pas.
– Et maintenant? Ça va mieux, au moins?
– Maintenant, je m'emmerde. A crever. A hurler.
– C'était bien la peine...
– Mais je n'ai pas fait ça pour que ça aille mieux! Je savais très bien que ce serait pire que tout. Mais je ne pouvais pas faire autrement, vous comprenez ça? je ne pouvais pas, voilà.
– Maso à ce point-là, c'est quand même pas très courant. Pour ne pas perdre l'une ou l'autre, vous perdez les deux!
– Non. C'est pas comme ça. Pour ne pas faire de peine à l'une ou à l'autre, je fais de la peine aux deux, mais le minimum de peine : chacune sait que l'autre ne m'a pas. C'est ça, le vrai truc, vous voyez?
– J'ai du mal à suivre.
– Moi aussi. Mais il y a longtemps que j'ai renoncé à comprendre. Il y a des choses que j'arrive pas à faire, alors je casse tous mes joujoux, na! Pour me punir d'être aussi con, peut-être? Pour être con jusqu'au sublime, jusqu'à l'absolu de la connerie, tant qu'à faire? Va savoir.
– Vous voilà bien avancé.
– C'est mes oignons.
– Et vous vivez... là?
– Dans ce taudis, c'est ça, dites-le.
– Mais vous auriez pu vous rabattre sur la maison, les arbres, les chiens, je ne sais pas, moi, vous aimez tant de choses...
– Ça n'avait plus de goût. Rien. J'aurais jamais cru qu'un jour viendrait où la vie n'aurait plus de goût, et pourtant il est venu, ce jour-là.
– A cause d'une bonne femme?
– Oh!... Disons que ça a catalysé. Précipité l'évolution. Ça m'a plongé le nez dans mon impuissance à décider, donc à vivre. Je crois que ç'avait toujours

été là, tapi dans un coin noir. La conviction profonde, absolue, que rien n'a d'importance, que rien ne vaut la peine, qu'on n'a que la vie, rien de plus que la vie et la conscience de l'avoir, et qu'on ne l'a pas pour longtemps. L'ambition, la réussite, le fric... Rien de ce qu'on peut faire avec ça ne m'a jamais excité. Les gosses, la famille... Non. De ce côté-là, j'ai le cœur sec comme un coup de trique. Deux choses seulement m'ont maintenu longtemps la tête hors de l'eau : le goût du boulot bien fait et le cul des femmes. Surtout le cul des femmes. La première chose m'a quitté juste comme je renonçais à l'autre. Si bien que je me demande si les deux n'en faisaient pas qu'une, finalement. Mon petit copain Reiser me disait : « Ce qui nous a poussés à entreprendre des « trucs formidables et à les réussir, c'est le cul des « bonnes femmes. » Oh! qu'il les aimait donc, lui aussi! Et, enfant de pauvres lui aussi, elles lui paraissaient la récompense suprême, tout là-haut, inaccessibles, merveilleuses... Oui. Quand j'ai compris que, quoi que je fasse, tout aurait désormais et pour toujours ce dégueulasse goût de cafard...

– Mais pourquoi renoncer aux femmes? A toutes les femmes, je veux dire.

– Parce que, voyez-vous, je dis le cul, mais je mets trop de choses là-dedans. J'investis trop, pour causer comme les gens branchés. Il me faut la grande amour, les émois, les tremblements, les angoisses d'avant le rendez-vous, tout le cinéma.

– Mais tu... Oh! merde, je te dis « tu », et je te ferai remarquer que tu aurais pu commencer le premier, c'est le rôle de l'homme, ce genre de truc, non?

– Va toujours.

– Oui... Les bêtes. Même pas un chien? Je n'arrive pas à le croire. Je ne te voyais pas vivre sans une ribambelle de chiens, de chats, de canards, de pintades, autour de toi. Et les arbres, les plantes... Comment as-tu pu?

– Oh! là aussi, ça s'est fait tout seul. Mon vieux Nicolas, le briard, est mort de vieillesse. Le petit Mathieu, le caniche trouvé, en a fait autant peu après... Tita avait ses barzoïs, Gabrielle avait sa chatte et son gosse. Moi, ici, je ne veux rien, même pas une tortue. Il faut s'en occuper un minimum, tu comprends, et ça, rien à faire. Pas de fil à la patte. La chute libre... Il me reste les araignées. Ça se démerde tout seul, les araignées.

– Et ta maison? Tu l'as achevée, au fait?

– A peu près. L'essentiel. Elle a belle gueule, tu sais. Je m'y suis donné comme si j'avais pour mission sacrée de retaper cette maison. Et puis, une fois finie, bon, c'était fait. Je sais construire ou réparer les choses, je ne sais pas en profiter. Cette maison trop grande, faite pour qu'y courent des ribambelles de mômes, pour que des familles y prennent le thé sous les frais ombrages, dans la porcelaine de Chine... Tu me vois là-dedans, moi à qui les mollets des gniards donnent envie de mordre? Tu nous vois là-dedans, Tita et moi, en chiens de faïence, chacun sa chambre à un bout, chacun regardant vieillir l'autre, muets, fermés, elle et sa sacrée dignité, moi et mes désespoirs romantiques rentrés...? Horrible. Ça aurait pu être grandiosement fou et marrant, ça sombrait dans le grotesque, ça puait la folie.

– Complètement dingue!

– C'est ce que je suis en train de t'expliquer. Il me semble en effet que je ne suis pas très sain de ce côté-là. Une espèce de folie morose et ruminante, si tu vois...

– Ça a dû te mettre sur la paille, ton Versailles?

– *Les Ritals, Les Russkoffs* et la suite y sont passés, enfin, tout ce que le fisc n'a pas bouffé. Or, j'ai su presque dès le début que je n'y vivrais pas : j'avais rencontré Gabrielle. Je fonçais tête baissée vers quelque chose d'inouï, rien ne serait plus comme avant. Ma gnangnantise en fit le ratage que tu sais. Du moins ce ne pouvait plus être « comme avant ».

– Ecoute. Je voudrais te dire une chose. Tu ne te fâcheras pas? D'ailleurs, je ne suis pas la seule, j'en ai causé, plein de femmes pensent comme moi. Ta Gabrielle, là, tu permets, eh bien, c'est une grande dinde. Moi, un mec comme ça, je serais trop contente, enfin, merde! Arrête un peu de te couvrir de cendres, tu veux? Elle sait à quel point tu l'aimes, tu as écrit un bouquin rien que pour le lui dire, elle sait combien tu es passionné, et fragile, et infantile, et que tu ne supportes pas qu'on te fasse la gueule, total elle te reproche quoi? De ne pas être un bon gros beauf' qui est là tous les soirs, qui retient la location six mois d'avance pour les vacances de neige...

– Elle ne supporte pas d'être seule. Elle perd les pédales...

– Mais tu ne la laissais jamais longtemps seule! Tu vois, j'ai bien retenu. C'est si bon de se retrouver! Elle aurait dû attendre ces moments-là comme une gosse attend le Père Noël...

– Comme moi je les attendais!

– Se faire belle, mettre des fleurs partout, préparer ça comme une fête... Et ne pas t'emmerder, bon dieu! Tu es comme tu es, tu n'es pas du bois dont on fait les maris, et alors? Si tu étais un solide pépère, tu n'écrirais pas, pas comme tu écris, en tout cas. Je te jure qu'en lisant ton bouquin, beaucoup auraient voulu être à sa place! Je suis sûre que tu n'étais chiant que parce que tu avais peur, d'avance, de ses reproches, et que quand on te fait risette tu es gai comme un pinson.

– Elle ne supportait pas que je m'en aille. L'angoisse de l'« après » d'avance la rendait malade, et agressive. Du coup, je n'osais plus revenir. Deux dépressifs ensemble, tu sais, c'est pas le mélange idéal. Pas un pour relever l'autre, on s'enfonce mutuellement...

– Moi, je lui aurais dit : « Pauvre petite, mais s'il « avait laissé tomber sa Tita pour t'épouser, il « aurait bientôt couru après une autre, c'est sa « nature, allergique au mariage, et tu aurais souf- « fert abominablement, et il aurait souffert de ta « souffrance, l'enfer à nouveau, pire que l'autre... Tu « as la part royale, grande conne! » Voilà ce que je lui aurais dit.

– Elle était harassée. Travaillait très dur, rentrait tard, le gosse à s'occuper...

– Mais elle t'avait! Ç'aurait dû être le soleil! Et elle t'aurait trouvé bien plus souvent l'attendant si elle ne t'avait pas fait si peur. Avoue!

– Dis, tu serais pas en train de faire une déclaration par la bande au pauvre vieux tout triste?

– Compte pas là-dessus, pépé! J'ai mes pauvres, et c'est bien assez compliqué comme ça.

– Ah! toi aussi...?

– Moi aussi, comme tout le monde. Mais je veux pas me laisser boulotter, moi. Ah! non! Je prends le bon, je laisse le reste.

– Tu me donneras la recette.

– C'est ta Julie qui en a besoin.

– Trop tard.

– Pour de bon? N-i, ni?

– Elle est casée.

– La conne!

– Non. Elle va très bien. Très, très bien.

– Ça te fait plaisir?

– Ça devrait. Mais j'y arrive pas. Je suis pas bon à ce point-là. Oh! nom de dieu... »

*

« Alors, toujours tout seul dans ton trou?

– Oui. Je l'ai bien cherché, non? Tu vois, je mène une vie réduite aux stricts besoins élémentaires, et c'est très bien comme ça. Je me lève quand j'en ai marre d'être couché, je mange quand j'ai faim (c'est bon jusqu'à la volupté, de manger quand on a bien faim), et je mange des choses marrantes, des choses malsaines que ma maman me défendait de manger : pâté, saucisson sec, harengs saurs, vieux bouts de fromage tellement desséchés qu'ils sont tout noirs et t'emportent la gueule, olives bien pimentées, des trucs comme ça. Pour dessert, des pommes, ou bien alors des gâteaux turcs dégoulinants d'huile et de miel synthétique. J'adore. Je bois des saloperies acidulées-sucrées qui me ravissent, des limonades à l'orange chimique, tout ce que tu voudras sauf du Coca-Cola. Le Coca-Cola me colle une soif de chien et me laisse un goût de sirop pour la bronchite... Toujours de quoi lire à portée d'œil, bien sûr. Je traîne ma vie, c'est très bon, je me mets au travail quand vraiment je ne peux plus faire autrement, je sais d'ailleurs pas pourquoi parce que travailler aussi est un plaisir, enfin mon boulot à moi en est un, mais rien à faire, je peux pas me décider à attaquer, je remets, je remets, un remords sournoisement monte et grossit, là-dedans aussi, au fond, il doit y avoir un plaisir, cette petite angoisse d'être en faute, cette trouille de la feuille blanche, quand ça reste dans des limites raisonnables... Je me paie le luxe de rester des semaines sans me raser, sans me laver, sans mettre le nez dehors... Encore un plaisir où rôde la culpabilité : je me dis que si quelqu'un pouvait me voir j'aurais honte. Je marche dans les rues, beaucoup, j'aime marcher, mais dans des rues, tu vois, à la campagne je m'emmerde, et la nuit, toute la ville à moi, je peux parler tout haut en marchant, personne pour me regarder comme un hurluberlu dangereux...

– Et la baise?

– La baise, dis-tu? Oh! que j'aime pas ça, dit comme ça, surtout par une femme tout à fait baisable! Eh bien, la baise c'est pas aussi indispensable qu'on le proclame. Pas autant que la bouffe. Ou que respirer. Ou que faire pipi. Oui, j'aime dire « faire pipi », ça me met en joie. « Faire caca », aussi...

– Et pour la baise, tu dis « Faire un gros câlin »?

– Oh! ça va! Tiens, à propos. Retiens-toi de pisser longtemps longtemps, à t'en péter la vessie. Et puis vas-y, pisse tout ton soûl. Les premières secondes te poignardent le gland d'un plaisir aussi intense qu'un orgasme très réussi. Enfin, pour les femmes, je ne garantis pas que ça fonctionne. »

CAMILLE

CAMILLE sort de chez lui, c'est-à-dire de chez Madame Durand, pas confondre, il habite là mais il n'est pas chez lui, il est chez elle, chez Madame Durand, il paie pension, du moins il fait comme si, Madame Durand dit « mon pensionnaire », et s'il s'envoie sa propriétaire quand il rentre bourré à ne plus voir clair – il faut être bourré à ne plus voir clair pour avoir l'idée de s'envoyer Madame Durand –, et s'il lui fout des roustes crapuleuses après l'amour, ceci reste une affaire strictement privée, ça ne perturbe pas le statut officiel, Madame Durand est une dame distinguée qui arrondit ses modestes ressources en procurant le gîte et le couvert à un gentleman honorable, comme dans un roman d'Agatha Christie. Madame Durand dit « vous » à Camille. Camille ne dit ni « vous » ni « tu ». Camille grogne. Evoquer Camille et Madame Durand copulant dans le marécage de pisse de chat est un thème qui revient souvent dans les conversations de Bibi et des autres, autour du petit bar intime dans le recoin prévu pour ça, au fond de ce qui fut la glorieuse salle de rédaction de *Charlie-Hebdo* et qui l'est encore de *Hara-Kiri*.

Camille sort dans la cour, il va vider son seau de pisse de la nuit. Camille a l'air contrarié. Il fait même carrément la gueule. Disons, plus que d'habitude. L'observateur exercé discerne, sur la trogne de Camille, faufilée parmi les géographies compliquées des boursouflures sanguinolentes qui la font ressembler à une énorme framboise écrasée contre un mur, une framboise toujours de mauvais poil mais ce n'est qu'un masque trompeur dû aux boursouflures, l'observateur exercé discerne aujourd'hui, surajoutée, une authentique contrariété. Camille ronchonne des nom de dieu de bordel en traversant la cour. Son seau malmené clapote au bout de son bras. Camille est en petite tenue d'intérieur, maillot de corps et slip de coton à côtes. Le slip devrait être blanc, il est gris foncé avec une large auréole jaune vif magnifiant l'endroit sacré, il pend jusqu'aux genoux et, par l'échancrure, on voit, comme on voit, les jours de fête carillonnée, battre le gros bourdon par les fenêtres en ogive du clocher de Notre-Dame, on voit se balancer une placide paire de couilles noires dans son sac de vieille peau flasque[1].

Voilà Bibi. Il traverse la cour dans l'autre sens.

« Salut, mon père Camille! C'est ton petit dernier que t'emmènes promener? Un bel enfant, dis donc. »

Mais Camille n'a pas la tête à la gouaille cordiale. Il râle.

« Bon dieu, a fallu qu'a me tombe malade, c'te charogne! Tu crois que c'est marrant, toi?

– Qui ça? Ta vieille?

– A s'est cassé la gueule tout d'un coup, je lui dis ben, relève-toi, alle est restée à nager par terre en couinant, je me suis dit j'espère qu'a s'est pas cassé quéque chose, je l'ai attrapée par en dessous les bras pour y aider, v'là qu'a se met à gueuler pire qu'un goret, je me suis dit ben, ça y est, a s'est cassé

1. Camille fut le point de départ du « Gros Dégueulasse » de Reiser. Il fut aussi l'illustre modèle du macaron « Bison Bourré ».

quéque chose, et merde, j'y ai dit bouge pas, et alors j'ai été chercher vot' dame, là, Madame Odile, alle a dit oh! là! là, touchez-y pas, faut appeler le docteur. Bon, ben, le docteur, il est venu, pis ils l'ont emmenée à l'hôpital, pis elle a le col du fémur, et total me v'là bien.

– Le col du fémur? Oh! merde, à c't' âge-là...

– Ben, voilà. C'est pas raisonnable, t'es bien d'accord. Aller se coller le fémur à son âge, hein... »

A partir de là, Camille a commencé à dégringoler la pente. Très triste spectacle, vraiment. Bourré du matin à l'autre matin. Bourré, bourré. Plus personne pour le retenir. Pour veiller sur sa cirrhose. Pour le laisser dormir dehors quand il avait dépassé les bornes. Pour l'obliger à un minimum de dignité. Il sortait son seau de pisse complètement à poil, maintenant, et tout l'immeuble pouvait constater que la framboise écrasée qu'il avait sur la gueule il l'avait partout, sur la poitrine, sur le ventre, sur le cul. Sauf les couilles, toujours très noires. Il ne consentait à enfiler que ses sandales et ses chaussettes, ayant le pied délicat. Peut-être simplement ne les ôtait-il pas pour dormir.

Il sifflait sa retraite d'ancien facteur le jour même où il la touchait. Comment mangeait-il, va savoir. La dame aux chats nourrissait les moumous de Madame Durand en plus des chats de la rue, si les pauvres étaient vraiment pauvres ils ne foutraient pas leur fric en l'air à des conneries, et pendant ce temps-là, les petits enfants du Sahel, ah! là! là!...

*

Ça n'a pas traîné. Un dimanche soir, Armand le grutier, qui habite au premier sur la cour, dans l'aile qui fait l'angle, s'inquiète de voir la lumière allumée depuis trois jours chez Madame Durand. De sa fenêtre, il plonge droit dedans. Il distingue dans la pénombre quelque chose de plus pâle, il n'arrive pas à bien voir quoi à cause des carreaux tellement cradingues. A la fin, il descend, il frappe à la porte, ça ne répond pas, il tourne le truc, ce n'est pas fermé à clef, il pousse la porte, il se bouche les narines bien serrées entre le pouce et l'index, il entre.

La chose plus pâle, c'était Camille. Le cul de Camille. Pointé droit en l'air. Camille était comme à quatre pattes, mais avec les pattes de derrière toutes droites, pas pliées au genou, ce qui est difficile, et la gueule appuyée contre le mur, drôle de position, tout ce qu'on voudra.

Armand s'est douté de quelque chose. Il a dit « Oh! Camille! » et il a fait le tour de Camille, voir de quoi il retournait. Il a avancé la main, il a touché l'épaule de Camille, nom de dieu c'était tout froid. Et Camille est tombé, tout d'une pièce, les quatre fers en l'air, comme un cheval de bois. Les chats, tout autour, regardaient.

« C'est bizarre, ces ecchymoses sur la figure », a dit le médecin.

Camille avait la gueule toute bleue, comme s'il se l'était plantée dans le mur.

« Il a dû se planter la gueule dans le mur, a dit Armand. Il était soûl perdu, vous pouvez être sûr.

– Probablement, a dit le médecin. Il se sera assommé, et il est resté là où il est tombé, le mur l'a retenu.

– Voilà. Et puis il a clamsé là, comme il était, le cul en l'air. On est bien peu de chose. »

*

« On est bien peu de chose, dit Bibi. N'empêche, c'est une belle mort.

– Il n'y a pas de belle mort, dit le moustachu. Il y a la mort, c'est marre.

– Oui, bon, philosophie à part, il a pas eu le temps de la voir arriver. Il était en pleine vape, il souriait aux anges, il est passé directo de son petit paradis dans le grand, il a même pas eu trois marches à grimper, tout le monde peut pas en dire autant, moi je dis.

– Et les chats? demande Odile.

– Les chats, quel travail! Il a bien fallu les chasser, pour pouvoir fermer la baraque. Ils ne voulaient pas s'en aller, pauvres petites bêtes. Mais ils crevaient de faim. Alors la petite mère Ronron les a attirés dehors avec des boîtes, maintenant ils doivent être à côté, avec toute la tribu.

– Alors, Madame Durand, quand elle rentrera, ses moumous, pfft, envolés? Ça va lui faire un choc.

– Madame Durand, avant qu'elle revienne... Ils la placeront dans une maison de retraite, en admettant qu'elle sorte de l'hosto.

– Chez les petits vieux de Nanterre? Ce coup-là, oui, elle va en crever!

– Elle sait, pour son Camille?

– Personne a osé lui dire...

– Quand même, dit Odile, mourir comme ça, sans un sou, c'est triste.

– Ah! non! Pas sans un sou! dit Cyprien, le facteur.

– Quoi, pas sans un sou? Qu'est-ce que tu veux dire?

– Je dis que Camille avait du fric. Un petit magot. Je le sais, moi, c'est lui qui me l'avait dit. Il me disait tout. C'est parce qu'on a été collègues, dans le temps, aux P.T.T. On bossait ensemble sur le cinquième, c'est même lui qui m'a appris le métier quand je suis arrivé de Cayenne, ça crée des liens, comme on dit. Dix briques, il avait.

– Dix briques? Camille? T'es pas bien! Où qu'il aurait eu dix briques, Camille?

– Camille, il était pas si con qu'il en avait l'air. On croit qu'il picolait tout, mais il picolait pas tout.

– Mais qu'est-ce qu'il en aurait foutu, de ce fric? Il était sûr de toucher sa retraite jusqu'à sa mort, de besoins il en avait pas, à part le jaja, et à la mère Durand il devait pas lui donner gras.

– On croit ça, Madame Odile, que les gens, ils ont pas de besoins. Mais ils ont toujours un besoin, par exemple la sécurité. De se savoir un petit magot bien au chaud, ça lui tenait compagnie, vous comprenez.

– Et où qu'il est, son magot? A la banque?

– Oh! non. Il l'avait avec lui, en billets, pour se le compter de temps en temps.

– Sous le matelas? rigole Bibi.

– Ah! ça, je sais pas. Il me l'a pas dit, et je lui ai pas demandé.

– Mais dis donc, ça change tout, ça! Suppose que quelqu'un de pas honnête aurait appris ça, hein? Un mec bourré, ça cause à tort à travers... Tu sais que c'est quand même bizarre, ce macchabée, le cul en l'air, la gueule dans le mur et toute bleue?... Vachement bizarre, merde.

– Qu'est-ce que tu vas chercher!

– Quoi? On y aurait cogné la gueule contre le mur jusqu'à ce qu'il tombe dans les pommes, on l'aurait trouvé exactement comme on l'a trouvé. T'attrapes un mec bien bourré derrière la nuque, trois quatre coups, c'est vite fait.

– Bien sûr, c'est possible. Tout est possible. Et alors?

– Alors, je dis que c'est déjà plein de voleurs, le quartier, que t'oublies de boucler ta lourde dix secondes ils te vident le logement t'as rien vu, et si tu les vois ils te cassent la gueule, en prime, mais si maintenant ils se mettent à estourbir les gens, polope, je marche plus.

– T'excite pas. Faudrait déjà savoir. Le fric, normalement, il doit toujours être là, non?

– Normalement.

– Alors, c'est pas dur. On y va et on cherche. Si on trouve, ça voudra dire que Camille est bien clamsé tout seul de mort naturelle. On filera le fric en douce à la mère Durand quand elle reviendra, sinon on pourra peut-être lui dégotter une maison de retraite un peu moins tartignolle, je sais pas, moi...

– Et si on trouve pas?

– Alors, là... T'es sûr de ce que tu dis, Cyprien?

– Sûr, sûr, archi-sûr.

– Dans ce cas, t'as raison, Bibi, y a quelqu'un.

– Et ce quelqu'un-là, je veux me le faire », dit Bibi.

*

Choron lève les bras. Au bout d'un bras, il y a le fume-cigarette, au bout de l'autre la casquette de marinier. Son œil brille de malice, son crâne encore plus. C'est mardi soir, il y a du monde, l'habitude s'est prise au temps joli de *Charlie-Hebdo*, on le bouclait le mardi, en catastrophe bien sûr, le soir on n'en revenait pas d'avoir réussi une fois de plus, nous, pauvres peigne-cul bricoleurs, à faire un vrai journal, on était bien fatigués bien soulagés, on buvait un coup entre soi, on déconnait, on rigolait, ça s'était su, les gens avaient commencé à venir, des copains mais aussi des qu'on ne connaissait pas, des binettes anonymes qui finissaient par sortir du décor et par s'imposer par leur assiduité même. Et puis, *Charlie-Hebdo* mort et enterré, l'habitude est restée, les mardis soir la grande salle est pleine d'un mur à l'autre, plus tout à fait les mêmes croquants mais leurs cousins germains. Des vieux de la vieille ne subsistent guère, à part Choron l'increvable, que

Gébé, Gébé plus vrai que nature, Gébé jouant Gébé pour une invisible caméra, bien calé devant la table-colosse entre deux piles de paquets de gauloises bleues, sa longue figure de cheval pensif toujours sous le bon angle, soufflant toutes les dix secondes la fumée à pleins naseaux avec un gros soupir, et aussi le bon géant Willem assis sur une fesse, impassible et souriant dans le pire tumulte, écrasé sur la table comme un môme qui ne veut pas que le voisin copie, esquissant du bout de la plume des ribambelles de graffitis délicats, obscènes au-delà de tout délire et d'un sadisme à te faire tomber les dents en miettes.

Ce soir-là, il y a encore le moustachu, venu en voisin, juste la cour à traverser. Et puis le terrifiant cigare de Wolinski, emmanché dans sa bonne bouille toute ronde. Et puis Cabu-Duduche, né à dix-sept ans et qui mourra à dix-sept ans, les cheveux au bol, les pieds en dedans. Et puis Delfeil de Ton, dont le rire est un cataclysme. Et puis Dimitri accouru des steppes de Seine-et-Marne avec sa radieuse Yvette. Et puis Paule, la mère innombrable de tout ce qui porte poil ou plume. Et puis Hugot, Nicoulaud, Carali, Schlingo... C'est rare qu'il y en ait tant à la fois, ils sont désormais dispersés par le vaste monde dans des publications austères, ils sont contents d'être là, dans la vieille chaleur, dans la vieille odeur, même si noyés dans une foule dont peu de visages leur rappellent quelque chose.

Choron lève les bras. Le brouhaha s'assourdit un peu. Choron parle, haut et fort :

« Je le dis pour ceux qui ne le sauraient pas : Camille est mort. Je lis sur vos gueules : « Camille? Qui ça, Camille? » Alors, voilà. Camille était le nom vulgaire de celui que la France entière vénéra sous le pseudonyme illustre de Bison Bourré. Son effigie figure sur les macarons autocollants que vous ou vos enfants collez sur la voiture d'autrui quand on ne vous voit pas. Camille était une grande vedette internationale. Il a tourné dans je ne sais combien de romans-photos publiés, en couleurs et avec des bulles qui parlent, dans *Hara-Kiri*, journal bête et méchant, en vente partout. Je ne vous demande pas d'observer une minute de silence. J'emmerde le silence, ça fait mal aux oreilles et on entend les souris grignoter le bois du lit, ça fait peur à Odile.

« Je vais chanter pour Bison Bourré. »

Gayet prélude à tout hasard sur le piano – comme si Choron s'occupait du piano –, Gourio joue des baguettes sur le tambour, sec et fort, Berroyer gratte une guitare.

Choron saute sur la table, tape du pied, disco comme pas un, l'œil inspiré. Il attend que descende en lui le fluide divin. Ça vient.

Bison Bourré
Nous a quittés.
C'est vache.

Tambour.

Bison Bourré
S'est débiné.
Ah! la vache!

Tambour inexorable. Guitare gémissante. Piano batifolant pour soi seul.

« Merde, dit Choron, j'ai trop de peine. Ça me coupe l'inspiration... Tiens, Bison Bourré, je vais chanter pour toi le *Tango des Affamés.* »

Ah! ça, ils l'ont bien en main. La musique prélude.

L'estomac dans les talons,
Ils traînent la patte comme des cons...

Tango! Tango! Tango!
La danse qui ne fatigue pas trop.

Choron est lancé. Tout son répertoire y passera. Un peu plus tard arriveront Zanini et son saxo, Sammy et sa batterie, ça va chauffer, ça va danser, et puis Choron dira « Moi, j'ai soif, les gars » et ça se terminera ici ou là, devant des bouteilles de champagne, Choron chantera encore, et puis il s'esbignera sans qu'on sache comment. Hénin-Liétard qui vient des Flandres pour faire la noce à Paris veut faire la noce, Gourio est d'accord, Gébé ne dit pas non, Bozec suit le mouvement, toute cette belle jeunesse se fera jeter successivement de tout ce qui reste ouvert tard dans le quartier et, avec un peu de chance, se réveillera demain matin dans la cage du commissariat de la montagne Sainte-Geneviève.

Le moustachu depuis longtemps a décroché. Il se sent comme le bout de planche laissé par la vague sur les galets. Mais il s'est toujours senti comme ça.

*

Il se dit voilà, mon monde à moi c'est celui des Camille et des mère Durand. La rue Sainte-Anne était comme cette cour, pleine de vieux comme ceux-là. J'ai besoin de pavés luisants et d'herbe dans les fentes, j'ai besoin de désespoir-bec-de-gaz, c'est mon climat natal, quoi.

Madame Durand et son Camille étaient les purs produits de la cour, ou bien c'est eux qui sécrétaient la cour autour d'eux, enfin ils ne pouvaient aller les uns sans l'autre, pauvres vieux cloportes anachroniques grouillotant dans ce cul de basse-fosse sur mesures. Eux partis, la cour baisse les bras, comme ces vieillards qui, un jour, se laissent soudain glisser. Elle a maintenant pleinement l'air de ce qu'elle est, la cour : triste à crever. Le décor d'un de ces films accordéon-tristouille-optimiste-pâlichon oublié là depuis les temps du Front Popu par un René Clair parti sucer les pissenlits en oubliant de ranger le matériel, et qui pourrit sur place. Les étages de plâtras tout autour, derniers authentiques entassements de clapiers à misère du quartier, abritent maintenant des petits couples éphémères à blousons de cuir et casques-aquariums, parmi lesquels s'obstinent quelques Parigots vieux modèle, cabas pour les dames, mégot papier maïs collé en coin de lippe pour les mâles, qui achèvent lentement de fondre et de disparaître dans l'époque comme le sucre dans le café, sans faire de remous.

LA MAUBE TOUT AUTOUR

Un constipé chronique regarde avec extase son chien poser sa crotte sur le trottoir, en plein milieu. Ça le soulage comme si c'était lui. Il pousse avec le chien, qui moule dans la souffrance un bâton dur comme une trique de flic et rouge comme une enseigne de bureau de tabac, c'est à cause du colorant qu'ils mettent dans le Canigou afin d'exalter les rouges carottes si tellement bonnes pour la santé vu que c'est plein de vitamines. Des carottes à un clebs! Je vous jure... Oui, bon, c'est le chien qui bouffe mais c'est le maître qui achète, alors c'est la petite tête du maître qu'il faut faire saliver. L'autre bout de l'étron cogne enfin le pavé, on entend le choc, le clébard allégé frétille et fait le fier, le bonhomme encore plus. Chier, inaccessible idéal du constipé, aussi angoissant pour l'épanouissement de son âme que bander l'est pour celle de l'impuissant! On peut d'ailleurs très bien être à la fois constipé et impuissant, il y a des êtres vraiment pas gâtés par la vie. Et notez que ce sont, l'une et l'autre, la constipation et l'impuissance, deux tares qu'on n'avouerait à aucun prix. On enfouit ça au plus secret de soi, on se ratatine en silence, on en crève, on en étouffe, peut-être se suicide-t-on? Ou devient-on névrosé déconnant fou dingue?

Le moustachu s'est raconté tout ça dans même

pas le temps de faire trois pas. Le moustachu de tout à l'heure, oui, l'escogriffe du fond de la cour, celui aux volets toujours clos. Il a noté dans le coin de son œil le constipé et son chien, aussitôt le topo s'est déroulé dans sa tête. Il est comme ça. Ses yeux ont l'air grands ouverts, en fait ils ne voient rien, juste ils filent de loin en loin un bref coup de radar sur l'alentour, pour faire le point, enregistrer l'obstacle, et aussitôt le voilà qui replonge dans le dedans de sa tête, ce qu'il vient d'entrevoir l'a lancé dans une nouvelle cascade de déductions, il complète, il brode, il orne, il philosophe, il remonte dans le passé, il prolonge dans l'avenir. Par exemple, là, le constipé et son chien... Des conneries qui ne mènent à rien, qu'à s'isoler de la vraie vie vivante et à s'éclater la gueule contre les réverbères.

Une portière claque. Une dame-taxi descend de son babut. Elle dit « Monsieur! » Elle dit cela à voix haute et impérieuse, la voix du flic du grand magasin qui épingle la voleuse de mouchoirs. « Monsieur! » Elle brandit un rouleau de papier-cul tout neuf, du beau qui fait de la pub à la télé, bleu lavande et qui doit sentir bon. Les messieurs disséminés à proximité se figent, un pied en l'air, mais tout de suite le regard de la dame-taxi dissipe l'équivoque : c'est le constipé au gros chien qu'il vise, à bout portant. La dame-taxi se baisse, déroule une confortable surface de bleu lavande, la chiffonne prestement en une conque dont elle recouvre l'arrogant caca rouge comme un melon d'une cloche, et puis ramasse habilement le tout par une étreinte enveloppante qui force l'admiration. Elle tend la chose au « monsieur », à bout de bras, suprêmement distinguée, méprisante au-delà de tout. Elle porte des gants blancs, c'est un taxi chic. De ce fait, son geste atteint au sublime.

« Monsieur, dit-elle, emportez. Ceci est à vous. Emportez. »

Le « monsieur », d'abord surpris, prend la leçon avec humour, comme elle est donnée :

« Chère madame, dit-il, puisque vous avez déjà tant fait qu'effacer – et avec quelle grâce! – les traces du forfait de mon Belzébuth, je ne doute pas que vous ne teniez à pousser le dévouement jusqu'à parachever votre geste généreux et hygiénique, ce qui amènera votre main droite au-dessus de la bouche d'égout qui s'ouvre à vos pieds. Vous y laisserez choir la vilaine chose, portant ainsi ma gratitude à son comble. »

Un sourire de bonne compagnie accompagne ce discours badin. Mais la dame-taxi d'excellente famille entend réserver à son exclusif usage le monopole de l'humour. Ou peut-être, ayant appris devant la glace et soigneusement répété son rôle jusque-là, ne sait-elle pas improviser la suite et se trouve-t-elle prise de court par l'initiative non prévue du « monsieur ». Normalement, ce sale cochon avec son clébard de luxe aurait dû verdir de honte et rester coi. Elle se borne donc à répéter, de plus en plus impérativement, l'unique réplique de son répertoire :

« Ceci est à vous, monsieur. Emportez! Emportez! »

Son bras tendu à l'horizontale pousse le paquet bleu lavande sous la moustache blonde de l'homme au chien. Le chien est un dogue allemand, bête formidable et bien couillue que le menu peuple analphabète appelle stupidement « danois », ce qui fait pouffer les enfants riches. La possession de ce bestiau monumental est à elle seule signe de classe, classe confirmée encore par le très subtil gris ardoisé aux discrets reflets mauves de la robe bien lustrée du fauve.

« Emportez! Allons, allons! Emportez! »

Elle devient carrément menaçante, la gueule tordue de joie mauvaise. Les passants s'arrêtent. Les clients matinaux de la terrasse du bistrot-tabac qui fait le coin du quai s'arrangent les fesses sur leurs chaises cannées de façon à se placer sous le bon angle et à bien profiter. L'étron en papillote effleure les lèvres de l'homme au chien, qui recule vivement la tête. Le chien monstre croit à une attaque, il gronde et puis bondit. Sa mâchoire claque. Dans le vide, heureusement. La justicière, de saisissement, a ramené son bras vers elle tout en ouvrant la main.

Le paquet s'écrase sur le trottoir, où fleurit soudain un magnolia bleu lavande au cœur rouge carotte. « Attention, bon dieu! » entend dans son dos madame taxi, et en même temps quelque chose la frappe à hauteur des reins. Elle fait un pas en avant pour rattraper son équilibre, pose le pied sur le cœur onctueux de la fleur fatale, glisse, tombe assise, en plein dedans.

« Et merde! Comment voulez-vous que je ramasse ça, moi, maintenant, hein? » râle le fonctionnaire municipal en uniforme cramponné au guidon d'un de ces véhicules motorisés à deux roues astucieusement conçus par les édiles de la Ville de Paris pour effectuer le ramassage des déjections canines sur les trottoirs sans que le spécialiste voué à cette fonction utile mais persiflée puisse se considérer comme humilié ainsi qu'il ne manquerait pas de l'être s'il devait employer la balayette et la petite pelle des peuplades sous-développées.

Il faut voir l'artiste à l'œuvre. Sans quitter sa selle, il stoppe sa machine de façon à ce que l'arrière, où se trouvent les organes essentiels, vienne bien exactement à la verticale du matériau à traiter, ce qui peut nécessiter d'assez délicates manœuvres de mise en place, fort récréatives pour le badaud. Rien que cela exige de l'œil et du doigté. Une fois bien positionné, il actionne sa petite usine au moyen de diverses manettes réparties sur le guidon de l'engin, et alors tout un jeu d'ingénieux accessoires entre en action, aspirant, brossant, raclant, rinçant, laissant enfin place nette. Dans le cas présent, on peut dire qu'on ne lui facilite pas le boulot, vraiment pas! Cette rombière a écrasé avec ses fesses et profondément incrusté dans les rugosités du pavé une superbe merde qui tendait les bras pour se faire cueillir, une pièce de toute beauté, un coup de maître qu'il avait vu de loin s'offrir à lui, qui lui aurait donné l'occasion de mettre en valeur sa désinvolte dextérité devant les belles étrangères aux cuisses de déesses qui sirotent à la terrasse des breuvages aux couleurs vives.

A la terrasse, on n'a rien perdu. Les bonnes pommes se marrent avec bruit, les blondes nordiques plongent leur hilarité rougissante dans leurs diabolos-menthe. Le loufiat, serviette sur le bras, accourt à l'aide de la malheureuse justicière qui, déjà, d'un bond, s'est relevé et plonge dans son taxi.

« Attention, hé! Vous allez salir votre siège! » crie le loufiat, vraiment très gentil.

Elle hausse les épaules, ravale ses larmes, mord sa lèvre et sa rage, met le contact et fout le camp. Le moustachu emporte tout ça dans sa tête, déjà il a tiré de quelque noir recoin une page de dictionnaire en couleurs longuement contemplée dans une de ses enfances, une page intitulée « Les races de chiens », et il cherche à se rappeler lequel est le plus haut et lequel est le plus lourd : dogue allemand ou saint-bernard? Il se pose souvent ce genre de colles.

*

« Quel sale temps! » dit la boulangère. Elle l'a dit comme on dit ces choses, puisque ces choses doivent être dites quand on est une bonne boulangère qui connaît son monde.

« Bof, c'est jamais que de l'eau », répond le moustachu.

Ça ne devait pas être la bonne réponse. La boulangère lève un œil offusqué de sur le clavier de son tiroir-caisse magique à affichage par cristaux liquides.

« Peut-être, mais ça fait trois jours que ça dure, dit-elle, et cette fois avec une grande conviction. Et ils annoncent de la pluie pour tout le week-end! »

Tel qu'elle le regarde, il se sent coupable de ce week-end noyé. Il fait le badin :

« L'eau, vous savez, ça tombe, ça mouille, ça coule, et puis à peine ça s'arrête, cinq minutes après tout est sec. Je trouve ça formidable, moi, l'eau. Pas vous? »

Là, elle se demande si c'est de l'andouillette ou du boudin. Il insiste :

« Rendez-vous compte. Au lieu que ça soit de la flotte, la pluie, je veux dire de la flotte toute limpide transparente bien propre comme c'est maintenant, un coup de soleil y a plus rien, bon, alors, imaginez, si au lieu c'était une dégueulasserie poisseuse qui nous tomberait dessus, ça pourrait aussi bien, hein, après tout, un truc noirâtre répugnant qui tache, qui colle, qui pue, qui s'en va qu'avec du beurre, comme le goudron, ou qu'avec du trichlo, comme le cambouis, imaginez seulement, hein, vous vous rendez compte? Ce bol qu'on a, madame! La flotte, ça lave, ça débarbouille, ça rabat la gueule à la poussière et aux poisons des pots d'échappement, ça emporte vite fait comme des petits bateaux les merdes de chien et le vomi de merguez-frites, pas de jaloux, tout le monde à l'égout, c'est pas une merveille, ça? On a de la chance, madame, beaucoup de chance, faut pas oublier d'y penser, de temps en temps, à la chance qu'on a. »

Heureusement qu'il écrit des livres et que ça se sait dans le quartier, on l'a même plus ou moins vu à « Apostrophes », dans le temps jadis, alors ça tire pas à conséquence, les écrivains on sait ce que c'est, faut tout le temps que ça fasse les malins, que ça montre que c'est pas du monde comme tout un chacun. Mais une personne normale qui vous raconterait des conneries pareilles, on verrait tout de suite qu'elle est pas nette dans sa tête...

Il replonge, sa baguette sous le bras, la pluie lui allonge les moustaches vers le bas, elles lui pissent droit dans le col de chemise, ça lui dégouline glacé sur la peau du ventre, elle lui fait risette, quoi, la pluie, elle le taquine câlin. Il dit à la pluie :

« Va pas croire que c'est arrivé, toi. Je causais comme ça histoire d'emmerder le monde, parce que j'aime bien, mais au fond ils ont raison, c'est vrai, quoi, t'es chiante. Et encore, eux, ils ne s'enrhument pas! Tandis que moi, ça y est, je l'ai chopé. A la première goutte, ça loupe jamais. »

Il a senti venir le picotement précurseur, alors il s'arrête, à peine il a le temps de cramponner solidement le trottoir de ses deux larges pieds bien écartés, la première bombe lui explose dans le tréfonds du nez, et une autre tout de suite après, et une autre, et encore, comme ça douze fois de suite, juste la douzaine, une vraie attraction foraine, autre chose que le cracheur de feu, la foule s'amasserait et jetterait des sous s'il ne pleuvait pas si fort, surtout qu'il produit un boucan terrifiant et que cependant il s'applique à articuler très distinctement les deux syllabes « At-choum! » comme c'est orthographié dans le dictionnaire, un bel éternuement bien français, nom de dieu, c'est pas si facile, en tout cas c'est tout ce qu'il a trouvé pour donner un peu d'intérêt à ces épisodes trop fréquents de sa vie.

Pourquoi une série d'éternuements s'arrête-t-elle?

Puisque la cause qui l'a déclenchée, à savoir, ici, la pluie glacée sur la tête nue, n'a pas cessé, elle? C'est un des aspects du grand mystère de la vie. Toujours est-il que cette série s'arrête net après douze explosions ravageuses. Il reste quelques secondes en attente, n'osant y croire, desserre précautionneusement ses paupières, les larmes débordent de ses yeux, il les torche, se mouche, renonce à essuyer la morve qui lui couvre le visage et le devant du pull-over qu'elle relie l'un à l'autre par d'épais filaments, la pluie aura lavé tout ça d'ici à ce qu'il soit rendu.

Quand enfin les cloches dans sa tête ont fait taire leur carillon, il se remet en route. Sa tête aussi se remet en route :

« Pourquoi donc la pluie les braque tellement? Ça va ça vient, la pluie, ça ne dure pas. C'est même plutôt pas très souvent, à bien regarder. Il y a dans la nature des choses beaucoup plus terribles, et ils n'en parlent jamais. La poussière, tiens. Elle n'en parle jamais, de la poussière, la boulangère. Pourtant, comme calamité, ça, oui. Hou! là! là! la poussière! Implacable. Eternelle. Elle tombe. Sans cesse, sans cesse. Pas un instant... Tu la vois pas, tu l'entends pas, elle tombe. Partout, à la cave, au grenier, à la ville, à la campagne, au désert, où tu voudras, elle tombe. La charogne. Tu viens de finir le ménage, t'as tout essuyé tout aspiré tout astiqué bien bien, tu passes ton doigt : elle est déjà revenue. Dès qu'il y a quatre murs et un toit par-dessus, la poussière rapplique. Tu te dis je m'en fous, je l'ignore, je veux pas la voir. Pas me ronger les sangs pour cette salope. Bon. Tu fais comme tu veux. Mais elle, jour après jour, jour après jour, et voilà qu'il y en a un doigt d'épais, et puis deux doigts. Là où tu as posé un verre, ça laisse un rond mouillé, la poussière s'y colle les pattes et devient boue, et si c'était du sucré ça poisse beuark tu mets la main dessus aussitôt des frissons partout la chair de poule, je ne sais pas si ça vous fait ça, à moi oui. Les araignées tissent là-haut leurs jolis pièges à mouches, la poussière voit ça et court s'y blottir, ça fait d'ignobles sacs noirs qui pendent comme des vieilles couilles et t'éclatent à la gueule. Et les vitres! Et l'évier! Et l'ampoule! Et le reste de nouilles dans la casserole (là, en plus, il y a la mousse verte)! Et les bouquins! Et par terre!... Obsessionnel.

Et si tu relèves le défi, c'est les galères à perpète. Tu finis à un bout, tu peux recommencer à l'autre. Le rocher du mec, là... Sisyphe, voilà.

Maman et sa rage du propre. Fallait que tout brille comme si ça venait d'être fait. Alors, elle n'arrêtait pas. Entre deux ménages chez les patronnes, elle donnait un coup de balai un coup de torchon chez elle, vite vite, pendant que les nouilles bouillaient. C'était sa fierté, sa maison. Triste, sec, nu, rien d'un peu vivant d'un peu concon à quoi t'accrocher, mais impeccable. Une chambre d'hôpital pauvre. Peut-être ça qui m'a rendu feignant... »

Zizique, la vieille cloche femelle qui traîne son vilain cul sans culotte sur toutes les grilles d'aération du métro du quartier Mabillon, lui a dit un jour :

« Moi, si je suis venue à la cloche, c'est à cause de la poussière, tu vois? Pas que ça, bien sûr, mais ça a bien aidé. Merde, toujours nettoyer, aucune bête au monde tu lui feras faire, aucune bête! Encore, vous, les mecs, vous y coupez, mais une bonne femme, pas mèche, faut qu'elle astique, ou alors c'est une salope. T'as qu'à voir la télé, leurs réclames, c'est rien que pour des poudres à laver. Elles sont dingues ravagées, les nanas, de se laisser coincer à ces conneries, non? Tiens, fais-moi pas chier, t'es un mec, tu peux pas comprendre, file-moi dix balles et tire-toi. »

Il se tire. La petite mécanique dans sa tête fait tourner sa petite roue :

« D'accord. Il y a les actifs, et il y a les affalés. Cette vieille guenille et moi-même, on est des affalés, des affalés de naissance. Un actif déteste la pluie, qui le prive d'activité, de courir en plein air – ou de rêver qu'il pourrait courir! –, alors que la malédiction de la poussière et de toutes les menues tâches sans cesse à recommencer ne l'accable pas, il fait ça dans la foulée. Eh bien, voilà, j'ai tout compris : si je fonctionne à l'envers des autres, c'est parce que je suis un déprimé chronique, un flagada, un fatigué de l'envie de vivre. Pas de quoi bâtir une philosophie là-dessus. Prends plutôt des vitamines, mon gars. »

*

« Tiens, dit le clochard Dany, tu bois un coup?

– Jamais le matin, dit le moustachu, tu sais bien.

– Ouais, je sais, tu m'as dit, mais j'arrive pas à m'y faire. Moi, je bois le matin, le midi, le soir, la nuit... Merde, si je buvais pas, je serais malheureux... Hé! attends, je voudrais te demander... J'ai lu là-dedans un truc marrant, je voulais t'en causer. »

Il fouille dans son tas de journaux. Il les ramasse au pied des poubelles, des liasses bien propres, attachées par des ficelles. Il lit tout. *Science et vie, Modes et Travaux, Mon Tricot, Le Chasseur Français, Le Concours Médical, La Vie des Bêtes, Valeurs Actuelles, Le Courrier de Sainte Thérèse de l'Enfant-Jésus*, et bien sûr les hebdomadaires politiques et littéraires, tout ce qui s'imprime et se jette aussitôt.

« Sans compter, dit-il, Beaubourg. C'est mes vacances d'hiver, Beaubourg. La bibliothèque, tu connais? Je me choisis une flopée de bouquins, je m'installe à une table, ou même par terre, le dos appuyé au mur, c'est encore plus bath, et là je m'en paie, mon pote, j'oublie tout.

– Ça, le petit, il en a, là-dedans, dit le clochard Henri en se touchant la tignasse.

– C'est quoi, ton truc?

– Attends... Voilà. Tu trouves pas marrant qu'il y ait un zéro absolu de température, c'est-à-dire vers le bas, tu me suis, et pas vers le haut? Vers le haut, ça peut grimper tant que ça veut. Dans les étoiles, des milliards de degrés, paraît. Le « Big Bang » du tout début, encore pire. Jusqu'à l'infini. Alors là, y a quéque chose qui me gêne. Pas toi? Ça devrait être pareil aux deux bouts, on s'atttend, non?

– C'est vrai, dit le moustachu. On voudrait de la symétrie.

– Voilà! J'avais pas le mot. De la symétrie. On se sentirait mieux. Plus d'aplomb. Là, comme ça, ça cloche, ça reste une jambe en l'air. Moi, en tout cas, ça me gêne.

– Mais dis donc, mais elle y est, ta symétrie!

– Ah! ouais! Où que tu l'as vue?

– Ecoute. Le zéro absolu, c'est quand plus rien ne bouge, d'accord? Tous les corpuscules qui forment la matière sont gelés, immobiles, ils ne se cognent plus entre eux, et comme c'est ça qui produit la chaleur, ces chocs, alors il n'y a plus de chaleur, absolument plus, et le thermomètre descend au zéro absolu, moins deux cent soixante-treize degrés et des poussières, si je me souviens bien, et bon, pas moyen de descendre plus bas, ça n'existe pas, quand tout est immobile ça ne peut pas l'être davantage.

– D'accord avec toi, mais à l'autre bout?

– A l'autre bout, il y a la vitesse de la lumière.

– C' que ça vient foutre?

– La chaleur, c'est les corpuscules – les atomes,

les électrons libres et tout le bastringue – qui s'entrechoquent. Bon. Plus ils vont vite, plus ils se cognent fort et souvent, donc plus la chaleur augmente. Mais ils ne peuvent pas aller plus vite que la lumière, puisque la vitesse de la lumière est indépassable, et même impossible à atteindre par quoi que ce soit de matériel. Admettons même que des corpuscules puissent atteindre la vitesse de la lumière...

– Moi, j'admets tout ce que tu veux, dit Dany.

– Oui, bon, la vitesse de la lumière, ils ne la dépasseront en tout cas jamais, c'est donc là la température la plus haute théoriquement imaginable. Ça doit pouvoir se calculer. Ça a même sûrement été déjà fait! Mais, tu sais, je déconne peut-être. J'y avais jamais pensé. Tu me poses de ces colles!

– Dis donc, si ils arrivaient à aller aussi vite que la lumière, les petits machins, là, ils deviendraient de la lumière et la lumière c'est des photons, non? Alors il n'y aurait plus de matière, rien que des photons de lumière qui cavaleraient sur leurs petites pattes à... A combien, déjà?

– Trois cent mille bornes à la seconde.

– La vache! Tu crois que c'était comme ça, juste après le Big Bang?

– Va savoir... C'est possible. Rien que des photons, qui plus tard, en se refroidissant, se seraient condensés en corpuscules de ce qu'on appelle matière...

– Oh! dis donc, qu'est-ce que c'est marrant, à remuer dans sa tête, ces trucs! Je vois des choses fantastiques, tu sais. Inimaginables. Tu peux toujours t'amener avec Hitchcock, les Ovnis, le petit Jésus et toutes ces conneries! Tiens, je vais te dire une chose, je suis bien content de vivre maintenant, dans cette putain d'époque de merde qui va peut-être bien nous péter à la gueule un de ces quatre

matins, mais ça fait rien, toute façon faut crever un jour, hein, alors, aujourd'hui ou demain... En attendant, je suis vachement content d'être au monde et de voir clair juste maintenant, avec tous ces savants, ces professeurs qui cherchent à comprendre le pourquoi du comment des choses, et moi je suis là, tout ça c'est pour moi, j'ai qu'à le lire, et avec des chouettes photos en couleurs... Je comprends pas tout mais c'est tellement bandant! J'aurais pas voulu vivre il y a cent ans, je me serais fait chier. Dans ce temps-là, si tu bossais pas, tu te faisais chier. Ou alors fallait se faire bandit, mais bon, une fois que t'avais le fric, qu'est-ce que t'en foutais? La bonne bouffe, mais quand t'as plus faim? Les nanas, ouais, c'est déjà plus excitant, mais une fois que t'as tiré ton coup, et même si t'en tires deux ou trois à la file, mettons, avec les fantaisies chinoises et les zigouigouis et tout le toutim, arrive toujours un moment où tu ne sais plus quoi branler, et même peut-être que t'en as ras le pif. Tandis que là, tu vois, je suis rien qu'un ignorant, tout juste je sais lire, ben ça suffit, c'est la clef, les savants, les écrivains, les journalistes, les photographes, les dessineux, tous ces mecs bossent pour moi, plein la lampe, j'ai même pas assez de temps pour tout me goinfrer, et mon temps, je l'ai tout entier, moi, tout entier. Et tu voudrais que j'aille travailler? Ça va pas, non? »

Le moustachu rit jaune.

« Moi, dit-il, je suis de ceux qui écrivent pour toi, justement. Oh! pas de bon cœur, mais faut bien bouffer.

– Bouffer? Je bouffe. T'es plus maigre que moi.

– Ah! pour ça, le petit, il a bon appétit, dit Henri. Il a pus de dents sur le devant, mais ça le dérange pas, il mâche par le côté, comme les chiens, il penche la tête pour pas que ça retombe. Dame, faut pas y en promettre. »

Le moustachu dit salut les gars, il s'en va, la tête dans les épaules, il pense en marchant qu'entre le clochard Dany et lui il n'y a pas l'épaisseur d'un cheveu, et ça lui fout la trouille, à ce vieux con, il a peur de lâcher sa planche, de céder à cette sournoise envie de se laisser aller à la dérive comme le bouchon sur la vague, comme ces deux cloches. Il se cramponne à sa piaule sinistre, à son matelas, à son eau chaude, à son verrou. Oh! comme il voudrait ne rien foutre, ne rien foutre, ne rien foutre... Avoir tout son temps, tout. Pas pour faire des trucs excitants, rigoler avec des potes, baiser, voyager, bricoler, collectionner, s'intéresser... Non. Rien. Juste le perdre, le temps, le regarder filer entre ses doigts, bouger un peu son cul sur le matelas, à peine à peine, pour le plaisir du rafraîchissement local, lire à s'en faire sortir les yeux, piquer du nez dans le bouquin et s'apercevoir qu'on a roupillé deux heures sans un pli...

Oui, Ducon, mais les cloches, c'est pas ça. Ils ne roupillent pas, les cloches, pas vraiment. Des bouts de somme piqués à la sauvette, serré en boule, l'œil sur le flic. Et la crasse, et les poux, et faire la manche... C'est un boulot, finalement, faire la manche. Toute une technique. Et l'amour? Sûr que ça les travaille, pas de raison. Ils s'enculent? Se font des pipes? Les femmes-cloches, vraiment pas baisables, à dégueuler partout. La paluche? En pensant très fort à une fille qu'on a connue « avant »? Tu t'y vois? Comme si c'était pour le spasme qu'on cherche l'amour... Toi, en tout cas. T'es trop compliqué pour te faire cloche, trop douillet, te faut un minimum. Alors, bosse, Ducon, même si t'attends plus rien, même si t'as oublié pourquoi t'es là, et fais pas chier le monde, t'es pas le plus à plaindre.

LA DAME AUX FLEURS

UNE rue étroite peut devenir encore plus étroite, soudain les maisons se rapprochent, va savoir comment ça s'est fait, à quel moment, sous Charles VII, peut-être bien, ou sous Julien l'Apostat, dans ce quartier tout est possible, les maisons, de siècle en siècle incendiées par les Huns, par les Vikings, par les Bourguignons, par les Armagnacs, se reconstruisaient obstinément sur les mêmes caves, les caves ça ne brûle pas, je n'irai pas jusqu'à dire que ça garde le vin au frais pendant que les étages flambent mais enfin ça ne brûle pas, c'est un fait, alors on reconstruit par-dessus, si bien qu'ici toutes les caves datent des Romains, rien que de la bonne vieille pierre de Lutèce en blocs massifs, voûtée plein cintre, tout ce qu'on voudra on savait travailler dans ce temps-là. Tu cherches bien, tu finis par trouver, gravé à la pointe du glaive, du graffiti de légionnaire en garnison : « C. Marcus copulavit S. Petronia », c'est du très mauvais latin, je sais, mais dites-vous bien que ces légionnaires se recrutaient parmi les barbares analphabètes, surtout dans les derniers temps, alors un peu d'indulgence, s'il vous plaît.

Une rue étroite qui rétrécit encore, ça fait une brusque saillie à angle droit, comme la hanche d'une belle femelle, ça donne un petit racoin tranquille où les chiens aiment venir lever la patte, les clochards baisser culotte et les fêtards du samedi soir renvoyer à la mère nature les crustacés et les mayonnaises qu'ils puisèrent à son sein généreux dans les gargotes à abat-jour foisonnant par ces ruelles. C'est là aussi, dans cet angle accueillant, que meurent au garde-à-vous les raides matelas à bourrelets répandant leurs entrailles à travers un énorme trou central aux bords brûlés par la sueur de cul, comment pouvaient-ils dormir là-dessus, mon dieu mon dieu, et faire des enfants, il y a des gens, vraiment, ne t'approche pas, ça doit grouiller de maladies, je vois les microbes qui sautent... Egalement les vieilles télés, les vieux frigos, les canapés transformables encore tout neufs mais au mécanisme irrémédiablement coincé, c'est pas de chance, la garantie courait jusqu'à la semaine dernière...

Ceci est pittoresque en diable, mais les touristes, c'est pas ce pittoresque-là qu'ils veulent enfourner dans leurs caméras. Et puis, ça sent fort. Rien que du naturel, remarquez, mais bon, chacun son goût, ça sent vraiment très fort.

La dame qui habite le joli rez-de-chaussée juste à côté, ce n'est pas son goût. Un passant, une odeur qui n'est pas de son goût, il se bouche le nez, ou bien il fait le détour, il passe au large. Tu habites le joli rez-de-chaussée juste à côté, le problème se pose différemment. Tu as une grande belle panoramique fenêtre avec des rideaux en vraie dentelle, pas que tout un chacun plonge de l'œil chez toi, mais ta belle fenêtre, à peine tu l'ouvres, le remugle sauvage se rue et se bouscule et envahit ton intérieur coquet, la pisse de chien, la merde de cloche, le dégueulis de langouste, le vieux foutre de matelas et le plastique brûlé de vieille télé. Une abomination. Surtout l'été, et les mouches en plus. Te voilà, jolie madame, condamnée à vivre fenêtre close, ton ravissant rez-de-chaussée est devenu cave sinistre, autant dire prison.

La dame du rez-de-chaussée a des idées, de la suite dans les idées et du cœur au ventre. Elle a aussi un chien, un court sur pattes qui se marche sur les oreilles et qui gueule à s'arracher la gorge quand passe le moustachu et seulement lui, à vous faire vous demander sérieusement si la parano à l'œil hagard ne vous serait pas tombée dessus en même temps que le troisième âge, mais laissons ce chien pleurer de douleur sans comprendre que s'il a mal c'est parce qu'il se marche sur les oreilles, il n'a pratiquement rien à faire dans cette histoire.

Un matin, les villageois de la rue qui se hâtent, mains aux poches et col relevé, vers leurs habituelles occupations, ont une vision de paradis. Sur le pan de mur noirâtre du racoin aux matelas éclate en fanfare une verdure tout à fait bucolique. D'un bac en ciment de bonne dimension jaillissent un forsythia, un buddléia et un troène, qui sont des arbustes d'allure fort dynamique. A leur pied, un petit lierre décidé rampe en tâtonnant vers la muraille dans l'intention d'y grimper. Il y a aussi un jeune bouleau pleureur dont les mines penchées posent une touche de douce mélancolie sur cette exubérance. Tous ces verts dans leur variété s'opposent et se mettent l'un l'autre en valeur, la rue n'est plus grise et décrépite, cette seule tache vivante l'illumine tout entière d'un halo de campagne et de beaux jours. Déjà un moineau – ou peut-être une fauvette, ou peut-être une mésange? – volette autour des plus hautes brindilles.

Accroupie devant le bac, la dame du rez-de-chaussée – nous la nommerons dorénavant « la dame aux fleurs » – farfouille la terre noire à l'aide de menus outils aux couleurs de joujoux. Dans les interstices entre les arbustes elle repique des pensées et des pâquerettes. Elle s'applique. La position met en vedette un cul d'une émouvante ampleur. S'en doute-t-elle? Si elle ne s'en doute pas, c'est encore plus touchant. Le moustachu s'approche et dit, admiratif :

« C'est beau, ce que vous avez fait là! Vraiment beau. »

Elle lève les yeux, et donc le visage, elle est bien agréable à regarder de ce côté-là aussi. Elle rougit. Elle dit :

« Ce sera toujours moins laid qu'avant! »

Et replonge dans ses petites fleurs. C'est une dame timide. Il s'accroupit auprès d'elle, il promène son nez au-dessus de l'humus frais remué, l'envie lui est venue de s'emplir un bon coup de cette chère vieille odeur de champignon et de ver de terre, odeur de toutes les enfances. Et aussi l'envie de voir de tout près la jupe écossaise qu'emplissent et tendent les rondes cuisses musclées. Voir, rien de plus. Quel gourmand! Il parle de choses et d'autres, de préférence ayant trait à la culture florale, et il se régale les yeux, à la dérobée car c'est une dame sur ses gardes, ça se sent, prête à s'effaroucher, cuisses serrées, pieds habilement disposés, oui, bon, il gêne, alors il dit au-revoir et bon courage, et il s'en va. La vie est semée de petits printemps.

*

Le clochard Henri et le clochard Dany se chauffent les orteils au soleil. Il leur dit salut-ça biche, ils se serrent la main, et alors il s'étonne :

« J'aurais pas cru que des doigts de pied de clochards pouvaient être aussi blancs!

– C'est à cause des bleus, répond Henri.

– Les bleus?

– Ben, les mecs en bleu, les flics de la brigade de ramassage. Ils nous sont tombés dessus, hier soir, on les a pas vus arriver, les vaches. Alors, ils nous ont embarqués dans leur putain de camion et on s'est retrouvés à Nanterre.

– A Nanterre? Chez les petits vieux?

– Non, juste en face. Un machin spécial.

– Et qu'est-ce qu'ils vous font, là?

– Oh! ils nous passent à la douche, et après tu roupilles dans un plumard, et au matin, salut bonjour, tu te tires.

– La vie de château, dis donc! Pourquoi tu fais la grimace?

– Parce que ces cons-là, ils nous font prendre une douche, bon, et avec du savon, tout ça, mais tu sais quoi? Les fringues, ils les mettent ensemble pendant qu'on est à se laver, toutes en tas, tu vois. Alors, moi, avant, j'avais pas de poux, et maintenant j'en ai. Y a du monde vraiment dégueulasse, et toi on te mélange avec. J'ai pas de loques de rechange, moi. Et maintenant, qu'est-ce que je fais?

– Te te grattes », dit Dany.

Rien que d'en parler...

Tous deux se grattent avec ardeur. Leurs coudes cognent contre la vieille porte qui fait boum-boum-boum. Le moustachu s'éloigne, prudent, mais Dany le lettré le rappelle.

« Hé! Tu sais ce que je viens de lire, dans ce bouquin, là? C'est un pote à moi qui me l'a filé, il fait bouquiniste sur le quai, juste là derrière, tu sais ce que j'y ai lu, dans ce bouquin?

– Dis toujours.

– Ben, la place Maubert, dans le temps, quand y avait les rois, par là, ben on y brûlait les malfrats, sur la place Maubert. Tout vivants, mon vieux, on les brûlait. Ouais, ouais, juste là, à pas vingt mètres. Même un, Etienne, il s'appelait, c'était un gars calé, un imprimeur, un patron, mais il était pour les protestants, alors les curés l'ont condamné à être brûlé. Merde, ça rigolait pas, la religion!

– T'es con, dit Henri. Tu te figures qu'il le savait

pas? Lui, tout ce qu'il y a dans les bouquins, il le sait d'avance. Lui, il en fait, des bouquins, alors... Pas vrai que tu le savais déjà, ce mec qu'ils ont fait cramer?

– Etienne Dolet? Oui, tu parles! Il avait même sa statue, là, au milieu du milieu de la place. Une belle statue. Elle était encore là quand j'étais môme, je me souviens bien. »

Henri triomphe :

« Ah! Tu vois! Qu'est-ce que je te disais!

– Et alors? Il le savait déjà, bon. Ça n'empêche pas les autres de s'instruire, merde. Lui, il a bien fallu qu'il commence par un bout. Ce qu'il sait, où que tu crois qu'il l'a appris, hein? Dans les bouquins. Pas vrai que c'est dans les bouquins? Dis-le-lui, il est con.

– Oui, bien sûr, c'est dans les bouquins. Et aussi à la communale. Tout ce que j'ai appris à l'école étant petit, c'est ce qui m'est le mieux resté.

– Moi, à l'école, je me faisais chier, dit Henri. J'aimais bien, remarque, au début, la maîtresse était plutôt gentille, mais après c'est devenu difficile, les autres allaient trop vite, je pouvais pas suivre, alors j'ai dit merde, je m'en fous, quand je serai grand je ferai flic, mon père était gendarme, brigadier même, mais moi c'est flic que je voulais, parce que la campagne j'aime pas ça, ça me fout le cafard tu peux pas savoir... Et puis les ploucs, je peux pas les saquer.

– Alors, pourquoi t'es pas flic? demande Dany.

– Parce que même ça j'ai pas de tête assez pour. Même ça.

– Dis que t'as la cosse, ça sera plus franc. Moi j'ai pas la trouille de le dire. C'est comme une faiblesse que j'ai, tu vois, une espèce de grande fatigue générale. Un jour, j'étais marié, dans ce temps-là, même des mômes j'avais... Ouais, bon... Un jour, je pisse dans l'évier de la cuisine, je gaffais que ma grosse me voie pas, elle aurait pas toléré, je regarde ma pisse couler, quand tu regardes en même temps c'est encore meilleur, qu'est-ce que je vois? Des fourmis! Plein de fourmis qui rappliquaient de partout en cavalant sur leurs petites pattes pour se goinfrer ma pisse. Ah! dis donc! en moins de deux, c'en était noir. Tout le long du trajet, les fourmis, ça grouillait, pardon! Les fourmis, qu'est-ce qui les fait courir? Le sucre. C'est là que j'ai reçu en pleine gueule qu'il y avait des fourmis plein la baraque et que j'étais diabétique. Dur, non? Et comme jamais deux sans trois, siphonné que j'étais, sur le coup j'ai pas entendu rappliquer ma bonne femme – Suzanne, elle s'appelait – et elle, elle a appris en une seule fois les fourmis, qui font jamais plaisir à la ménagère, le diabète, mais ça c'était mon problème, et aussi que j'étais un gros dégueulasse hypocrite qui profitait de ce qu'elle tournait le dos pour pisser dans l'évier avec plein de vaisselle dedans déjà lavée qui égouttait, et ça, oui, ça a été le choc terrible, surtout quand elle a compris que ça durait depuis toujours et qu'elle avait dû boire quelques litres de ma pisse, l'un dans l'autre, et les enfants aussi, de la pisse de diabétique, en plus, un truc qui s'attrape peut-être, va savoir, et de l'apprendre comme ça sans préparation t'imagines le traumatisme, elle a dégueulé sans prévenir tout ce qu'elle avait dans le ventre, fchiaff, tout sur les fourmis, pauvres petites bêtes. Après, nous deux, c'était plus comme avant... Ouais... Tout ça pour te dire, je pense que c'est cette saloperie de diabète qui me rend faiblard comme je suis. Rien que de rester debout je suis fatigué, c'est pas croyable. Alors, travailler, tu penses...

– Dis voir, dit Henri, pourquoi ils l'ont virée, la statue de ton mec, là, ton brûlé? J'aime bien les statues, moi, y en a des marrantes. Pas celles qu'ils font maintenant, que c'est rien que des bouts de ferraille tortillés, ça représente rien du tout, c'est des prétentieux et des pédés qui font ça, mais celles de dans le temps j'aimais bien, tous ces barbichus, ces rois à cheval avec des chapeaux de Napoléon, ils avaient l'air con mais à force on s'y faisait, ça tenait compagnie.

– La statue de Dolet, elle n'avait qu'un défaut : elle était en bronze.

– Et alors?

– Alors, sous l'Occupation, il y a eu une campagne de presse. Tous les journaux se sont mis à gueuler qu'il fallait renouveler Paris, qu'il y avait trop de choses laides et de mauvais goût qui déshonoraient la Ville lumière, comme ils disaient, et d'abord une flopée de statues ridicules juste bonnes à nous faire foutre de notre gueule par les touristes, et des touristes, à cette époque-là, il y en avait, tu peux me croire, tous en uniforme vert-de-gris avec des grosses casquettes. Au bout de ça, un beau matin, les Parisiens se sont réveillés, surprise : la moitié de leurs statues en moins! Toutes les moches. Les journaux et la radio ont applaudi bravo bravo, Paris respire, on va pouvoir mettre des vraies belles choses modernes et culturelles à la place de ces horreurs, ettcétéra... Ce qu'ils ont oublié de dire, c'est que ces horreurs étaient toutes en bronze, toutes. Celles qui sont restées étaient en pierre. Et comme par hasard l'armée allemande avait terriblement besoin de bronze pour ses obus, vu que ça commençait à salement aller mal pour eux et que les mines de cuivre ils se les étaient fait chouraver un peu partout, par les Popoffs ou par les autres.

– Alors, Etienne, il est maintenant quelque part en Russie, éparpillé en tout petits morceaux?

– Voilà.

– Mais dis donc, le socle, il était pas en bronze, lui. Qu'est-ce qu'il est devenu, le socle à Etienne? Ils en ont fait des obus en pierre?

– Le socle? Il était encore là il n'y a pas deux ans. Très beau socle. Au moins haut comme un premier étage, sculpté tout partout, de la moulure, de la volute, du zinzin, un travail...

– Fait à la main?

– Evidemment : dans ce temps-là... Il est resté là quarante ans, tout con tout vide, à attendre qu'Etienne Dolet lui regrimpe dessus, ou Pasteur, ou de Gaulle, ou on s'en fout, mais quelqu'un, quoi. Un socle sans grand homme dessus, c'est comme une charlotte sans cerise au milieu, ça te donne envie de chialer. Tous les matins, les gens du quartier, en cavalant vers le métro, ils jetaient un œil en haut du socle, voir si Etienne serait pas revenu pendant la nuit, lui ou un pote à lui, parce que les statues, figure-toi, c'est pas ce qui manque. Plein les caves du Louvre. Entassées n'importe comment, dans le noir et la poussière, à attendre qu'on les mette à l'honneur dans un square ou sur une place et que les piafs viennent y faire l'amour dessus, c'est ça qu'elles aiment le mieux, surtout celles de militaires, c'est les plus commodes comme perchoir avec leur bras tendu bien raide pour montrer ousqu'est l'ennemi, et même des fois un grand sabre au bout. Mais je t'en fous! Les architectes de maintenant ils auraient honte de mettre ces trucs rococo au milieu de leurs H.L.M. d'aluminium, faut encourager les jeunes, l'œil tourné vers l'avenir, tout ça, alors ils paient très cher des résidus de tôlerie soudés au chalumeau, ça représente rien mais ça a l'air très méchant, on dirait des pièges à loups, des trucs à faire du mal, tu sais pas quoi, mais méchant. D'abord, tout ce qui se fait aujourd'hui a l'air méchant, je sais pas si t'as remarqué, de plus en plus méchant, les maisons, les bagnoles, les camions, les arrêts d'autobus, les chanteurs... Même les gâteaux ont l'air méchant. C'est une époque comme ça, quoi. Et dans les cours des lycées, les statues qu'ils sont bien obligés d'y mettre à cause du un pour cent pour la culture, elles ont l'air tellement méchant que les piafs n'osent pas s'y poser.

– C'est peut-être pour ça que les jeunots deviennent tellement féroces et teigneux?

– Le socle, je les ai vus quand ils l'ont cassé, dit Henri. Je me rappelle bien. C'étaient des Portugais et des Arabes. Ça leur faisait de la peine, un si beau boulot. Le travailleur, qu'est-ce que tu veux, ça respecte le travail. Ça comprend. Même quand c'est plus à la mode, tu te dis merde, les gars, ils y tâtaient. Tout ça au ciseau, tac tac, à tout petits coups tout mignards... Des artistes, quoi. Mais le contremaître, un Français, lui, pas de bon dieu, qu'est-ce que vous branlez, foutez-moi ça en l'air, et que ça saute, le camion va arriver, tout doit être chargé avant midi. Et bon, quoi.

– Et bon, quoi, dit le moustachu. C'est pas que je m'emmerde, les gars, mais faut que j'y aille. »

Il n'a nulle part d'urgent où aller, mais c'est ce qui se dit pour prendre congé sans vexer, n'est-ce pas.

Henri tend la bouteille :

« Bois un coup. »

C'est bien ce qu'il craignait. Lui qui n'aime pas le vin, même en mangeant, voilà qu'il faut qu'il s'en tape à jeun, et le matin encore, et du rosé, qu'il abomine tout particulièrement. Mais va refuser un coup à boire sans vexer, toi! Il empoigne le litre, essuie le haut du goulot d'un revers de paume, discrètement, ça aussi ça pourrait vexer, et il s'en enfile bravement un franc gorgeon, pas tricher surtout, Henri, mine de rien, surveille les grosses bulles qui remontent, les rites du pinard c'est vraiment tout ce qui reste quand on a tout perdu, si ce vieux con se trimbale je ne sais quelle maladie véroleuse je suis bon, ça doit niquer dans les coins des vieilles salopes pourries comme la mère Zizique, l'idée qu'il lèche ce gouffre à pus, cet ulcère grouillant de morbaques... Tout ça pour pas vexer... Qu'est-ce que je suis con!

Il aura passé sa vie à se dire ça.

« Allez, salut! »

Il n'a pas fait trois pas que l'autre le rappelle encore :

« Hé!

– Ouais?

– Je t'ai pas dit. Les bleus, entre eux, ils racontaient qu'ils allaient faire la chasse aux chats dans le secteur. Pas eux, mais des autres flics, des spécialistes. Enfin, toujours des flics, quoi.

– Ils vont quoi? Tuer les chats?

– Ah! ça, recta! J'ai pas tout entendu, mais c'est sûr qu'ils vont le faire. A cause de la rage, ils disaient. Tous les clébards qui traînent, tous les chats, hop! Ils ont regardé la porte, là, ils ont dit y en a une sacrée flopée, là-dedans... La rage! Où que t'as vu ça, toi? En plein Paname! Je vous jure... Moi je te dis qu'ils aiment tuer. »

LE PERROQUET

CET hiver-là avait été ni plus ni moins froid que d'habitude, un de ces hivers mollassons, tout en pluie et en rafales, qui vous font vous demander où sont passés les terribles hivers de nos enfances, quand les caniveaux ne dégelaient pas pendant des mois entiers, qu'on enfonçait dans la neige jusqu'au ventre, que nos lèvres gercées éclataient et pissaient le sang malgré le triple tour de cache-nez jusqu'aux yeux (Qui sait seulement encore ce que c'est que des lèvres gercées?)... Je ne l'ai pas rêvé, quand même, c'était vraiment comme ça! Ou bien est-ce ma mémoire qui fait de la littérature? Enfin, bon, ce fut un hiver parisien, bouillasse et pleuviasse. Pourtant, il s'est passé cet hiver-là quelque chose qu'on n'avait encore jamais vu, et dont peu de Parisiens, peut-être, se sont rendu compte : les mouettes.

Des mouettes, à Paris, il y en a toujours eu. Confinées entre les deux berges de la Seine, elles rasent l'eau épaisse en poussant des cris qu'on n'entend pas, les moteurs des voitures crient beaucoup plus fort qu'elles. Elles se postent au débouché des égouts, perchées sur n'importe quoi de pointu et d'isolé qui dépasse, plongent pour happer un rogaton, tournaillent follement dans le sillage des gros bateaux-mouches à restaurant incorporé, se prennent enfin pour les libres enfants de la tempête et de l'océan alors qu'elles mènent une vie de gras parasites accrochés comme des poux à la ville obèse, ni plus ni moins que les pigeons et les clochards. Le grondement de la circulation leur tient lieu de bruit de la mer, elles n'ont pas besoin de se coller un coquillage à l'oreille.

Eh bien, cette année, les mouettes, elles ont débordé. Je veux dire, elles ont quitté le lit de la Seine, ont franchi les hautes falaises des berges et se sont répandues au loin, on en a vu à Montmartre, à Ménilmontant, à Montsouris. Personne n'a expliqué pourquoi. Le moustachu rêvasse à tout ça, il a vu une volée de mouettes faire des ronds au-dessus de Notre-Dame, sa petite tête de papillon butine le thème, tout en marchant à pas d'homme pressé il passe en revue ce qu'il sait des mœurs et habitudes des mouettes, c'est-à-dire pas grand-chose, et voilà, il est arrivé devant le portillon du petit square bien léché où, dans un coin, derrière une de ces touffes de verdure de square, se tapit, comme un lièvre dans un sillon, la minuscule église Saint-Julien-le-Pauvre.

Il tire à lui le portillon, il va traverser le square en diagonale jusqu'à l'autre portillon, celui sur la rue du Fouarre, ça lui fait un raccourci en supprimant l'angle du quai, un raccourci de, voyons voir – la petite tête de papillon se pourlèche, elle saute sur le nouveau thème, cette fois c'est la classe de géométrie, niveau brevet élémentaire –, un raccourci de, c'est pas dur, le square est carré, à peu près, quoi, donc la diagonale est au côté dans la proportion a $\sqrt{2}$, racine de deux c'est, euh, 1,732, non, ça c'est racine de trois, alors, 1,414, voilà, disons en gros une fois et demie le côté, or le côté mesure, à vue de pif, dans les trente mètres, la diagonale, par conséquent, attends, attends, eh bien, dans les quarante-deux-quarante-trois, si bien que prendre par la diagonale m'évite deux longueurs de côté et que j'y gagne deux fois trente égale soixante, moins quarante-trois égale dix-sept, dix-sept mètres de moins, dis donc, et qu'est-ce que j'en ai à foutre de tes dix-sept mètres, j'ai tout mon temps, et puis d'abord je marche pour le sport, pour le plaisir de mes guibolles, dix-sept mètres de plaisir en moins, Ducon, oui mais il y a le square, j'aime les squares, moi, surtout celui-là, il parle à mon petit cœur de midinette, et puis il y a les pigeons, vingt dieux tous ces pigeons, la plus forte concentration de pigeons au mètre carré de tout Paris.

*

Dans le square, il y a des bancs, sur les bancs, il y a des gens, pas la foule bariolée des touristes aux cuisses velues semeurs de boîtes de Coca-Cola rouges, comme des bouées marines et de papiers graissés à l'huile de frite, il est encore beaucoup trop tôt dans la saison, non, rien que les pépères traîne-pantoufle et suce-mégot du coin, et aussi les petites étudiantes au front soucieux qui viennent d'épingler, sur le contre-plaqué de Shakespeare and Co, juste à côté, un petit carton par lequel elles offrent de surveiller chaque soir, en échange d'une chambre de bonne, même sans l'eau courante, des enfants, même très méchants.

Sur les bancs, il y a aussi les petites grand-mères gaveuses de pigeons. Elles font ça toute la journée, que ça : jeter des miettes aux pigeons. Des miettes, des graines, des bouts de gâteau... Toute la journée. Les mêmes grand-mères. Ou alors leurs sœurs jumelles. Les pigeons, tu penses, en nuages épais... Ils n'arrêtent pas de bouffer, sont gras à lard, se traînent le ventre sur l'herbe, n'empêche se battent à mort pour ne pas laisser un morceau au copain. Il y a toujours ici ou là un vieux con tout fier de se faire becqueter le maïs dans la main, même entre les lèvres, si si, je te jure, ah, c'est pas croyable, il se tient debout, il est bientôt couvert de pigeons, c'est sa petite gloire à lui, les pigeons l'aiment, il a quelque chose que les autres n'ont pas, les pigeons sentent ça, on dit les bêtes mais elles ne sont pas si bêtes, elles ont l'instinct, lui il a le triomphe modeste. Tarzan des Pigeons. Il y en a un comme ça dans tous les squares du monde.

Ce matin, les petites grand-mères sont là, les petits pépères aussi, avec leurs cabas, leurs pantoufles et leurs mégots, et aussi les étudiantes au front soucieux, mais ce matin les pigeons ne picorent pas le gravillon de l'allée. Les pigeons sont tassés en un tapis compact sur le toit de la petite église, ignominieusement. Les mouettes d'Attila se sont abattues sur le square en poussant leur cri de guerre, sur leur square, à eux, pigeons, elles les ont chassés de leur ancestral territoire de mendicité et les ont relégués là-bas, sur ce bout de toit, si l'un d'eux fait mine d'en bouger une mouette-garde-chiourme lui fonce dessus du haut du ciel et lui sonne le crâne d'un méchant coup de ce bec à crochet qu'elles ont, les mouettes.

Et les mouettes, ces grosses mal élevées, ont pris la place des pigeons à la table du banquet. De vrais voyous. Elles roulent les mécaniques, se posent sur le dossier des bancs, sur les épaules des dames, sur la casquette des messieurs. Et fientent. Les braves gens sont couverts de mouettes, ils disparaissent sous des pyramides d'ailes palpitantes, ils sont ravis. Ils ne savent pas encore qu'elles fientent. Ils le sauront bien assez tôt. La fiente de mouette, c'est liquide et noir, ça pue le poisson pourri. Les mouettes plongent leur bec jaune citron directement dans les sacs, et puis le font claquer avec colère quand le sac est vide. « Elles disent merci! » s'extasie une grand-mère. Tarzan des Pigeons est aujourd'hui perchoir à mouettes, mais tout le monde l'est, qui ferait attention à lui? Il tente son grand succès : le grain de maïs entre ses lèvres arrondies comme pour un baiser. Une mouette cueille le maïs mais, trouvant l'offrande plutôt maigre, elle essaie du même coup de bec d'arracher la langue, tandis qu'une copine s'en prend au splendide nez lumineux de l'artiste. C'en est trop, il dit « Peuh! Ça pue le hareng, ces volailles! » et s'en va.

Cependant, les usurpatrices se dandinent par les allées, grises et blanches, laquées à neuf, belles comme des vaisseaux de guerre qui auraient des pattes de canard.

« Oh! oh! pense le moustachu, il y a ici comme une odeur d'extraordinaire. »

Pas plus étonné que ça, d'ailleurs. Le lieu, il l'a souvent constaté, est propice aux chamboulements de l'ordre cosmique des choses, particulièrement dans le domaine des sciences dites « naturelles ». Le square Saint-Julien-le-Pauvre – officiellement square René-Viviani, c'est écrit sur la plaque, le moustachu sait très bien qui fut ce Viviani, il l'a appris à la communale, en ce temps-là l'histoire n'était pas jugée trop exténuante pour les enfantines cervelles, ce Viviani, donc, politicard quelconque, éphémère ministre de la Troisième comme tout le monde, lui c'était les Affaires etrangères, artisan de l'alliance avec l'Angleterre et la Russie et donc, salaud, de la Grande Guerre, celle de 14-18, de par l'intense phobie d'encerclement que l'Entente provoqua chez Guillaume II, Kaiser allemand, au fond il s'en fout, de Viviani, le moustachu, mais il n'aime pas qu'on colle des noms de michetons aux rues, et encore moins aux jardins, stupide tristouille coutume démago, un blaze de quidam, c'est barbichu, binoclard et rétréci, ça sent la vieille pisse et l'oraison funèbre, en plus ils y mettent les dates en dessous, tout à fait riquiqui, enfin, bon, ça lui arracherait la gueule, au moustachu, de dire

« square René-Viviani », alors il dit « square Saint-Julien » dans sa tête, quoiqu'il n'aime pas non plus les saints, mais depuis le temps, hein, ces saints-là, ils se sont patinés couleur poussière, l'auréole ne vous crève plus les yeux, complètement dépolie couverte de chiures de mouches...

Lieu, donc, propice aux menus prodiges. L'influence de l'acacia, peut-être? Le plus vieil arbre de Paris, dit le guide. Car il est dans les guides. Le moustachu le connaît depuis tout gosse. Il lui trouve petite mine, depuis quelque temps. Vienne l'avril, il pousse vaillamment sa touffe de feuilles nouvelles, mais elle est chaque année plus étique, la touffe. On sent bien que la sève a du mal à se hisser là-haut. Des étais de béton mastoc soutiennent les moignons de branches, s'il n'y avait pas le béton il baisserait définitivement les bras, le vieux. Un arbre crucifié. Condamné à vivre. Il a peut-être bien vu la Révolution? La Fronde? La Saint-Barthélemy? Les Normands? Facile à savoir : on lui a cloué sur le ventre un écriteau avec la date. Mais qui se soucie des dates?

*

Un arbre aussi vieux, rêve le moustachu, ses branches ont dû en supporter, des pendus, dans ces temps où l'on pendait facilement les gens. Le moustachu les voit dans sa tête, se balançant s'entrechoquant, suant leur graisse qui leur coule le long des doigts et s'égoutte en flaques huileuses que boit le sable. Si l'on regarde bien, on voit autour des branches les anneaux creusés dans l'écorce par les cordes, on distingue parfaitement le dessin du tressage de la corde, la même corde resservait longtemps, du chanvre de première qualité, ceci est très émouvant pour qui a l'âme historique. Ne pas oublier les pigeons : de gras pigeons affalés sur les crânes des pendus, digérant les yeux qu'ils viennent de leur gober. Mais peut-être, dans ces âges farouches, n'y avait-il pas encore de pigeons? Rien que des corbeaux?

*

Par les nuits tempétueuses, quand les nuages fous courent en hurlant sur la rouge face de la lune, le vieil acacia se raconte des histoires. Prophète de malheur appelant les pluies de soufre et de feu sur la grande Babylone pourrie de vices ou jeteux de sorts de quartier répandant sur les croquants d'alentour les maléfices cruels et les farces de mauvais goût, ça dépend de son humeur, il joue de sa silhouette pathétiquement tordue pour faire peur aux femmes seules qui, forcées d'affronter les terreurs de la nuit, se glissent en serrant les fesses le long de la grille, sur le trottoir de la déserte petite rue Saint-Julien. Alors l'acacia agite ses moignons et fait « Hou! Hou! », il imite le cri de la chouette, très mal d'ailleurs, mais l'effet est obtenu, la femme sursaute et se met à courir. Je l'ai fort bien entendu moi-même, et plus d'une fois. Peut-être après tout s'agit-il d'une vraie chouette, aussi vieille que l'arbre, tant qu'on y est, de ce fait quelque peu handicapée des cordes vocales, une vieille chouette farceuse, cachée dans une des crevasses profondes du tronc superbement gercé, qui ferait équipe avec le vieux chenapan pour effrayer les dames, ça n'aurait rien d'étonnant.

A droite à gauche, les noirs ifs et les grands tilleuls pleins de santé le dominent et l'écrasent, laissant toutefois entre lui et eux une distance qui marque le respect dû. Cela fait, autour de l'ancêtre, un cercle de terrain ras où seule tourne son ombre difforme. Cercle aride, cercle éminemment louche qui ferait se hérisser la queue d'un chat noir et suscite chez le promeneur au front pensif je ne sais quel obscur malaise.

*

Et donc, par une de ces nuits lourdes de tous les possibles, une de ces nuits comme il s'en condense de temps à autre en ce haut lieu de convergence, chaudron bouillonnant, croisée des chemins où depuis toujours se coupent à angle droit les deux grandes voies de la Gaule chevelue : d'Est en Ouest la majestueuse trouée de la Seine qui marche toute seule, du Nord au Sud, le terrible coup de hache coupant en deux la noire forêt celtique et qui deviendra plus tard la route de Compostelle, par une de ces nuits, donc, le moustachu marchait, nez au vent et mains aux poches, aspirant par tous ses trous les effluves grisants. Il longeait la grille massive, râlant en silence, comme chaque fois, contre les adjudants à la retraite préposés à la surveillance des parcs et jardins publics de la Ville de Paris qui, à l'heure légale du coucher du soleil, bouclent à double tour les accès de ces jungles de poche au moment même où il ferait si bon aller y savourer la mélancolie de l'instant sous les frondaisons enténébrées. De là, il passe au stade suivant, il a la rêvasserie volontiers routinière : s'ils ne les bouclaient pas, les squares, ça baiserait à couilles rabattues derrière chaque buisson, et même devant, oh! là! là! des ruisseaux de foutre, et alors les pères de famille signeraient des pétitions, et alors le square serait bouclé la nuit, nous voilà revenus à la case de départ. C'est même certainement ce qui s'est passé : l'actuelle obligation de fermeture nocturne ne serait pas spontanée, mais consécutive à une campagne de pères de famille troublés dans leur sommeil et dans leur sens de la responsabilité envers leurs impeccables fillettes par l'écho des furieux coups de cul qui, n'en doutons pas, à la faveur de la liberté première se prodiguaient là, dans la stridence des pâmoisons et le halètement rythmé des vaillants copulateurs. L'étape d'ensuite, c'est : et puis, il y aurait bientôt, fatal, comme au Bois, comme aux Tuileries, des commandos de travelos putassiers jaillissant des buissons, se cramponnant à ton froc, à ton morlingue, et si tu leur dis « Calte! Tu m'emmerdes! » t'es qu'un sale con de raciste sexuel et ils se mettent à douze pour te casser la gueule... Oui, bon, ben, voilà, quoi, si on commence à réfléchir au pourquoi des choses on finit par donner raison aux flics et aux pères de famille, vacherie à droite, vacherie à gauche, piège à cons partout, tu n'y échappes pas. Monde de crapules...

Ce monologue désabusé fut interrompu à cet endroit précis par un stimulus provenant des galaxies lointaines, à tout le moins de la région de l'Univers s'étendant au-delà des limites corporelles du penseur, stimulus qui excita l'organe auditif de ce dernier et l'amena à risquer un œil hors de son radotant petit monde intérieur. C'était une voix. Une voix qui tombait du ciel, chose déjà troublante en soi, et qui disait :

« Va a fanculo! »

En italien, parfaitement, mais avec un drôle d'accent, comme de quelqu'un qui aurait de la purée plein la bouche, ou qui serait soûl au point d'avoir peine à remuer sa langue.

Le moustachu regarda en l'air. En l'air, il y avait une masse de feuillages d'encre, et rien d'autre.

« Alors, ça vient, la bouffe? »

Une transcription fidèle exigerait : « Alorrr, sssa vient lla bouffffe? » Et toujours cet accent pâteux.

Il tira ses lunettes de sa poche – il était myope mais ne voulait pas que ça se sache – et soudain l'informe boule de ténèbres fut une délicate dentelle où chaque feuille existait, minutieusement brodée sur fond de ciel mauve foncé. Et, dans cette dentelle, quelque chose bougeait, une ombre chinoise aux contours changeants.

« Tchorrrt vozmi! Yeb'tvoyou mat! »

Alors, le moustachu comprit.

« Bon dieu! Un perroquet! »

Et un perroquet polyglotte... Echappé d'une boutique du quai aux Oiseaux, juste la Seine à traverser, un coup d'aile? Ou de la volière du Jardin des plantes, elle aussi toute proche? Ou tout bonnement d'une des fenêtres de l'autre côté de la rue? Va savoir...

Ses yeux se sont habitués, il le voit maintenant bien à son aise. Le perroquet se déplace sur le côté, comme font les perroquets, le long de la branche qu'il agrippe de ses gros doigts. Il l'appelle : « Coco! » Il aurait préféré quelque chose de moins banal, mais il s'est dit que si la tradition s'est établie d'appeler « Coco » les perroquets, c'est peut-être parce que l'expérience a montré qu'ils ont l'ouïe plus particulièrement sensible à la sonorité claire et ronde de cette syllabe redoublée. D'ailleurs, ça a l'air de marcher. Le perroquet penche la tête de côté, puis de l'autre côté. Il ne parle plus. Il écoute, attentif. Il attend. Le moustachu remet ça.

« Coco! Ça gaze, Coco? »

Il n'a quand même pas osé aller jusqu'à la phrase magique « Tu as bien déjeuné? » pourtant elle aussi sanctionnée par des siècles d'efficacité.

Le perroquet répond :

« Borrdell de merrde! »

Ce n'est pas un perroquet pour enfants bien élevés.

Le dialogue continue. Le moustachu est aux anges. Il n'y aura rien de plus entre eux, il le sait, et ça lui suffit. De temps en temps « Coco! », en réponse une obscénité gaillarde. Il jubile. Pourvu qu'il soit là demain! Au fait, je croyais que les oiseaux dormaient, la nuit? Sauf les nocturnes, bien sûr. Oui, mais il y a le réverbère. Il l'a en plein dans l'œil. Voilà, voilà...

Le lendemain, le perroquet est là. Et aussi les jours d'après. Le moustachu se dit « J'ai un ami ». Le perroquet ne sait pas qu'il est devenu l'ami de quelqu'un, le perroquet s'en fout pas mal, mais l'amitié se nourrit sur elle-même, comme d'ailleurs l'amour, l'amitié est à sens unique, illusion et compagnie, l'essentiel est que ça fonctionne, n'est-ce pas?

Quand il passe par le square aux heures animées, le moustachu jette un regard furtif vers la branche au perroquet, tremblant de ne plus l'y voir, tremblant aussi que d'autres le voient, des bons cons qui aussitôt se récrieraient, ameuteraient le quartier, feraient la chasse. Pas méchants, bien braves, même, mais tellement, tellement cons! Mais non, ils ne se doutent de rien, ils ne lèvent jamais le nez aussi haut, ils ont les vertèbres cervicales bloquées une fois pour toutes à niveau de vitrine, et comme le fracas des moteurs couvre les joyeux « Borrdell de merrde! »...

ENQUÊTE BUISSONNIÈRE

La rouquine (elle s'appelle Joséphine, quelle charmante idée!) est revenue. Elle le tient au courant de l'« enquête ». Ça n'avance pas vite. Elle voudrait davantage d'indices, des noms... Il ne peut guère lui en dire plus que ce qu'il a mis dans son livre. Il en sait lui-même si peu... Nom, prénom et patronyme : Maria Iossifovna Tatartchenko. Née en 1923, ou 24, peut-être. Non, il ne sait pas quel mois ni quel jour. Comment, même pas son anniversaire? Ben non, même pas son anniversaire. Résidence : Kharkov ou ses environs. Rue? Quartier? Cherche bien. Pas la peine, je l'ai jamais su. T'étais pas curieux. Ben, non. Profession? Elle devait être ouvrière, elle ne s'habillait pas en baba, je veux dire en paysanne et d'autre part elle était snobée par le groupe des filles instruites, les étudiantes, les médecins, les ingénieurs..., les évoluées, quoi. C'est pourquoi je pense maintenant que c'était une ouvrière. Sur le moment, je ne me l'étais même pas demandé. Je ne savais même plus ce que j'étais moi-même. Et qu'est-ce qu'on en avait à foutre? Le métier, c'est rien, ça va, ça vient. On était là, c'est marre. Ouvrière en quoi? Aucune idée. Déportée à Berlin, dans le camp de travail de Baumschulenweg, sur la Köpenicker Landstrasse, dépendant de la firme Graetz A.G. qui fabriquait des obus et d'autres saletés du même genre. A quelle date? Ça, c'est pas dur, les Russes étaient arrivés un mois avant nous autres, ça fait fin janvier 43. Nous, on était les premiers raflés du S.T.O. Après, les gars ont compris que c'était plus du pour rire, ils se sont carapatés dans la nature. Les Russkoffs, c'était plus simple : les Chleuhs les fauchaient par pays entiers, hommes et femmes, vieux et jeunes, tout ce qui tenait debout. Ça n'a pas dû laisser beaucoup de traces en paperasserie. En février 45, ils ont embarqué tout ce qui restait du camp de Baumschulenweg, y compris donc Maria et moi-même, pour Zerrethin, un petit village de Poméranie, afin de creuser des tranchées antichars devant les lignes russes qui menaçaient Stettin. Disparue à Stavenhagen (Poméranie) vers la mi-avril 1945, lors de l'avance de l'Armée Rouge. Aperçue pour la dernière fois (pas par moi) dans le camp de transit de Stettin en août 1945. Depuis, plus rien. Des photos? Tu rigoles? Pas de lettres non plus, non. Pas le moindre objet, pas de mouchoir, de peigne, pas un bout de crayon. Rien. Comme s'il n'y avait jamais eu de Maria.

Joséphine le harcèle, fouille avec lui sa mémoire, l'oblige à plonger dans le trou noir où est tapie la chose abominable, traque l'infime souvenir enfoui qui, peut-être, ouvrira une piste. Mais rien. Il n'a jamais pris conscience comme maintenant de son incroyable indifférence pour ce qu'avait été la vie de Maria « avant lui ». Maria avait existé au moment précis où elle était entrée dans sa vie, ça lui suffisait, elle avait existé tout d'un coup, telle quelle, et sa vie à lui aussi avait commencé là. Que Maria ait été une petite fille, qu'elle ait eu une mère, un père, des frères, des sœurs, qu'elle ait été mariée, peut-être, il n'y songeait même pas. Maria était le présent, le présent durerait toujours, c'était tout simple. Il ne pensait d'ailleurs pas si loin. Il vivait, de toutes ses forces. On les avait jetés dans un bagne, et voilà, dans ce bagne il y avait lui, et il y avait elle, et ils s'étaient trouvés, ils s'étaient reconnus, il n'aurait jamais cru ça possible, que la vie puisse être ce printemps, la guerre pouvait bien tout dévorer et le monde crouler tout autour, et la mort, et la peur, et la faim leur hurler dessus de leurs milliers de gueules puantes, puisque c'était la peur ensemble, et la faim ensemble, et en réchapper chaque fois ensemble, et puisque si ce devait être la mort, ce serait la mort ensemble, tout était bien. Il avait vécu ces années-là comme un gosse vivrait un perpétuel Noël. Il marchait « au-dessus de ses pompes », superbement indifférent au carnage universel et à la connerie des petits hommes qui font les carnages.

« Est-ce qu'il t'arrive de te demander comment ça aurait tourné si vous ne vous étiez pas perdus?

– Non. Je pense à elle, oh! oui, souvent, et penser à elle c'est aussi penser que je l'ai perdue, et c'est comme un grand coup de pied dans le ventre, à chaque fois. Ce qu'aurait été notre vie? Non, ça, j'y pense pas. Je pense à elle, les larmes me montent, de bonheur, et aussitôt le coup de pied dans le ventre, c'est tout.

– En somme, Maria, pour toi, c'est un souvenir, rien qu'un souvenir, à la fois heureux et douloureux, d'autant plus douloureux qu'il est heureux. Une espèce de réflexe conditionné : tu ne peux plus penser aux moments heureux sans que ça déclenche le coup de pied dans le ventre, comme tu dis.

– Ben, voilà! T'as tout compris. Rien qu'un souvenir. Comme le reste. Il y a le présent, qui n'est rien, et les souvenirs, qui sont de la fumée. »

Elle dit :

« Et Dieu, dans tout ça? »

Ils se marrent.

Ça se passe dans le petit square Saint-Julien-le-Pauvre, elle en a soudain eu assez des volets clos, de la lampe à abat-jour vert, peut-être aussi de l'odeur de vieux et de renfermé, alors il l'a emmenée dehors, ils parlent en marchant, ils traînent les pieds, ils se dandinent. Le printemps n'est pas loin. Les forsythias, ou appelle ça comme tu voudras, ces arbustes de square à fleurs jaunes, un peu con, explosent sur la terre noire fraîchement remuée. Les premières boîtes de Coca-Cola fleurissent aussi, rouges, elles, et moins éphémères. Le gros chat obèse guette les pigeons, aplati sur l'herbe pelée, oreilles collées au crâne, il se raconte des histoires de jungle et de panthère, les pigeons se foutent de sa gueule, des années qu'il fait ça, qu'il guette, on voudrait le voir bondir, ne serait-ce qu'une fois.

« Pourquoi n'écris-tu plus? »

Elle a sorti ça de sa manche, comme un lapin d'un haut-de-forme.

« Mais... J'écris, non?

– Allons, allons. Fais pas l'andouille. Ecrire, c'est des romans, des choses qu'on attend. Là, tu t'amuses.

– C'est vrai, oui, je m'amuse. Et non, je m'amuse pas. Je veux dire, ce que je fais maintenant, mes petites conneries, comme tu dois penser, si si, eh bien, c'est ce qui me donne le plus de mal, et c'est ce que j'ai toujours vraiment eu envie de faire. J'aime rire, j'aime qu'on me fasse rire, et je suis très difficile, très très. Alors, je fais des choses qui me feraient rire, moi. Et crois-moi, il est beaucoup plus dur de faire du bon humour que de faire du bon mélo.

– Mélo, mélo... Quelle condescendance!

– Mélo, parfaitement. Quoi que tu aies à raconter, il n'y a pas trente-six façons de s'y prendre, il n'y en a que deux : l'humour ou le mélo... Oui. Me v'là reparti dans les théories. Je vais encore trancher de tout et me ridiculiser... On laisse tomber. D'accord? Tiens, je vais te montrer quelque chose. »

Il la guide jusqu'à la rangée d'arbres le long de la rue Saint-Julien.

« Tu vois cet arbre-là? Lève les yeux, discrètement, compte quatre grosses branches, suis la quatrième jusqu'au bout, jusqu'aux brindilles du bout, ça y est? Tu le vois?

– Je vois quoi?

– L'oiseau.

– Quel oiseau? Ah! le pigeon, là?

– Tu m'as l'air pigeon... Regarde mieux.

– Je regarde tant que je peux, qu'est-ce que tu crois? Et alors? Qu'est-ce qu'il a de spécial, ton oiseau? Oh! mais... Oh! mais, c'est un perroquet!

– Voilà. C'est le perroquet. C'est mon copain. Il ne sait pas qu'il est mon copain, il s'en fout complètement, n'empêche qu'il est mon copain.

– Qu'est-ce qu'il fait là?

– Il a décidé d'habiter dans l'arbre.

– Il parle?

– Trop. Il finira par se faire repérer. Heureusement, avec le boucan des bagnoles sur le quai, on ne l'entend pas. Sauf la nuit. Seulement, la nuit, il n'y a personne pour l'entendre.

– Mais l'hiver, il va crever de froid.

– L'hiver est encore loin... Voilà. Je t'ai montré mon copain le perroquet. Il vit au jour le jour, j'essaie d'en faire autant.

– Oh! C'était une fable?

– Meuh non! Je suis pas aussi calculateur! Je voudrais juste que tu me dises : ce perroquet, tu le vois?

– Tu parles, si je le vois! Maintenant, je ne vois que lui.

– Tu es sûre?

– Enfin, qu'est-ce qui te prend? Evidemment, je suis sûre... Tiens, en ce moment, il fait le grand soleil autour de la branche, hop là, un tour complet! C'est vrai ou c'est pas vrai?

– Tout à fait vrai. Ah! dis donc, t'as vu ça?... Tu comprends, ce perroquet, je commençais à me demander. J'avais peur que ça soit un perroquet dans ma tête, seulement dans ma tête. Tu me rassures. Comme ça, il est donc vrai, mon perroquet? Mais alors, dis-moi, pourquoi les autres ne le voient pas? Peut-être qu'il est seulement dans nos deux têtes?

– Dans ma tête à moi, c'est pas le bordel, dit-elle. Tout bien rangé bien propre. Si je vois un perroquet, c'est qu'il y a un perroquet.

– On croit ça... Enfin, bon, de toute façon, c'est quand même mieux d'être deux que d'être tout seul à avoir un perroquet dans la tête. »

LA GRANDE RAFLE

« Les gens sont trop méchants! dit la dame aux fleurs. Ils font le mal pour le mal! Pour le plaisir de le faire! »

Horrible à voir. Le joyeux petit jardin qui, de toute sa verdure, se lançait à l'assaut de la lumière, n'est plus que saccage, flétrissure et pendouillis grisâtres.

« Pour ça, les salauds, c'est pas ce qui manque », dit Odile.

La dame aux fleurs est au bord des larmes.

« Je croyais que ça ferait plaisir à tout le monde, moi!

– Mais ça faisait plaisir à tout le monde, vous pouvez être sûre! dit avec chaleur le moustachu, que ce désespoir navre. Suffit d'un vicieux...

– Et ils ont fait ça la nuit, vous vous rendez compte? »

Avoir fait ça la nuit porte assurément à son comble la scélératesse de la chose. La dame aux fleurs ne se retient plus. Elle pleure. Comme la douleur lui va bien! pense le moustachu. « Cueillir ses larmes, du bout de la langue, une à une... Ses rondes lourdes larmes sur ses rondes joues... » Il pense cela, il en goûte la saumure légère, la douce saumure d'une larme frais cueillie qui roule le long de la gouttière de sa langue. « Lui entourer les épaules de mon bras paternel, ses fermes rondes épaules de trente-cinq ans, le meilleur âge pour les épaules... » Certaines sensations furtives l'avertissent que les prémices du désir ont atteint les avant-postes de sa virilité. « Sa nuque doit sentir très bon », a-t-il encore le temps de se dire avant que la réalité à la gueule de raie ne le tire par la manche. « Bon dieu! Trente-cinq ans? J'ai dit trente-cinq ans? » Quelque chose de froid lui dégouline le long de l'échine. Il connaît le symptôme : dès qu'il accole ces deux concepts : « femme » et « trente-cinq ans », c'est qu'il est mal parti. Quand on aime, on a toujours vingt ans. Peut-être. Quand il aime, lui, elles en ont toujours trente-cinq. Ou elles les méritent. Si peu sont dignes de les doubler, les trente-cinquièmes rugissants! Mais quand elles sont douées, quel triomphe! Quelles délices! Fi du printemps aux coudes pointus... Oui, bon, il s'envole encore.

La dame aux fleurs, cependant, scrute son malheur dans les détails.

« Qu'est-ce qu'ils ont bien pu y verser? On dirait du débouche-évier, ou je ne sais quelle cochonnerie chimique.

– Ou de la javelle, dit Odile.

– Toute la terre du bac est empoisonnée, c'est sûr. Du terreau de première qualité... »

Bibi renifle, le nez à ras du bac.

« Je vais vous le dire, moi, ce qu'ils ont fait. Ils y ont pissé dessus, voilà ce qu'ils ont fait. »

La dame aux fleurs rougit.

« Mais... Ça n'a jamais fait mourir des plantes!

– Oh! si, madame. Je vous demande bien pardon. J'avais un cheval, c'était dans mon jeune temps, quand je faisais le livreur de lait, je livrais mon lait avec mon cheval, Bibi je l'appelais, d'où que le nom m'est resté depuis d'ailleurs, vous savez ce que c'est, je l'appelais Bibi, une gentille petite bête, on se quittait pas, on voyait que nous, alors les gens m'ont appelé Bibi aussi. Dans ce temps-là, le lait, ça se livrait le matin de bonne heure, avant la circulation, avec une charrette plate et un cheval, c'est pas que les autos étaient pas inventées, mais le lait, il aurait imprégné l'odeur d'essence, c'est délicat, le lait, alors on le livrait avec un cheval, moi c'était mon Bibi que je vous cause donc. Figurez-vous qu'y avait un troquet ouvert en fin de trajet, les bistrots ouverts à cette heure matineuse y en pas des tas, même à l'époque que je vous cause que le monde était pourtant moins feignant que maintenant, eh bien, mon Bibi, il s'arrêtait tout seul juste devant, j'avais pas besoin de rien y dire, il s'arrêtait bien doucement le long d'un platane qui se trouvait justement là vu que des platanes y en avait tout le long, je serrais la manivelle du frein et je descendais me taper mon petit réveille-matin, une petite côte, c'était, dans ce temps-là le beaujolpif c'était pas la mode comme maintenant, ma petite côte du Rhône du matin, même pas le temps de pousser la porte elle était déjà servie sur le comptoir, je la descendais vite fait mais vous savez ce que c'est, y avait toujours deux-trois matineux qui remettaient la leur, et le patron qui remettait la sienne en fin de parcours, c'est la politesse, ça se refuse pas, on n'est pas des sauvages, et bon, cinq minutes ça va ça vient, disons même dix, quand je ressortais, mon Bibi, là je vous cause de Bibi mon cheval, alors vous savez quoi? Histoire de ne pas rester à rien faire il avait sorti sa biroute télescopique, vous le savez peut-être pas parce que, de nos jours, des bourrins on n'en voit plus lerche, dans les rues, mais la biroute ils l'ont télescopique, ils la sortent ils la rentrent, un mètre de long, facile, grosse comme mon bras, mon Bibi sortait son machin et il pissait pour la journée. Il y avait pas de trottoir, c'était une de ces banlieues zonardes, ça coulait tout droit jusque dans le creux au pied du platane, chaque matin il avait sa dose, le platane, recta, eh bien, ce pauvre malheureux platane, vous me croirez si vous voulez, il en est bel et bien crevé. C'est pour vous dire. »

Tout le monde hoche la tête et médite cet enseignement d'un homme qui a vécu.

« Mais, dit la dame aux fleurs, un homme n'est pas un cheval.

– Madame, un cheval, c'est végétarien, ça mange rien que du sain, de l'herbe, du foin, de l'avoine. Des plantes, quoi. Et ça boit de l'eau. L'homme mange du frelaté. Sans parler de la boisson. Alors, imaginez, si déjà le pipi de mon Bibi pouvait faire crever un arbre qu'on n'en aurait pas fait le tour avec les deux bras, rendez-vous compte vos petites plantes toutes mignardes, l'effet que ça doit leur faire, le pissat d'un ivrogne engraissé au boudin-frites et aux harengs saurs, peut-être même pas frais, si ça se trouve.

– Et si ça se trouve, c'est même pas par méchanceté, dit le moustachu, qui voit bien que le plus dur, pour cette âme confiante, est la brutale révélation de la haine gratuite et universelle. Peut-être simplement un bonhomme qui a l'habitude depuis toujours de se soulager là, dans le renfoncement du mur, et qui n'aura pas vu qu'il y a maintenant un bac avec des plantes. La nuit, vous savez...

– Vous croyez?

– Bien sûr.

– Ecoutez. Je vais changer tout le terreau, et puis je replanterai des choses, il n'est pas encore trop tard dans la saison, et après je vais y mettre un grillage tout autour, comme ça on verra bien. »

*

C'est alors que la dame aux chats se pointe au bout de la rue. On voit tout de suite qu'il est arrivé quelque chose. D'abord, ce n'est pas son heure. Et puis, elle n'a pas ses cabas. Et puis, elle a la figure à l'envers.

Elle annonce, tragique :

« Ils sont en train de tuer tous les chats! »

Les points d'interrogation jaillissent :

« Qui ça? Où? Tous les chats? Quels chats?

– La mairie. Partout. Tous les chats errants. A cause de la rage. La rage progresse, qu'ils disent. C'est les renards. Les renards mordent les chiens, les chiens mordent les chats...

– ... Les chats mordent les rats, les rats mordent le fromage, le fromage mord les gens. Faut interdire le fromage, dit Bibi.

– Alors ils font des grandes battues aux chats, poursuit la dame aux chats. Aux chiens aussi, mais des chiens errants, y en a pas beaucoup, ils se font tous ramasser par la fourrière. Il faut déchatiser, qu'ils disent. Et les gens laissent faire, on leur a tellement foutu la trouille avec la rage! Un chat qu'on trouve dans la rue, s'il n'a pas le tatouage de la S.P.A. et le certificat de vaccination en règle, couic. Ils ont déjà ratissé le parc Montsouris, les jardins de l'Observatoire, les Gobelins, ils arrivent par ici, faut faire quelque chose!

– Ils sont au courant, pour l'entrepôt du Chinetoque? demande Bibi.

– Vous pensez qu'ils sont au courant! C'est là qu'ils vont venir tout droit. »

Voilà le flic Bec-à-Foin qui tourne le coin, tout content. Il est tout content dès qu'il tourne le coin de la rue des Trois-Portes. Il faut le savoir, qu'il est flic, parce que c'est un flic en civil. Bibi l'appelle

Bec-à-Foin, alors tout le quartier l'appelle Bec-à-Foin. Il dit :

« Salut tout le monde! Qu'est-ce que vous foutez, tous, là-dehors?

– Qu'est-ce que vous foutez, vous autres, la police? dit Bibi. N'importe quel dégueulasse peut ravager tranquillement les jardins publics, et pendant ce temps-là, les flics, hein, où qu'ils sont, les flics?

– Ils assassinent les chats, voilà où qu'ils sont! » dit la dame aux chats.

Le flic Bec-à-Foin ne suit pas très bien.

« Mais non, dit Cyprien le facteur, c'est pas les mêmes. Les chats, c'est la mairie. Des entreprises privées payées par la mairie pour dératiser les chats.

– Avec nos sous! » dit la dame aux chats.

Le moustachu prend Bibi à part.

« Dis donc, s'ils entrent dans le vieux truc du Chinois, ils vont trouver le gosse...

– Tarzan?

– Ben, oui. Tarzan.

– Boh!... C'est après les chats, qu'ils en ont. Pas après les louftingues.

– Mais il est pas majeur, ce môme. Ils vont lui chercher des poux, le coller en éducation surveillée, un de ces trucs à la con.

– Et quand ils s'amèneront pour faire du mal à ses chats, ça va chier des flammes.

– Faut aller le prévenir.

– Et les chats? Qu'est-ce qu'on fait pour les chats? dit la dame aux chats.

– C'est vrai, les chats... dit le moustachu.

– On va pas les laisser assassiner, dites? Moi, en tout cas, ils me passeront sur le corps avant de toucher à la queue d'un! Vous n'allez pas laisser faire ça, messieurs? Je sais bien que vous aimez les bêtes, surtout les chats, j'ai lu tout ce que vous avez écrit pour les bêtes dans vos journaux. On est tous ensemble, n'est-ce pas? N'est-ce pas? »

*

Voilà Paule qui tourne le coin de la rue. Elle court, elle agite les bras, elle crie, une indignation la surexcite. Mais Paule est toujours surexcitée. Et toujours indignée. Elle halète, entre deux quintes de sa vieille bronchite-du-fumeur :

« Vous savez pas? Les fumiers! Ils massacrent tous les chats! Tous! Tout partout! La Saint-Barthélemy! »

C'est alors qu'elle voit la gueule qu'ils font.

« Ah! vous étiez au courant?

– Alors, qu'est-ce qu'on fait? dit la dame aux chats.

– On pourrait déjà aller prévenir le môme, et puis on verrait sur place ce qu'on peut faire.

– Comptez pas sur moi, dit Odile. Pour ramener des puces, merci bien! L'autre fois, je suis revenue, j'étais couverte de puces. Toutes petites, mais drôlement voraces. Des millions. Plein les cuisses. Noires de puces, elles étaient, mes cuisses. Rien que d'y repenser, j'ai la chair de poule.

– Les puces de chat, c'est les plus féroces, dit le clochard Henri.

– Faites voir, dit Cyprien. Faites voir vos cuisses, où qu'elles ont été mordues. Vos pauvres belles cuisses toutes blanches.

– Faudrait une camionnette, dit le moustachu.

– Et des épuisettes, dit le clochard Henri. Des grandes, avec des grands manches, comme ils ont, ceux de la fourrière. Je le sais, moi, je les ai vus faire. Hop là! Y a un tour de main.

– Mais ils vont avoir peur! dit la dame aux chats.

– Faudrait les endormir, dit Paule. Avec une sarbacane et des flèches.

– Tu m'as l'air sarbacane, dit Bibi. Bon. Pas besoin d'y aller à cinquante. Je vais chercher ma loupiote.

– Violation de propriété privée, dit le flic Bec-à-Foin.

– Et ton cul, c'est une propriété privée? dit Bibi.

– Moi, je sais même pas de quoi que vous causez, dit le flic Bec-à-Foin. J'ai rien entendu, à part vos conneries d'usage. Bon, je repasserai quand y aura un coup à boire. »

Et il se tire.

« Moi, j'ai ma tournée à finir, dit Cyprien le facteur.

– On va pas se quitter comme ça, dit Odile. L'émotion, ça donne soif.

– C'est pas de refus, madame Odile », dit Cyprien.

Cyprien sait qu'un bon facteur doit dire « C'est pas de refus ». Les gens aiment que le facteur cause comme dans les films de Pagnol. Il a compris ça, Cyprien.

Le flic Bec-à-Foin revient sur ses pas. Il entre derrière Odile et Cyprien.

*

Alors, voilà. Bibi, le moustachu et, derrière, cramponnée à la manche du moustachu, la dame aux chats, se faufilent entre les gravats. Il faudrait des périls autrement redoutables que des puces pour rebuter la dame aux chats. D'ailleurs, elle est en bottes et en jean.

« Où qu'il est, c'te carne? dit Bibi. C'est que je suis pas d'accord pour me foutre la gueule dans un trou, moi!

– Faut l'appeler », dit le moustachu.

Il appelle :

« Hé! Tarzan! T'es là? C'est des copains! »

Il appelle comme ça une demi-douzaine de fois. Rien. Que la nuit constellée d'yeux de chats. La dame aux chats fait avec sa bouche le bruit de baiser qui sert par chez nous à appeler les matous, et elle psalmodie : « Minets, minets! N'ayez pas peur, mes petits chéris! Les méchants hommes ne vous feront pas de mal! » Pas un miaulement, rien que ces milliers d'yeux écarquillés.

« Miaou! » hurle Bibi. Et c'est comme si l'autre Bibi, le cheval, avait essayé de miauler.

Le moustachu sent une patte furtive frôler son mollet maigre. « Tiens, en voilà un qui se rassure! » pense-t-il. Il se baisse, sa main tendue pour la caresse trouve sous sa paume une tignasse hirsute.

« C'est toi, Ducon? T'as pas changé.

– Pourquoi j'aurais changé? Je suis Tarzan des Chats et je t'emmerde. Z'avez rien à foutre ici. C'est notre jungle, à nous, les chats. »

Il se dresse sur ses pattes d'araignée, il bombe son torse maigre, il envoie par les espaces le grand miaulement d'alerte. Cette fois, les chats répondent, tous les chats, tous ensemble, et ça donne quelque chose de grandiose et de terrifiant, ça vous racle l'intérieur des boyaux tout du long et puis ça vous les arrache par le trou du cul et ça les jette par terre.

« D'accord, dit Bibi. Y a que toi. T'es l'unique.

– Je suis Tarzan », dit Tarzan.

Il ajoute :

« Si je leur ordonnais de vous bouffer, ils vous boufferaient.

– Il y a un cri spécial pour ça? s'étonne le moustachu.

– Il y a des cris pour tout. Je t'avais dit que tu pouvais venir quand tu voulais, mais tout seul.

– Oui, mais là, y a urgence.

– Ah! ouais?

– Ils sont en train de tuer tous les chats.

– Tous les chats de Paris?

– De Paris et d'ailleurs. Partout. Tous les chats qui traînent. Et d'ici à ce qu'ils décident de tuer même ceux qui ont une mémère et qui sont vaccinés, y a pas loin. Comme en Chine.

– Qu'est-ce qu'ils ont fait, en Chine?

– Ils ont décidé que les chats, les chiens, les canaris et les poissons rouges mangeaient le riz du peuple. Alors, ils les ont nettoyés. Obligatoire. Si tu portes pas ton chat de bon cœur à l'abattoir, ils viennent l'abattre à domicile, et peut-être qu'en plus ils te mettent un petit peu en taule comme sale égoïste petit-bourgeois antirévolutionnaire.

– Merde.

– Ouais. Ici, c'est la rage. Ils vivent avec des bombes atomiques au-dessus de la tête, et ils ont peur de la rage!

– Les cons.

– Oh! dit Bibi, on les a peut-être un peu aidés, pour la rage. Pendant qu'ils ont cette trouille-là, ils pensent plus à l'autre.

– Et puis, ils aiment tuer, dit la dame aux chats.

– Enfin, bon, le grand massacre est commencé, et maintenant ils s'amènent par ici. Faut que les chats se taillent vite fait et toi avec. »

Tarzan des Chats hoche la tête.

« Pour aller où? Vous avez idée?

– Ben, voilà... On en est là. »

Tarzan gratte la tête de la vieille chatte grise, qui se met à ronronner, yeux mi-clos...

« Vous déconnez. Ils peuvent pas faire ça.

– Tiens, donc! Ils vont se gêner!

– J'ai rien entendu à la radio.
– Evidemment. Ils ont tenu ça secret. Pas que les mémères aux chats aient le temps de s'organiser. Opération de commando! A la surprise, tu comprends. Comme la foudre...
– Comme à Kolwezi! Ils se prennent pour les paras à Bigeard.
– La Saint-Barthélemy, dit la dame aux chats. Sauf pour le tocsin.
– On peut te loger dans la cave, dit Bibi. C'est pas Choron qui dira le contraire. Le temps que ça se tasse.
– Et les chats?
– Ben... P't' être quéques-uns...
– Vous voyez bien que vous déconnez. Je me tire pas sans les chats. Sans tous les chats.
– Ça en fait un paquet.
– Surtout que maintenant y a ceux de la mère Durand, en plus.
– Alors, c' que tu vas faire? »
Silence.
Et puis Tarzan hausse les épaules, il dit « Et merde! », et il se décide :
« Ecoutez. Tant pis. Je vais vous faire confiance. Je vous connais bien, vous êtes réglos. Mais vous êtes tellement cons quand vous êtes bourrés! Pour épater la galerie vous racontez n'importe quoi.
– Tu m'as déjà vu bourré? dit le moustachu.
– Toi, peut-être pas. Mais cézigue, là...
– Quand j'ai bu, je cause, c'est exact, dit Bibi. Mais rien que de l'anodin qui peut pas amener de désagrément à des personnes vivantes. On sait se tenir... Oh! pis, merde, si t'as pas confiance, garde-les, tes histoires! Nous, ce qu'on en disait, hein, c'était pour ton bien.
– Tout seul, j'y arriverai pas. Vous allez comprendre. Et après, faudra pas me laisser tomber, question ravitaillement.

– Vous savez bien que vous pouvez compter sur moi », dit la dame aux chats.

*

De terribles coups de pied secouent la porte. Ils résonnent et roulent dans tout ce vide comme un tonnerre. La vieille chatte sursaute, s'arrache aux bras de Tarzan, se carapate dans la nuit. Là-bas, la porte s'entrebâille. La voix râpée à zéro du clochard Henri essaie de crier, elle fait ce qu'elle peut :

« Hé! les gars! Ils sont rue Frédéric-Sauton! »

Tarzan n'hésite plus. Il dit « Suivez-moi », il escalade un monticule de gravats hérissés de bouts de bois et de ferrailles traîtresses et redescend de l'autre côté. Là, il montre du doigt un autre tas de gravats divers, mais plus petit. A petits coups de pied il dégage le bas du tas, tout autour, on voit alors que ce tas-là n'est pas posé directement par terre, mais sur une épaisse plaque d'aggloméré. Il dit :

« Vite! Donnez-moi un coup de main. »

Il se met à quatre pattes, s'arc-boute et, à deux mains, pousse sur le bord de la plaque d'agglo. Bibi et le moustachu en font autant. la plaque glisse sans trop de peine sur le sol de ciment avec son tas de gravats de camouflage, découvrant un trou.

« Qu'est-ce que c'est que ça? dit Bibi.

– Une cave. Les gens ne savaient pas qu'il y avait une cave. Avant, à chaque crue de la Seine, les caves étaient noyées. Après la grande crue de 1910, ils en ont eu tellement marre qu'ils ont comblé les caves. Des gravats, de la terre, des saletés. Ras la gueule. Mais, depuis, on a rehaussé les quais, ils ont mis des parapets étanches, des tas de trucs, alors la Seine, elle s'amène plus jusqu'ici. La preuve : c'est tout sec.

– Oui, je sais, dit le moustachu. Quand Choron a

acheté à côté, je lui ai dit je suis sûr qu'il y a des caves là-dessous, il voulait pas me croire, j'ai cassé un coin du carrelage, j'ai donné un coup de pelle : des gravats. Il a tout fait déblayer, du coup ça lui a fait des caves splendides, sous toute la surface de la baraque, et voûtées, faut voir. Je parie qu'elles datent des Romains.

– Sûr! dit Tarzan. Des Romains. Et peut-être même de plus loin. »

Tout en parlant, il est descendu dans le trou. C'est profond, deux mètres cinquante au moins. Mais pas très large. Une espèce d'entonnoir d'éboulis qui s'évase vers le haut. Tarzan met ses mains en porte-voix et lance à pleine gorge le grand miaulement de ceci ou de cela, va t'y reconnaître dans ces modulations, mais les chats, eux, ont compris. Ils déboulent de partout, se faufilent entre les jambes, plongent dans le trou, s'amassent autour de Tarzan, ça fait sous le rayon de la torche un patchwork vivant de toutes les fourrures possibles de chats de gouttières, ça grouille et ça ondule, et par là-dessus les queues comme des points d'interrogation qui danseraient la danse du ventre.

*

« T'as quand même pas l'intention de te planquer là-dedans? » dit Bibi.

Tarzan ne répond pas. Il est trop occupé. Au bas de la paroi oblique du trou, dans l'éboulis de gravats, il y a un renfoncement, une espèce de niche d'ombre. Tarzan s'est accroupi devant cette niche. De ses doigts crispés en griffes il écarte quelques pierrailles qui en murent le fond. Ce n'était qu'un trompe-l'œil, les pierrailles ôtées dégagent un panneau de contre-plaqué, Tarzan l'empoigne et le dépose, voilà, il n'y a plus de mur, rien qu'un trou noir. Tarzan, à quatre pattes, s'enfonce dans ce trou, on ne voit bientôt plus que le pagne en peau de chien sur ses fesses pointues avec la queue du chien qui se balance au milieu, et puis plus rien. Il est passé de l'autre côté. Les chats en ont fait autant, un fleuve de chats coulant en silence entre les jambes entre les bras de Tarzan des Chats.

« La vache! dit Bibi. C'est plus Tarzan des Chats, c'est Tarzan des Taupes! »

Le moustachu ne dit rien. Il savoure l'instant. Il est en train de vivre ses lectures d'enfant, celles où il y a des souterrains secrets et des trésors enfouis, celles qui vous foutent au ventre cette grande trouille si bonne. Un soir, il était plongé corps et âme dans *L'Aiguille creuse,* sa mère l'avait envoyé tirer le vin, une panique l'avait saisi dans les ténèbres du corridor de la cave, la vieille cave amie du 3, rue Sainte-Anne... « Retrouver ses terreurs d'enfant, pense-t-il, c'est encore plus chouette, plus fort que retrouver ses plaisirs d'enfant. »

Une voix étouffée monte du trou, la voix de Tarzan :

« Qu'est-ce que vous attendez? Amenez-vous!

– Compte là-dessus que je vais descendre à quatre pattes faire le con dans la merde de chat! dit Bibi. Et pis j'ai du boulot, moi. Odile doit commencer à la trouver mauvaise.

– Je vais voir dehors comment ça se passe, dit la dame aux chats.

– J'arrive », dit le moustachu.

Il saute dans l'entonnoir, se met à quatre pattes, avance la tête par le trou latéral d'où provient maintenant une lumière jaune. Il voit. Tarzan a allumé une lanterne fauchée sur un chantier. C'est une cave, voûtée plein cintre. Une épaisse couche de gravats vaguement nivelés rehausse le sol d'un bon demi-mètre. Tarzan a posé là-dessus des morceaux de plaques d'agglo, des cartons d'emballage, ça fait un plancher. Il est assis au beau milieu, comme un bouddha, la vieille chatte grise dans les bras. Tout autour, des chats, des chats, des chats, couchés en long ou en rond, qui se grattent derrière l'oreille ou se lèchent les pattes entre les doigts de pied. Ses yeux s'habituant, le moustachu distingue dans les lointains des étagères faites de parpaings et de planches de coffrage : couvertes de chats de haut en bas. Les yeux des chats brillent, la lanterne éclaire à peine mais projette des ombres fantastiques. Ça commence à schlinguer dur la pisse de chat.

« C'est chié, non? dit Tarzan. Je me suis donné du mal.

– J'en reviens pas. Cette cave-là aussi était comblée?

– Ouais. Je l'ai dégagée.

– Et les gravats?

– Dans une troisième cave, celle du cinéma, à côté. J'ai profité de ce qu'il y avait les travaux, la nuit je mettais mes gravats sur les leurs, ça leur en faisait un peu plus mais ils y ont vu que du feu.

– Et pour passer d'une cave à l'autre? C'est quand même pas toi qui as percé les murs, tu vas pas me dire? De la pierre de taille d'au moins un mètre d'épais!

– Non, ça, c'est pas moi, c'est les Chleuhs. Je me suis souvenu que mon grand-père m'avait raconté que, pendant l'Occupation, les Allemands avaient fait percer des communications entre les caves des immeubles, à cause des bombardements, tu comprends, ils croyaient que les Américains allaient bombarder Paris, alors, si une baraque s'écroulait et que les gens se trouvaient bloqués dans la cave, hop, ils passaient dans celle d'à-côté, tu vois? Ils ont pas fait ça partout, seulement dans les quartiers où ils avaient réquisitionné des apparts pour eux.

– Mais la Maube était un coin pourri, à l'époque! Ils s'installaient plutôt dans les quartiers rupins, je me suis laissé dire. Et puis, ces caves étaient bourrées de gravats...

– Ecoute, hein, je sais plus quoi te dire, moi. En tout cas, ces caves-là communiquent, c'est un fait.

– Ça date peut-être de plus loin que les Chleuhs? Ça date peut-être, je sais pas, moi, de la Terreur? Ou des guerres de Religion?

– Ou des Huns?

– Ou des premiers chrétiens, comme les catacombes de Rome?

– Ou des derniers païens? Qu'est-ce qui nous dit que les chrétiens, une fois vainqueurs, n'ont pas persécuté les païens qui se cramponnaient à leurs vieux bons dieux rigolos, hein? C'est possible?

– C'est tellement possible qu'en effet les païens, comme tu dis, en ont vu de dures, surtout après la mort de l'empereur Julien, qui avait rétabli le culte des anciens dieux mais a eu le tort de mourir à trente-deux ans, à la guerre, comme un con. Et tu sais quelle était sa capitale, à Julien?

– Ben, Rome, pardi.

– Oui, mais il avait une ville favorite, où il se plaisait, où il résidait le plus souvent possible.

– Et c'était où?

– Ici.

– A Paris?

– On disait encore Lutèce, dans ce temps-là. L'empereur Julien adorait Lutèce.

– Ah! ouais. Je me disais, aussi... C'est pas celui qu'a fait construire le musée de Cluny? Même qu'il y a son portrait dedans, en statue, je l'ai vu quand j'étais môme, l'instit' nous y avait emmenés en classe d'activités.

– Je suis pas sûr qu'il l'ait fait construire, et en tout cas c'est pas le musée de Cluny, c'est le grand bâtiment qui est collé juste contre, on dit « Cluny » pour l'ensemble mais au premier coup d'œil tu vois la différence. Le truc romain est bien plus vieux, tout en rangées de moellons blancs et de briques roses alternées, comme une cassate. C'étaient des thermes, des bains-douches publics, si tu veux, mais très très luxueux, avec piscine, sauna, salons, restaurants... On appelle d'ailleurs ça les Thermes de Julien.

– Quand ils ont appris la mort de Julien, ils ont dû faire une drôle de gueule, les néo-païens!

– C'est toujours la même histoire, tu sais.

– L'alternance...

– A coups de savate dans la gueule. Les païens crucifiaient les chrétiens, les chrétiens faisaient brûler vivants les païens.

– Heureusement qu'on a évolué. Tu vois les Chiraquiens et les Rosaupoings s'arracher les couilles chaque fois que ça change de camp?

– Oh! suffirait de pas grand-chose... Dis donc, comment ça t'est venu, l'idée de tout ça? »

Le moustachu fait « Pscht, pscht! » en agitant la main. Quelques chats s'écartent de mauvaise grâce, assez pour qu'il puisse poser ses fesses sur la plaque de carton, à côté de celles de Tarzan.

« Ben, ça sonnait le creux. Alors, j'ai voulu voir. Je cherchais une combine pour pouvoir me tirer de là avec les chats en cas de pet, tu comprends. Une sortie secrète, quoi. C'est que j'ai la responsabilité. Ils ont confiance en moi. D'ailleurs, ça a été moins dur qu'on croirait. Ils avaient bourré n'importe comment. C'était plein de vides, j'ai dégagé autour, j'ai étayé avec des bouts de bois...

– Tu vas quand même pas rester accroupi là-dedans jusqu'à perpète? »

Tarzan cligne de l'œil.

« T'en fais pas, ça durera pas autant que la T.V.A. Quelques jours, et ils penseront à autre chose.

– Hm... Tu sais qu'ils donnent une prime par tête de chat tué? Une grosse prime.

– T'en fais pas pour la prime... Quand tu reviendras, je te ferai voir quelque chose.

– En attendant, je vais te chercher de quoi bouffer. Tes chats ont l'air d'avoir faim. T'as pas peur qu'ils te dévorent, un jour de famine?

– Eux? Ils se mangeraient plutôt les pattes! Hé! N'achète pas trop de boîtes au même endroit, ça pourrait donner à penser.

– D'accord. Dis voir, comment tu masques le trou, quand je serai sorti?

– C'est toi qui vas faire ça, depuis l'autre côté.

– Ah! bon. Et quand t'es tout seul?

– Alors, tu vois la ficelle, là? Je tire dessus, ça m'éboule des gravats juste assez pour cacher l'entrée, t'y vois que du feu. Pas con, le mec, non? »

Le moustachu admire, s'extirpe du trou et puis s'en va.

COCKTAIL

Il n'avait jamais bien compris l'intérêt des cocktails et des réunions de ce genre. Pendant les brèves années où une fantaisie du destin avait fait de lui un auteur à succès, il s'y rendait, de loin en loin, ici ou là, quand il ne pouvait vraiment pas faire autrement parce que l'attachée de presse s'était donné tellement de mal pour lui démontrer que c'était absolument nécessaire pour son bouquin dernier-né, ou parce qu'il n'avait pas su dire non quatre fois de suite au type si chaleureux qui lui avait tenu la jambe pendant une demi-heure au coin d'une rue et à qui il n'avait pas non plus osé avouer qu'il ne le reconnaissait pas du tout. Il considérait ça comme d'amères corvées, sans doute indispensables à la marche des affaires et au rayonnement de la culture, puisque des gens qui ont l'air de savoir ce qu'ils font dépensent du fric à les organiser, bien qu'il ne comprît pas en quoi résidait leur utilité, mais bon, il se savait une fois pour toutes plus ahuri qu'un arracheur de betteraves en tout ce qui touchait aux relations sociales, et donc, les yeux fermés, faisait confiance aux autres, ces terriblement efficaces autres, s'ils donnent des cocktails c'est qu'ils y trouvent leur compte, non?

En tout cas, il était persuadé que ce qui était corvée pour lui l'était pour tous, que les gens venaient là en service commandé, pour serrer les mains qu'il fallait serrer, baiser celles qu'il fallait baiser, exhiber pendant un temps raisonnablement calculé un sourire sans défaillance au-dessus des petits fours et s'esbigner en souplesse dès qu'on était sûr de n'avoir oublié personne.

Il était en somme comme ces vieux maris grincheux qui accompagnent leur jeune épouse au bal et se figurent qu'elle s'y emmerde autant qu'eux-mêmes. Il ne voulait pas voir le côté « tout peut arriver » du cocktail, les timidités que le whisky et le champagne transmuent en audaces, l'excitation de frôler des femmes belles comme de grands chiens de luxe, les muets devenus bavards, les sinistres devenus boute-en-train, les joues rosies, les yeux brillants, les claquements de mâchoires des mâles esseulés en quête de chair fraîche – ou de rêve de chair fraîche...

Mais alors Gabrielle était dans sa vie.

*

Il s'était dit : « Une femme chasse l'autre. » Il s'était dit : « Merde à la tendresse. » Il s'était dit : « Je vais faire comme les copains, m'envoyer joyeusement en l'air sans m'accrocher à la queue un grand drame romantique. » Il s'était dit : « Je vais m'en draguer une, tiens donc! »

Il avait pêché un bristol dans le tas, celui-ci ou celui-là, peu importe, en ce temps-là les invitations s'entassaient dans sa boîte aux lettres, il les jetait sans les ouvrir, cette fois-là il en avait ouvert une, la première sur le dessus, il s'était donné le coup de peigne, avait secoué les germes de soja collés dans sa moustache, et puis il avait poussé la porte, tout seul, comme un grand, il avait remis son bristol à la jeune femme de l'accueil, sans doute l'attachée de presse maison, une longue brune émouvante avec tout ce qu'il faut du haut en bas qu'on avait envie de prendre dans ses bras pour la consoler d'avance de tout le mal que les hommes allaient lui faire dans sa chienne de vie, il s'était dit voilà ce qu'il me faut, n'allons pas plus loin, pourquoi plonger dans le panier de crabes? Mais cette esclave rêvée n'était que l'esclave de la porte, une chaîne solide la rivait à la porte, et déjà son sourire bouleversant et son décolleté filaient vers l'invité suivant.

Il y avait beaucoup de monde. Bon chic, mais juste ce qu'il faut pour que ça reste bon chic. Un peu chiffonné. Faut que ça fasse j'arrive du boulot et j'y retourne, en pleine charrette, m'en parlez pas, je me suis maquillée dans l'ascenseur, dites-moi tout : est-ce que mon rouge est sur ma bouche ou à côté?

Il fait violence à son instinct rase-muraille. Il a pris deux express bien tassés juste avant, ça fait effet, il se décrispe, il papillonne, il fait l'aimable, il est myope et ne veut pas que ça se sache, amnésique aux trois quarts à cause des saletés qu'il prend pour bâillonner l'angoisse, il ne voit pas les gueules, ne se rappelle pas les noms, alors il distribue à la louche la suprise joyeuse et l'admiration servile, il s'en fout, s'ils sont contents c'est le principal, répond n'importe quoi parce qu'en plus il est sourdingue dans le brouhaha, s'esclaffe si l'autre s'esclaffe, grimace navré si l'autre a l'air triste, et puis sourit, sourit, sourit.

*

Bon. Il est là pour s'en lever une. Pas oublier. Coup de périscope panoramique. Devant ses yeux incertains moutonne une brume colorée, têtes-épaules, hommes-femmes. Son ordinateur intime élimine d'office les horripilantes virilités. Les mecs, il ne les voit plus, ce ne sont que des trous dans la galaxie féminine, du non-existant. Se méfier : la myopie magnifie tout, vous ferait à dix mètres prendre une Carabosse pour une Vénus... Mais aussi la myopie gomme le ciselé pour exalter la silhouette, ce qui est un grand avantage. Le bien-voyant se laissera happer d'entrée de jeu par un détail piquant, leurre qu'un maquillage complice aura mis en avant pour détourner son attention de l'ensemble, sans doute médiocre. Le myope voit l'essentiel avant l'anecdotique, la ligne avant le corps, la cambrure avant la jambe, le sourire avant les lèvres, le regard avant les yeux. Devine la qualité de la fesse à l'arrogance du dos. Mourra d'amour pour le jaillissement d'un cou. L'envol vaut pour lui plus que l'oiseau... Myopes, ne portez pas de lunettes! Vous vous flanquerez de temps en temps sous l'autobus, sans doute, mais que vous aurez donc puissamment vécu!

Il scrute, mine de rien, son horizon flou. Epervier planant en plein ciel, à cercles nonchalants, au-dessus du tendre troupeau. Epervier bigleux, mais lui seul le sait. Mouais... Rien là-dedans qui émerge, rien qui l'accroche. Du boudin tout venant, conclut-il, faisant le cynique. Cependant, à la longue, il croit repérer, ici ou là, un mouvement de nuque plein de promesses, une envolée de bras nu comme une aurore... Alors il taille dans le magma sa route sinueuse, manœuvre en douceur de façon à venir sous le vent de l'éventuelle proie jusqu'à la distance précise où son œil mal foutu se décide enfin à accommoder, où la tache devient objet, où l'amibe rose devient visage... et l'altière châtelaine grognasse des plus quelconques, hélas.

Soyons honnêtes, il y a quelques belles filles. Très belles, même. Mais qui ne sont que ça. Lui faut le petit quéque chose en plus. Ceci devrait lui ouvrir les yeux, à ce pauvre mec : un vrai dragueur ne se préoccupe pas du petit machin en plus, oh! non, et même il se sauve à toute jambes s'il l'aperçoit. Un vrai dragueur fuit les emmerdeuses, car c'est bien de cela qu'il s'agit. Hé! oui, mais lui, il ne peut pas faire sans. Il croit s'être mis en chasse pour la viande, il n'a pas compris qu'il quête la fleur bleue. Incorrigible! Question de chromosomes. Regardons-le faire.

*

Ça y est! La voilà! Il ne l'a pas encore vue. Nous, nous savons bien que c'est elle. Pas éclatante, mais tellement mieux que ça : intéressante. Petite gueule finement taillée, joues un peu creuses, yeux fatigués au fond de leurs cernes, si aigus, si... présents. La petite quarantaine soignée, brune, racines impecc, maquillage discret mais efficace d'une qui bosse au niveau responsable, petites rides sympa, jambes démarrant tout à fait bien, faudra voir quand elle les croise, sapes rien à dire, tu peux l'emmener chez Lipp.

Il l'a vue. Ne s'y est pas trompé. Depuis, il la, comme on dit chez Proust, dévore des yeux. Elle fait sa petite tournée de salut-salut, la voilà devant lui.

« J'ai beaucoup aimé votre dernier...

– Chut! Ne prononcez pas ces mots-là, il y a un type qui me cherche.

– Qui vous cherche? Pourquoi? »

Elle se marre. Il lui manque une dent, tout au fond à droite. Serait-ce l'infime dissonance qui m'attachera à elle corps et âme? se demande-t-il.

« Si, si. Pas de quoi rire. Un type qui prétend que c'est à cause de ce bouquin, précisément, que sa femme l'a laissé quimper. Elle lui a dit que, grâce au livre, elle comprenait maintenant tout à fait bien le martyre qu'elle lui faisait vivre, et que puisque, comme le héros du livre, il n'aurait jamais le courage de la quitter, elle s'en allait et lui laissait l'appartement, le chien et les trois gosses.

– Mais c'est très bien, ça. C'est ce qu'il voulait?

– Ben... Non, justement pas. Et l'autre femme, qui avait sans doute lu le bouquin juste en même temps, ou peut-être que l'épouse le lui avait prêté, allez savoir, lui a écrit la même chose, moins l'appartement et les gosses, puisque, de ce côté-là, de gosses, il n'y en a pas, et que, pour l'appartement, elle a fait changer la serrure.

– Et le chien?

– Le chien?... Ah! oui. Avec elle, il n'avait pas de chien mais trois chats, dont une femelle non opérée et donc pleine. Elle les lui a fait porter à son hôtel, puisque désormais il habite à l'hôtel, forcément, il n'ose pas rentrer à l'appartement, le chien a dû bouffer les gosses, ou l'inverse, enfin une boucherie, il ne veut pas voir ça, dans un sens je le comprends. »

Elle rit tout ce qu'elle sait, c'est bien joli. Elle demande :

« Et qui est-ce? »

Il désigne un géant noir dont les épaules font péter les coutures du veston.

« Celui-là. Vous vous rendez compte?

– Il a l'air bien doux pour un assoiffé de sang.

– Ne vous y fiez pas. Il prend cette mine avenante pour mettre les gens en confiance, et puis il leur parle de moi, dit qu'il m'admire énormément, des choses comme ça, qu'il voudrait tant tant tant me connaître...

– Vous connaître? Mais, rien de plus facile : la célèbre moustache!

– Chut! Il ne sait pas. Il arrive des Etats-Unis. Ecoutez, jurez-moi une chose.

– Quoi donc?

– S'il vient par ici, cachez-moi. Mettez-vous devant moi, débrouillez-vous, prenez-moi dans vos bras, enfin protégez-moi, quoi. Vous ne voudriez pas que cette brute me tue, là, devant tout le monde... »

*

Il fait le clown, il fait le con, et elle, elle entre dans le jeu, contente comme tout qu'on se donne tant de mal pour elle. Après, on bavarde, elle part au ravitaillement, revient avec un plateau de canapés aux œufs de lump et aux rillettes, bonne petite ménagère soucieuse de nourrir son homme, et puis du champagne, il n'aime pas ça mais c'est trop touchant, elle avoue ses filles, elles sont deux, quatorze et dix-neuf ans, il se dit c'est le test, me voilà à l'agence matrimoniale, elle raconte son travail, un métier chouette mais harassant, pendant tout ce temps il imagine son cul, quelle splendeur, il prolonge les jambes, apprécie le bien rempli de la jupe, il rêve, quoi, il y est, son cœur cogne, à ce con, mais oui, il cogne, les feuilles d'artichaut de son cœur battent la mesure de ses émois, quel vieux con, non mais, regardez-le, il part draguer, tout ravager, la vraie bête, il lance sa ligne, total il ramène un futur chagrin d'amour comme d'autres ramènent une vieille godasse.

On papote, on papote, l'heure tourne, la dame a des familiarités charmantes, elle lui serre le bras pour appuyer ce qu'elle explique, lui pose la main à plat sur la poitrine, il se dit merde, qu'est-ce que je fais, maintenant? Le cocktail est retombé, ils restent à trois ou quatre pelés dans les coins qui discutent tirages et fiscalité dévorante, il y a quelque chose à faire, là, juste maintenant, c'est certain. Bon, je l'invite à bouffer, c'est pas con? Allez... A ce moment, il remarque un quidam d'entre les quidams, une espèce de visage affable qu'il se souvient vaguement avoir vu flotter deux ou trois fois à hauteur du sien, et ce quelconque a l'air d'attendre discrètement un peu en retrait, et il prend soudain conscience qu'il y a une sorte de connivence entre eux, entre elle et ça, il se sent tout con de ne l'avoir pas remarqué plus tôt, il rougit, il s'écarte, espérant qu'il se trompe, mais pas du tout, l'autre fait de la tête le signe : « On s'en va? » et elle fait : « Oui », et elle lui tend la main, à lui, et elle lui dit : « Je me suis bien amusée, vraiment », et son quidam en fait autant, sourire de renard. Elle est partie.

Non mais, quelles salopes, toutes! Ça vient se faire faire des chatouillis à l'âme, ça fait semblant d'être sortie sans sa maman, et total les maris sont au bout de la laisse, tout contents ils sont que leur petit cheptel prenne un peu de bon temps, et puis ils se les récupèrent, et ça rentre bras dessus bras dessous, et le chatouillis d'âme préparatoire c'est ces cochons-là qui en recueillent le bénéfice. Salopes de femmes honnêtes!

Il regagne son trou dans la nuit noire, sa queue sous le bras, son cœur sous l'autre, en donnant des coups de pied dans les boîtes de bière, mais il n'y a même pas de boîtes de bière. C'est un jour comme ça.

LE DIEU ROUGE

Dans sa petite tête de papillon, le moustachu rêvasse...

Quand, dans la cave, le tonneau sonnait le creux, papa me prenait par la main et nous allions ensemble chez Monsieur Cailleux choisir le vin.

Tout le monde, à Nogent, achetait son vin chez Monsieur Cailleux, dans la Grande-Rue, juste à côté de l'école communale qui faisait le coin avec la rue Baüyn-de-Perreuse au nom impossible à prononcer. Il y avait un grand beau portail à double battant pour que passent les lourdes charrettes chargées de tonneaux tirées par deux puissants percherons pommelés dont les poils des pattes balayaient le pavé. Quand le cocher de chez Cailleux venait livrer le vin dans la rue Sainte-Anne, c'était un événement. Quand le charbonnier livrait le charbon aussi, mais moins impressionnant. Le gosse chez qui on portait le tonneau était tout fier, les autres l'admiraient. Pourtant, ce serait leur tour une autre fois, tout le monde faisait venir son vin de chez Monsieur Cailleux, au tonneau, même les plus pauvres. Surtout les plus pauvres, car le vin au tonneau revenait moins cher qu'au litre. Mais, bien sûr, encore fallait-il avoir de quoi payer le tonneau, ça faisait une somme à sortir comme ça d'un seul coup, celui qui se faisait rentrer le tonneau ça montrait à tout le monde comme c'était des gens économes et qui savaient mener leur barque. Tous les Ritals de la rue Sainte-Anne et d'alentour achetaient donc leur vin chez Monsieur Cailleux, ils le faisaient livrer le soir, quand ils étaient rentrés du chantier. Monsieur Cailleux était très arrangeant sur les heures, le vin c'est sérieux, il faut être là quand il arrive, le client surveillait attentivement les gestes du livreur au tablier de cuir, le vin ça ne se bouscule pas, il aidait à guider le tonneau sur le poulain pour le faire descendre de la charrette à plate-forme, il aidait aussi dans l'escalier de la cave, tellement raide et tortillant, le gosse descendait devant, à reculons, tenant haut à bout de bras le bougeoir et préservant la flamme des courants d'air, le visage empreint de gravité car c'était une mission de confiance.

Le tonneau mis en place sur son berceau, incliné juste bien comme il faut, on le mettait en perce, papa posait la cannelle, et on trinquait avec le livreur pour l'étrenner, moi tenant toujours gravement la bougie. Le livreur repartait un peu plus pompette qu'il n'était en arrivant, et fouette cocher, les deux percherons donnaient le coup de collier du départ et ça redémarrait au petit trot, sonnaillant des grelots, vers le prochain client.

C'est moi qui étais chargé du vin. Je descendais remplir mes litres à la cave, sans bougie, elle m'énervait, il fallait tout le temps la rallumer, je me dirigeais yeux fermés dans les méandres des couloirs jusqu'à notre cave à nous, je débridais le gros cadenas dégoulinant d'huile de vidange – qué fout pas qu'i rouille, pourquoi alors tou le po plous ouvrir – et, au jour bleuté filtrant du soupirail, je faisais couler dans mes bouteilles le divin jus de la treille, c'est comme ça que je me parlais à moi-même dans ma tête, j'avais déjà beaucoup lu.

Quand le vin se mettait à couler à regret, je

soulevais le fausset coincé dans la bonde, papa m'avait montré, et alors l'air entrait dans le tonneau avec un sifflement, je m'amusais à moduler ce sifflement en enfonçant plus ou moins le fausset, ça faisait une musique, j'aimais bien.

La cave sentait ce que doit sentir une cave honnête : très fort la vinasse bue par la terre sous la cannelle depuis des générations, et très fort cette odeur d'humus, de champignon et de ciment jamais tout à fait sec.

Il faut avoir eu une cave, je dis une vraie cave, dans son enfance. La nôtre était toute petite, rien qu'un alvéole parmi les autres sous un immeuble bien pauvre, mais c'était notre cave, avec dedans notre tonneau sur son berceau, roi sur son trône.

Tant que durait le tonneau, à chaque repas papa se félicitait de la qualité de ce vin-là, il était content de Monsieur Cailleux, et de lui-même aussi car c'était lui qui l'avait choisi, le vin. Maman ne manquait pas d'ajouter, chaque fois, que c'était quand même plus avantageux que d'aller l'acheter au litre au Viniprix comme des que je connais qui foutent l'argent par les fenêtres, même si ça fait une grosse dépense d'un seul coup l'un dans l'autre on s'y retrouve, tout ce qu'on voudra, et puis j'aimerais pas voir le petit traverser la Grande-Rue avec un plein cabas de bouteilles, qu'il y a rien de si dangereux avec tous ces autobus comme des fous, mon dieu s'il allait se crever un œil ou s'ouvrir le ventre sur un bout de verre je me le reprocherais toute ma vie. Le petit, c'était moi.

Un jour venait où papa fronçait le sourcil et examinait avec attention son verre, qu'il tenait levé dans la lumière de la fenêtre. Il disait :

« Ah! valà qu'il est les fleurs. »

Et il me montrait les fleurs, des petites fleurs blanches qui dansaient dans le vin. Ça voulait dire qu'il fallait songer à commander un autre tonneau.

Et d'abord incliner un peu plus le tonneau presque vide pour ne rien laisser perdre.

« Ma fout fare tention pas bouzer la lie, qué la lie, il est pas bon, la lie. »

Naturellement, je ramenais de la lie au fond des dernières bouteilles, et papa prenait l'air contrarié. Moi, je ne trouvais pas ça mauvais, ça se mâchait, je n'y voyais pas d'inconvénient.

Et bon, papa me prenait par la main, et nous allions chez Monsieur Cailleux choisir le vin.

*

Je me souviens d'une grande cour pavée, de hauts murs mangés de lierre, et, au fond, les chais. Il y avait là des foudres de chêne qui me paraissaient colossaux, qui me le paraissent encore. Au moins un étage de haut. Monsieur Cailleux faisait goûter le vin à papa, il avait une petite tasse plate en argent pendue au cou, il faisait couler un peu de vin dedans, il promenait au-dessus du vin son nez frissonnant, il tendait la tasse à papa, papa faisait tourner le vin dans la tasse, il le regardait bien bien, c'était pour voir la transparence et la couleur, il m'expliquait après, Monsieur Cailleux disait : « Hein, hein, monsieur Louis? », papa faisait « Hm-hm... », et puis il promenait le vin sous son nez, Monsieur Cailleux le regardait faire comme un qui dit « N'est-ce pas? » et puis papa prenait une gorgée de vin, il la gardait dans sa bouche, ses joues bougeaient parce que sa langue allait et venait dans le vin, et puis il l'avalait, il faisait clapoter ses lèvres deux ou trois fois, enfin il disait :

« Il est pas mal, messio Caillo, sta vin-là, pas mal dou tout. Ma mva ze me crva què çvi-là qué vous m'avez vendou la dernière fvas, il était core milior comme çvi qu'il est là. »

Monsieur Cailleux disait, tout souriant :

« Ah! on ne vous la fait pas, à vous, monsieur Louis! Mais je voulais vous faire goûter celui-là. Il n'a peut-être pas le même corps, pas tout à fait, mais il est peut-être un peu plus avantageux, question prix.

– Messio Caillo, fout ce qui fout. Un qui travaille, fout qui bvat dou bon vin. Qué les sous, il est pas tout, dans la vie, les sous. »

Monsieur Cailleux était tout à fait d'accord, et il faisait goûter d'un autre tonneau à papa, et puis d'un autre, pas pour faire l'article, juste pour le plaisir, et moi je regardais, j'écoutais, je voyais bien qu'il s'agissait de quelque chose d'aussi sérieux que la messe, peut-être même plus.

Je ne sais pas à quel moment de leur vie les petits Français passent du Coca-Cola au vin, il faut bien qu'il y ait un moment comme ça puisque, les statistiques le proclament, nous détenons le record du monde toutes catégories de l'alcoolisme. Moi, j'ai été élevé au vin rouge. Au vin de Monsieur Cailleux.

*

Tout petit, maman m'apprit à boire « le coup du docteur », après la soupe : juste une petite gorgée de vin pur qu'elle me faisait prendre dans son verre. Et en effet, derrière la soupe brûlante, ça fait plaisir. Quelqu'un sait-il encore ce que c'est que le coup du docteur? D'après le nom, ce devait être bon pour la santé. Je buvais en mangeant du vin coupé d'eau : un tiers de vin, deux tiers d'eau. Maman avait une drôle d'habitude, je ne sais pas où elle l'avait prise, elle coupait son vin avec de l'eau chaude, très chaude. Elle disait que c'était excellent pour la digestion. Je n'ai jamais pu m'y faire.

Papa buvait son vin pur. A la fin du repas, il tassait dans son verre un gros morceau de pain, qui gonflait et suçait tout le vin. Après, papa se donnait beaucoup de mal pour attraper le pain dans le verre avec ses gros doigts pleins de crevasses. Maman râlait, prenait son air dégoûté, disait que c'était des mœurs de sauvages. Papa faisait « Valala! » et dégustait son pain en bouillie comme moi j'aurais fait d'un baba au rhum.

L'été, il arrivait, après une de ces journées étouffantes qui vous foutaient la fièvre, vous coupaient les jambes et l'appétit, que papa refuse la soupe poireaux-patates-nouilles et se confectionne, à la place, ce qu'il appelait une trempée et que maman appelait, elle, une soupe au vin : dans un bol, deux tiers de vin, un tiers d'eau, quelques morceaux de sucre, des tranches de pain empilées qu'il laissait gonfler. Maman, parfois, se laissait tenter, elle disait que c'est ce qui se faisait chez elle, dans la Nièvre, en temps de moisson, quand le soleil tapait si fort qu'on n'avait pas de goût à la nourriture. Mais elle y râpait de la cannelle et y émincait des zestes de citron, car elle était civilisée. Il m'est arrivé d'en manger, pour voir, car, moi, la chaleur ne me coupe pas l'appétit, au contraire, quand il fait chaud à crever j'ai comme un regain de vitalité, je dévore des nourritures épaisses, bien salées, bien brûlantes... La trempée de papa, ça se mangeait tout seul, c'était bon comme tout, mais après, quel coup de bambou! La tête me tournait, mes paupières se faisaient lourdes, et en même temps une merveilleuse fraîcheur me courait par tout le corps, mes pieds ne me brûlaient plus, ils gigotaient des orteils dans un frais torrent de montagne. Je me traînais jusqu'à mon lit, il n'y avait plus de chaleur écrasante, ni de hurlements de gosses, ni d'odeurs de fond de cour, je sombrais dans un sommeil bienheureux.

*

Comment se fait-il, alors, qu'avec tout ça, cette éducation dans la familiarité et le respect du vin – « Il buon vino fa buon sangue », aimait à dire papa, et il ajoutait : « Ma tention, solement le vin rouze i fa dou sang bonne. Qué le vin blanc, i te manze les nerves et i te fa mourir, le vin blanc » –, comment se fait-il que je n'aie jamais mordu au pinard, que, disons le mot, je n'aime pas le vin? Plongé que je suis dans ce culte français du vin, cette exaltation quasi religieuse de la « dive liqueur » que toute la littérature porte aux nues, et la publicité, donc! Ils me font marrer, les cornichons, avec leurs mines soudain graves quand on leur présente la prestigieuse bouteille, leurs yeux de chat qui chie dans la cendre, leurs moues, leurs mimiques, leur vocabulaire folklorique laborieusement appris dans les dépliants publicitaires et à la télé... Je veux bien qu'on aime le vin, pourquoi pas, j'abomine la viande de veau mais je ne prétends pas en dégoûter les autres, ce qui me fout en rogne c'est le cérémonial que les Français déploient autour, cette liturgie du vin, cette science des crus et des années... Quelle connerie! Pour moi, le vin est du pinard, tous les vins un machin aigre, qui pèse sur l'estomac, fait puer de la gueule et vous la bourre vite fait. J'en bois, bien forcé, quand je suis invité, un repas français sans vin serait un sacrilège, et je joue le jeu, hypocrite comme pas un, je fais le gourmet et le connaisseur, pourquoi se faire remarquer? Mais si je suis seul, au restaurant, une bonne grosse bière allemande me fait infiniment plus plaisir, je commande les plus grands récipients, un litre si c'est possible, je plonge la tête dans la bonne mousse, ça tient compagnie. Si je suis dans ma cabane, de la flotte, par flemme, ou si j'ai eu le courage d'aller jusqu'au Félix Potin, un jus de raisin, une saloperie chimique, n'importe quoi de rigolo à boire me fait un plaisir immense. Comme un môme. Sauf le Coca-Cola, qui empoisse la gueule.

Il y a là un mystère. C'est pas de la pose, ni du puritanisme anti-alcoolique, même ça me complique la vie, je reste au seuil de ce paradis si délectable, paraît-il. Une volupté qui m'est interdite, ça me vexe. Comme pour la musique. Mais bon, voilà, j'aime pas le vin, c'est un fait, j'en demande pardon à l'honnête Monsieur Cailleux, ou à ses héritiers, j'en demande pardon à mon ami Descrambes, vigneron de père en fils à Saint-Emilion, qui soigne son vin comme un nouveau-né et le boit plus vite qu'il ne le récolte, j'en demande pardon à maman et à papa qui m'ont élevé dans le respect du vin, boisson sacrée, ami du travailleur de force, sang glorieux de la France et de l'Italie.

Quand je travaillais sur les chantiers, les compagnons dégringolaient les litrons, et le soir, au café, pendant les innombrables tournées sur le zinc, je m'enfilais des limonades et des diabolos. On se foutait de ma gueule, gentiment parce que j'avais la droite rapide, mais rien à faire, malgré toute ma volonté de ne pas me singulariser je n'arrivais pas à siffler plus d'un verre de rouquin, et avec bien du mal. Le pastis, encore pire! Heureusement, mon pote Roger, mon inséparable, mon frangin, avait exactement les mêmes goûts que moi et il aimait tellement tout ce qui est sucré qu'il descendait un litre de limonade sans décoller ses lèvres du goulot. Limonade à la saccharine, c'était la guerre. Il n'a pas changé, l'âge venu. Moi non plus. Sauf la saccharine. Bizarre, non?

Encore une raison d'être en porte à faux avec

l'entourage : la sainte cérémonie du coup sur le zinc chacun sa tournée et le patron remet la sienne. Et moi je m'emmerde. Jc passe pour un bêcheur, ou pour un qui a des maladies. La pression sociale, quelle plaie.

LES MALHONNÊTES

« C'EST pas dégueulasse? » s'indigne le clochard Henri.

Il est recroquevillé dans l'encoignure, rien que les pieds qui dépassent, en chaussettes vertes à raies roses, le gros orteil met le nez à la fenêtre, trempées, les chaussettes, il pleut à seaux.

« C'est dégueulasse, moi je dis, merde, un lardosse qu'on m'avait filé juste hier, cette nuit je me le fais piquer.

– On te l'a piqué sur toi?

– Non, je me l'étais mis autour de mes pieds. Tu comprends, les godasses, je supporte pas, j'ai des cors. Mais la nuit je supporte pas non plus le froid aux pinceaux, alors je me les entortille dans le pardessus, c'est chaud et ça comprime pas, j'avais dedans mes papiers, mon fric, mes pipes et mon briquet, moi j'en écrasais, tu penses, j'étais chargé, un peu, quoi, quatre litres, juste pour faire de beaux rêves, c'est le froid aux pieds qui m'a réveillé, j'ai tout de suite compris : plus de lardosse, envolé, et tout mon petit fourbi avec, ah les vaches!

– Ça sera une autre cloche qui te l'aura chouré.

– T'es pas bien? Entre clodos, ça se fait pas. Tu penses, il serait vite repéré, le mec. Non, c'est des jeunots, pour leur drogue de merde. Ils ont pas une flèche, ils sont en manque, ça leur mord le bide, ça leur tord la gueule, alors il rôdaillent, ils feraient n'importe quoi.

– Mais une cloche, faut être cinglé, non? Qu'est-ce qu'ils espèrent ramasser?

– Tiens donc! Pas si cons. Eux, ils le savent que les clochards on a tout sur nous, tout ce qu'on possède. Et ils te repèrent quand tu fais la manche, ils savent si t'as du blé, s'ils sont un mec tout seul il attend que tu t'affales et il te soulage en loucedé, mais si ils sont deux-trois c'est la castagne vite fait, ils te laissent sur le carreau et cours après. Finalement, j'ai eu du pot de ne pas me réveiller. Remarque, je me serais réveillé j'aurais fermé ma gueule, les tripes à l'air c'est une maladie qui s'attrape facile, avec des dingues pareils.

– Enfin, bon, t'es à poil et t'as plus le rond. »

Le moustachu met la main à la poche. Henri l'arrête, il cligne de l'œil.

« Tû-tût! Pas toi. Pas les amis. Jamais. Sacré. Le lardosse, je m'en fous, j'en ai trois autres, planqués à droite à gauche. Tu peux pas savoir ce que les gens foutent en l'air. A peine porté, pof, c'est plus à la mode, alors ils les mettent sur les poubelles, pliés bien propres, c'est pour le clochard. Ils sont tous au chômedu, et total y a jamais eu autant de fric qui cavale, cherche pas à comprendre. Ou alors les divorcées. Leur jules s'est barré cet été, c'est toujours l'été qu'ils se font la valise, il a rencontré une nana au Club, il balance une carte postale à Germaine, « Mon amour, c'est toi que j'aime mais c'est plus fort que moi, je sais pas ce qui m'arrive, je dois être ensorcelé, je m'explique pas autrement, c'est les sens, je sais que tu comprendras, tu es tellement supérieure, refais ta vie, tu trouveras un chic garçon vraiment digne de toi, pour les enfants et tout ça mon avocat verra le tien, salut bonjour. Léon. » La bonne femme, aussi sec, les fringues du mec, sa pipe, ses disques, sa coupe qu'il a gagnée au tennis, ses pompes de ski moulées sur la bête, hop-là, tout ça à la poubelle, ou alors, si elle est pas trop bêcheuse, elle vient trouver le clochard, tenez mon brave, c'est pour vous, encore tout bon, et puis elle se met à chialer, moi ça me remue en dedans, qu'est-ce que tu veux, je suis sensible, on se refait pas, bien mignonnes elles sont, des fois, je me les consolerais bien, tiens, juste les prendre dans les bras, les bercer un peu, tu vois, je demanderais rien de plus, pauv' tites gosses, mais je me retiens, elles sauteraient en l'air, y aurait plus de chagrin, y aurait que la peur des poux, elles croient qu'on est pleins de poux, c'est vache, parce que c'est même pas vrai, un de temps en temps, je dis pas... Pis d'abord faudrait que je lève mon cul de par terre, vraiment fatigant, alors je reste assis, j'ai l'œil à hauteur de cuisses, à hauteur de cul, à hauteur de nichons quand elles se penchent pour me filer le paquet, même si ça va pas plus loin ça rafraîchit le cochon.

– Mais ton fric?

– T'en fais pas, je me suis déjà refait. Deux plombes de manche à l'endroit qu'il faut, j'ai mes quatre litres pour ce matin, et j'ai même encore de quoi pour les quatre de l'après-midi, et encore pour les quatre qui me chanteront une berceuse. Les papiers, ouais, ça m'emmerde un peu, mais tu sais, papiers ou pas, quand ils ont dans l'idée de t'embarquer, les flics, ils t'embarquent, et de toute façon après ils te relâchent, bien forcés, qu'est-ce que tu veux qu'ils foutent de toi, ils ont déjà pas la place pour les malfrats. Tiens, te v'là? Salut, petit. »

Le clochard Dany s'amène, traînant les pieds, des bouquins sous les bras.

« C'est mon petit, dit Henri. Je l'appelle mon petit. »

Il précise ça chaque fois. Dany va direct au moustachu.

« La Bièvre, ça te dit quelque chose?

– Je pense bien! Elle coule quelque part par ici, pas loin.

– Tu l'as connue, avant qu'ils l'enterrent?

– Faut quand même pas pousser! Mais ma mère, oui, elle l'a vue, ma mère.

– Elle coulait dans la rue de Bièvre, en plein milieu, c'est ça?

– Je crois pas. Elle devait passer bien plus loin, de l'autre côté du Jardin des plantes, par là. Ecoute, c'est pas dur, elle passait par les Gobelins, ça c'est sûr, puisque c'est même pour ça que Colbert a construit sa manufacture de tapisseries aux Gobelins, il lui fallait l'eau d'une rivière pour laver la laine, préparer les teintures, tout ça. Après, je sais qu'elle se jetait dans la Seine au village d'Austerlitz, là où il y a la gare maintenant, si tu regardes depuis le pont tu la vois, ça ressemble au débouché d'un gros égout voûté, et c'est bien ça qu'elle est devenue, la Bièvre, un égout. Entre les Gobelins et Austerlitz, elle avait pas le choix, elle pouvait pas grimper sur la montagne Sainte-Geneviève, peut-être qu'elle aurait pu dégringoler la rue Monge jusqu'à Maubert, mais alors je vois pas pourquoi elle aurait rebroussé chemin jusqu'à Austerlitz puisque la Seine elle l'avait là, droit devant, à pas cent mètres. Tu me suis? Je sais bien qu'elle tortillait pas mal, la Bièvre, mais là ça me paraît tiré par les tifs... Attends, je crois me souvenir avoir lu quelque part que les moines de Saint-Victor avaient obtenu qu'on détourne une partie des eaux de la Bièvre pour arroser leur potager. C'est peut-être ce bras-là qui passait près de Maubert, au bout de cette rue qu'on aurait alors appelée « rue de Bièvre » comme on dit « rue de Seine » parce qu'il y a la Seine au bout. Si ça t'intéresse, tu trouveras tout ça à Beaubourg, ils ont sûrement des bouquins là-dessus.

– Justement, dit Dany. C'est là, à Beaubourg, que

j'ai commencé à m'exciter sur cette putain de Bièvre. Un bouquin d'un nommé, attends voir, Huysmans, c'est ça. C'est marrant, dans les romans d'autrefois ils en causent jamais, de la Bièvre. Pourtant, dis donc, c'était un sacré truc, cette rivière qui se baladait sur toute la Rive Gauche, qui se tortillait, se faufilait sous des maisons, ressortait, avec des arbres le long, des fois, et puis des ponts. Les maisons se trempaient les pieds dedans, comme à Venise, quoi... Tiens, elle entrait dans Paname à la poterne des Peupliers, juste là, et elle coulait où qu'il y a maintenant la rue des Peupliers, et tu sais pourquoi qu'on l'appelle comme ça, cette rue? Ah!... Eh ben, c'est à cause qu'il y avait des peupliers tout le long de l'eau sur les deux berges, tu te rends compte? Des peupliers! Et le reflet dans l'eau... Ça devait être rien chouette, dis? Et quand on pense que juste avant la guerre de Quatorze elle était encore là, telle que, et maintenant c'est comme si elle avait jamais existé, les gens marchent dessus, ils savent rien de rien, les gens, ils s'en foutent, de la Bièvre, tu parles, et moi ça me fait mal, je saurais pas te dire pourquoi mais ça me fait mal, voilà. Tu me comprends, toi?

– Oh! oui. Mais tu sais, faut pas t'exciter. La Bièvre, depuis longtemps elle était tellement dégueulasse que rien que l'odeur t'aurais pas supporté. Tout le long c'était des petits ateliers miteux, des laveurs de tripes, des tanneurs, des écorcheurs, ça travaillait la peau de mouton, la peau de lapin, de bœuf, de cheval, tout ça dégueulait dans la rivière, une pourriture vivante, et aussi plein d'usines chimiques, de teintureries, l'eau c'était plus de l'eau, rien que de la boue noire, horrible, une infection, et puis ça servait d'égout pour la merde et tout le reste...

– N'empêche, il y avait des poissons dedans, j'ai vu des photos de pêcheurs à la ligne, même des gosses qui se baignaient... Enfin, bon, au lieu de la cacher, ils auraient mieux fait de la nettoyer, moi je dis. Surtout que les usines merdeuses, elles sont parties, de toute façon. Ça nous ferait une belle petite rivière avec de la verdure qui se baladerait dans Paris, ça serait chouette.

– Ouah! s'exclame Henri. Je la vois d'ici, ta petite rivière. Des boîtes de bière et de coca qui nageraient dessus, tellement que la flotte tu la verrais même pas! Et des connards de touristes affalés dans l'herbe tout le long, et des travelos comme aux Tuileries, et nous les cloches, du vent, caltez, c'est trop beau pour vos culs, et des bistrots vieux-Paris bidon, tu crois vraiment au Père Noël, petit. Ta campagne à petits oiseaux, en moins de deux ça serait Pigalle, oui! Tiens, bois un coup. »

Dany boit un coup, se torche la bouche et hausse les épaules. Il dit au moustachu :

« Il est con. Plus ça devient vieux, plus ça devient con. Ça connaît que le pinard. Ça sait pas s'élever. »

Il se fout en rogne. Il engueule Henri :

« On peut rêver, non? Moi, l'idée de cette rivière qui se traîne là-dessous et qu'on voit pas, ça m'excite la tête. Rien que ces mots-là : « rue de Bièvre », ça me fait comme un conte de fées. Tu sais ce que ça veut dire, « bièvre »? Non, tu sais pas, t'es trop con, tu sais rien. Ben, ça veut dire « castor ». La Bièvre, c'était la rivière aux castors, y en avait plein tout le long. Des castors! La vache... Tiens, ça me démangeait, je suis allé faire un tour rue de Bièvre, voir si y aurait pas des traces, des indices, je sais pas quoi... J'avais oublié que c'est la rue à Tonton, rien que ça! Tu parles, à peine je me pointe, les deux flics en faction devant le tabac m'ont fait circuler fissa, j'ai même pas eu le temps de lire le nom sur la plaque, ah, les tantes, comme si j'avais une bombe dans la poche... »

Henri se marre :

« Tu cherches des castors, tu trouves des poulets! Tiens, bois un coup, petit. »

*

« T'as pas honte? » dit le moustachu.

Non. Tarzan des Chats n'a visiblement pas honte. Tout en palpant délicatement le chat rouge, il répond sans lever les yeux :

« Pourquoi? Je devrais?

– Faucher le pardessus d'un clochard, c'est pas gentil-gentil.

– Bon dieu, tu vois bien que c'était pour Moumou! Ça lui fait un nid tout chaud, il est bien là, il va guérir.

– Oh! dis, des trucs chauds, c'est pas ce qui manque! Pourquoi justement le lardosse à Henri? Peut-être à cause du flouze dans les poches, hum?

– Ce vieux con, du fric, il est pas en peine. Il pilonne deux petites plombes, il se fait le double.

– Moi, ce que j'en dis, hein... Démerdez-vous entre vous, et que le plus fumier gagne. »

Le moustachu rigole.

« En un sens, ça me soulage plutôt. Si t'as filouté le vieux, c'est que t'étais fleur. Si t'étais fleur, c'est donc pas toi qu'as étouffé le magot de Camille.

– Quel magot?

– Camille, là, à côté, le Camille de la mère Durand, qu'on a retrouvé clamsé, à poil, le cul en l'air, tu vas pas me dire que t'étais pas au courant?

– T'insinues que je me serais fait le vieux, qu'il aurait claboté en plein panard et que j'en aurais profité pour lui faucher son fric? Tu l'as regardé, Camille? Le cul encore plus moche que la gueule, il devait avoir. Et puis d'abord, je donne pas dans la terre jaune. Déjà que les gonzesses, ça sent l'homme, moi je trouve, alors les mecs! Je peux qu'avec les chattes, tu devrais savoir.

– Arrête ton cinoche, tu veux. Je te cause sérieux.

– Mais c'est pas du cinoche!... Oh! et puis, merde... D'abord, du fric, le pépère, il en avait pas. D'où qu'il en aurait eu?

– Il en avait. Dix briques. D'où, va savoir.

– Dix briques? T'as dit dix briques? Et il vivait dans cette merde?

– C'est ses oignons. S'il avait besoin de dix briques sous son oreiller pour s'endormir...

– Ah! ouais. Comme les mômes qu'il leur faut une couverture contre la joue? Bon, ben, ses dix briques, c'est pas moi. Tu peux chercher ailleurs. »

Le moustachu éternue. Dix-huit fois de suite. La tête pleine de cloches, il se barre vite fait de ces lieux à courants d'air. Comme il trébuche parmi les gravats, Tarzan lui crie :

« Et je l'ai pas tué, ton macchabée, va pas te fourrer ça dans l'idée! Et j'y ai pas fait les poches, non plus. »

Le moustachu ne peut pas s'empêcher de lui trouver un accent nettement hypocrite. « En plein polar! » se dit-il.

CONVIVIALITÉ

AUTREFOIS, aux jours glorieux, dès que ça tournait partouze, il s'esbignait à l'anglaise. Les autres devaient ricaner sous cape, il s'en doutait bien. Ça l'embêtait un peu de se désolidariser, d'avoir l'air de juger moral, mais quoi, il se sentait de trop, comme quand la musique s'y met et qu'il faut danser. Mais, ce soir-là, il était tellement malheureux... Il avait peur de se retrouver seul. Malheureux à hurler à la lune.

Il y avait là un trio de joyeux quinquagénaires, voyageurs de commerce comme on n'en fait plus, qui s'étaient méthodiquement bourré la gueule et avaient échoué là, accrochés au petit bar où les avait poussés quelque courant vinassier, c'étaient des copains de Choron, il en avait tant et tant, ceux-là savaient goûter les bonnes choses et, pas chiens, en faisaient profiter l'assistance. L'un d'eux avait eu l'idée. Après force clins d'œil et coups de coude dans les côtes, la joyeuse bande s'était mise en route. Il s'était dit « Après tout... » et il avait suivi le mouvement. Ces braves gens étaient excités comme des gosses qu'on mène à la Foire du Trône.

Bien sûr, à peine entré, il sut une fois de plus que ça ne marcherait pas. Les femmes étaient raisonnablement jeunes et mystérieuses dans la lumière étudiée pour. Il y en avait même de presque belles. L'échantillonnage pouvait satisfaire tous les cinémas intimes. Seulement, il y avait l'odeur. Ça ne sentait pas la femme, ni le rut. Ça sentait le mâle. Le camionneur. La chambrée de caserne. Il n'avait pas pensé à ça. Les gars s'escrimaient depuis un bout de temps, faut croire, il faisait chaud, là-dedans, alors, évidemment... L'homme en chaleur pue la sueur et le travail triste.

Il s'était mis à poil, ne pas faire sa rosière, il avait regardé, un scotch à la main, l'air de méditer son choix, il s'était dit que s'il s'était trouvé seul parmi cet océan de femmes, sans doute cela aurait-il marché.

La présence des corps masculins lui gâchait tout. Ils étaient une petite meute de mâles voraces à se disputer les meilleurs morceaux. Et tous ces pauvres derrières d'hommes – il leur refusait le droit au mot « cul », trop magnifique pour ces aridités –, avec leurs petites fesses toutes sèches, grisâtres comme des gueules pas rasées, osseuses comme des joues de taulard, ces paires de couilles noires ballottant entre des cuisses trop musclées de footballeurs ou trop lisses et trop roses, comme des jambons de cochons trop gras, lui salissaient les féminités offertes qui, du coup, lui étaient obscènes.

Il pensait je suis un sultan, pas un partouzard. Le harem, à la bonne heure! Toutes ces petites sœurs, toutes ces institutrices, toutes ces mamans pour moi tout seul, petit enfant comblé aux bras trop courts pour les embrasser toutes à la fois, cette femme multiple, cette femme infinie à téter, à lécher, à sucer, à pleurer dessus, à joue contre joue, à joue contre ventre, à jus dans jus... Mais cet enfer! Ce plat d'asticots! Ces groins fouisseurs, ces gueules congestionnées... « Alors, j'ai l'air de ça, moi aussi, quand je fais ça? » Il lui montait une haine. La haine du loup pour l'autre loup. « L'amour, se disait-il, c'est comme la merde. On adore l'odeur de sa merde à soi, quand elle vous jaillit du ventre avec l'immense soulagement. On abomine celle des autres. L'odeur de la merde de l'autre, c'est l'odeur de l'ennemi. » Tout content d'avoir trouvé ça.

Il s'était affalé sur un coin de canapé. Une blonde momentanément délaissée s'était approchée à quatre pattes. Levant vers lui des yeux de chien, elle lui bécotait le gland à petits bisous effleurés. Il posa sa main sur ses cheveux, il essayait d'être gentil, de ne pas faire sa gueule de raie, quand on est au bal on danse, après tout personne ne l'avait forcé. Tout à l'heure, espérait-il, tout à l'heure ça ira mieux. Après quelque temps, lasse de chiquer ce bout de peau irrémédiablement inerte, elle avait demandé, gentiment :

« Je ne te plais pas? »

Lui, toujours soucieux de ne pas faire de peine :

« Oh! si. C'est pas ça.

– Tu pourrais être un peu gentil avec moi. Ça aide, tu sais. »

Elle ajouta :

« Tu me plais bien. »

Elle caressait les longues cuisses maigres.

« T'es pas mal, pour ton âge. T'as pas de bedaine... »

Il l'avait prise dans ses bras et l'avait bercée. Ils avaient l'air de deux adolescents sur un banc de square. Il ne pouvait vraiment pas faire plus. Elle était tiède, et ronde, et toute douce. Elle sentait le parfum, pas la femme. Elle sentait le foutre, aussi. Mais ça, c'était dans sa tête à lui. Il s'était dit « Je suis sûr qu'elle en a au coin de la bouche ». Il avait regardé. Elle n'en avait pas. Il s'était dit « Ouf! Je ne suis pas dingue jusqu'aux hallucinations! » Il avait envie de se sauver, vite, très loin. Elle avait dit, après un moment, en lui touchant le front :

« C'est pas net, là-dedans. Toi, t'es un compliqué. Dommage. »

Ça, il le savait déjà. Et aussi que l'amour, pour lui, ne serait jamais une rigolade. Dommage.

LES RAYONS X

« TEL que tu me vois, dit Bibi, j'ai eu un grand-père. Peut-être même deux, mais je me souviens d'un. C'était un marrant, mon grand-père. Artiste, il était.

– Il peignait des tableaux?

– Non, ça, c'est les peintres. Lui, c'est artiste qu'il était. Il faisait du théâtre, quoi. Ça lui était venu quand il était encore presque un môme. Faut que tu saches, dans ce temps-là, je te cause de 1900, par là, ils avaient inventé un truc. Enfin, plein de trucs. C'était la science, tu comprends? Elle venait juste de commencer, la science, y avait Pasteur et Madame Curie, tous ceux qu'on nous a appris à l'école, voilà, ben c'était à ce moment-là. Ils s'y étaient mis dare-dare, ils avaient inventé la photo, et puis l'électricité, et puis le cinéma, et puis les rayons X. On croirait pas, mais ils avaient déjà tout ça quand mon grand-père était môme. Même le métro, ils avaient. Même des bagnoles, même des avions, seulement ils étaient tartignolles, ça marchait au charbon de bois, tu prenais des escarbilles plein la gueule, enfin, bon. Il leur manquait que la télé et les bandes dessinées, tu me diras c'est justement ça le principal, mais eux ils le savaient pas, ils savaient même pas que ça pouvait exister, alors ils y pensaient pas, ils étaient heureux comme ça.

« Et bon. Je me rappelle, mon grand-père, il avait une affiche, une toute vieille toute jaune que quand tu la dépliais elle tombait en morceaux, alors il l'avait raccommodée avec du papier collant, il y tenait vachement, à son affiche, tu comprends, et sur cette affiche, il y avait d'écrit en tout gros, je la vois encore : « Salle des Fêtes Dufayel. Représentation exceptionnelle. Deux extraordinaires attractions scientifiques. Le Cinématographe Lumière, Les Rayons X. »

« Mon grand-père, lui, c'était les Rayons X.

« Y avait pas son nom sur l'affiche, dans ce temps-là on mettait pas les noms des artistes, même pas le titre du film. C'était déjà tellement formidable de voir des trucs aussi sensationnels, tu comprends. Le cinéma, bon, tu connais, je vais pas te faire le topo, sauf que là c'était pas parlant et pas en couleurs. Les Rayons X, c'était comme ça :

« Sur la scène, il y avait la machine à faire les rayons X, et devant, face au public, il y avait un écran spécial pour les rayons X, et entre les deux on mettait un gars, debout, et bon, on allumait la machine, et alors on voyait le squelette du gars sur l'écran. Le gars bougeait, parlait, tout ça, et alors sur l'écran son squelette en faisait autant. Les bons péquenots, sidérés. Y avait des femmes qui se trouvaient mal, parce qu'elles n'avaient jamais vu de squelette avant, surtout un qui bouge et qui cause, en plus tout verdâtre et lumineux et la salle qu'était dans le noir, alors naturellement ça leur foutait un choc, et la tête de mort qui remuait les badigoinces c'était le pire de tout.

« L'emmerdant, c'est que l'écran était un peu petit. Un homme normal, ça lui coupait la tête. Ou les pieds, ça dépend comment t'avais décidé de le cadrer, mais bon, démerde-toi comme tu voudras, jamais le bonhomme tout entier à la fois. C'est pour ça qu'ils préféraient embaucher des mômes. Et justement, mon grand-père, qui faisait chier son père à lui parce qu'il en avait tellement marre de faire le con à l'école et que bosser en usine pas question, lui ce qu'il voulait faire c'était artiste, alors, hop, son père, qu'avait eu la combine va savoir comment, il l'a refilé au mec des Rayons X, et fouette cocher, il s'est retrouvé sur la scène de chez Dufayel, et pardon, qu'est-ce qu'il était applaudi!

– Dis donc, il démarrait sec, ton grand-père. Et après ça, dans quoi il a joué?

– Ben, chez Dufayel, ça a marché tant que c'était la grande nouveauté. Après, quand les Parisiens en ont eu ras le bol, il a fallu trouver autre chose. Remarque, le cinématographe Lumière, pareil. Tu comprends, « L'Entrée du Train en Gare », « L'Arroseur Arrosé » et le Squelette Vivant, ça commençait à bien faire. Pour ce qui est du cinoche, bon, ils se sont mis à tourner des Tarzan et des Charlot, et ça c'était le vrai bon truc, vu que ça marche encore maintenant. Mais pour les Rayons X, c'était pas évident. »

*

« Oh! ils se sont débattus! D'abord, ils se sont fait fabriquer un écran spécial, beaucoup plus grand, pour présenter à deux « Squelettes en folie, spectacle naturaliste et éducatif, interdit aux mineurs », mais ils avaient pas réfléchi à ça qu'on verrait pas le principal sur l'écran vu que les organes c'est pas de l'os, même pas les nichons de la dame on voyait, alors naturellement les gens étaient déçus, et puis ils disaient que ça les rendait tout tristes de voir comme on est peu de chose au fond, même les putes du coin disaient que ça coupait le zizi à leurs clients... Alors Dufayel les a virés, ils sont partis en tournée chez les ploucs, dans les granges, et bon, quoi, au bout de tout ça mon grand-père s'est retrouvé dans un petit cirque de famille, il disait qu'il faisait acrobate, mais moi je crois qu'il balayait le crottin.

– Il n'a pas essayé de continuer sur les planches?

– Si, mais il était trop marqué par le rôle, qu'il disait. Tout ce qu'il savait faire, c'était le squelette vivant. Faut dire qu'au naturel il était pas trop jojo, le vieux. Il avait le tarin comme un panier de fraises avec des limaces dessus. Les rayons X, ça l'embellissait plutôt.

– Mais, dis voir, ton grand-père, si je comprends bien, il a été mitraillé aux rayons X tous les soirs pendant des années?

– Ben, oui. C'était son job, quoi.

– Et il en est pas mort?

– Pas de ça, non. Ecoute, à l'époque, y avait personne pour se méfier des rayons X qu'étaient une merveille de la science, et ceux qu'avaient trouvé ça c'étaient des bienfaiteurs de l'humanité. Ils étaient tellement contents, les toubibs, qu'on leur ait inventé un machin magique pour voir ce qui se passe à l'intérieur des croquants! Ça y allait de bon cœur, dame! On te passait le monde aux rayons X pour un oui pour un non, les malades trouvaient qu'ils allaient mieux, après. Ça les fortifiait mieux que le quinquina. Plus tard, il y a eu les premiers cancers. Les savants qui voyaient leurs doigts tomber dans le café-crème avec la tartine, ploc! Là, on s'est mis à y regarder de plus près. Mais pour grand-père, toute façon, c'était class. Quand il a su ça, il a commencé à se regarder tout partout, voir si y aurait pas un chou-fleur en train de le bouffer à la sournoise, et grand-mère matait les coins où qu'on peut pas regarder soi-même à moins d'être homme-serpent, elle écartait bien les plis pour voir tout au fond. Il avait surtout les jetons pour ses joyeuses, grand-père, vu que, là, ça fait peut-être pas plus mal qu'ailleurs mais c'est dégueulassement horrible à imaginer. Et alors : que dalle. Nib de nib. Frais comme l'œil.

– Il est mort de quoi?

– Cirrhose. Les rayons X, ça donne soif, qu'il disait. Une sacrée soif. Même une fois que t'as raccroché, t'arrêtes plus d'avoir soif. Sur la fin, il avait le foie comme un pneu de camion. Qu'est-ce qu'il a pu gueuler! Entre deux gueulements, il me clignait de l'œil et il disait : « T'as vu? je l'ai bien « baisé, le chou-fleur! »

NOËL

IL va par les rues. Il a remis le gros pull. La petite tête de papillon papillonne :

Novembre n'en est même pas à moitié et déjà c'est dans les rues le branle-bas d'avant les fêtes. Premier signe : depuis ce matin, les minables grappes d'ampoules brèche-dents pendouillent le long de la façade du Gibert Jeune Saint-Michel. Bientôt, la Samar accrochera quelques guirlandes vertes et rouges exhumées de je ne sais quels vieux cartons, les arbres des Champs Zel s'emmêleront les branches dans des paniers à salade de fils raides semés de tristes lumignons qui se prennent pour des étoiles, et ils ont bien raison, les lumignons : le crépuscule tombe là-dessus, gris-mauve, de plus en plus gris, de plus en plus mauve, ces rats de cave piteux deviennent étoiles, de plus en plus étoiles. C'est ça, le crépuscule. Même les feux rouges des carrefours deviennent lumières magiques, dans le crépuscule. Même les néons dégueulasses.

Les crépuscules d'hiver sont à Paris d'une poignante beauté. Lève seulement le nez, tu verras. Ils m'enchantent l'œil et m'oppressent l'âme, à pleurer de trop beau, à se foutre à l'eau de trop triste...

L'approche des fêtes arrive par là-dessus, pire que tout. Je hais Noël et le Jour de l'An, je hais encore plus les semaines d'avant. Je sais, c'est d'un banal!...

Mais je n'ai pas été créé et mis au monde pour battre des records d'originalité. Disons que chez moi c'est pire que tout. Je n'ai vraiment pas le sens du social et du convivial, voilà, t'as tout compris. Mais c'est très vilain, ça! Oui. J'ai honte.

Au fil des jours s'insinue en moi un cafard poisseux, presque une terreur. Il me faut des jours tout ronds, tout lisses, des jours qui se suffisent à eux-mêmes. Pas des jours d' « avant » quelque chose. Alors, Ducon, estime-toi heureux de ne pas vivre dans un de ces pays à carnaval. Les semaines de pré-carnaval, quelle angoisse!

*

Pourtant, quand j'étais môme, comme je l'attendais, Noël! A quel moment ça m'a pris, cette phobie des réjouissances collectives? Que s'est-il passé? Ça a commencé tôt, en tout cas, très tôt. Dès que je n'ai plus été un tout petit enfant, je pense. Si tu ne crois plus au Père Noël, la fête perd ses couleurs, la féerie laisse voir le fil de fer, les lampes d'Aladin ne sont que des ampoules peintes et les vitrines animées des pièges à con... Mais non, je moralise. C'est même pas ça. Je crois que simplement la liesse populaire me fout le cafard, d'abord, et puis cette espèce de trouille. Ils me font moins peur en colère que joyeux. Je suis un prétentieux? C'est bien vrai. Et un trouillard? Pour ce genre de chose, oui. Et alors? Qu'y puis-je? Mes joies sont puissantes mais solitaires, mes fêtes tout intimes. Et imprévues. Le passage d'une noce, bagnoles en ribambelle, lambeaux de tulle flottant au vent, klaxons gueulant jusqu'au ciel que le bouffi endimanché de la première voiture va ce soir planter, légalement et pieusement, sa queue dans le ventre de la pétasse au bouquet de fleurs assise à côté de lui, me fait rougir de honte que les hommes soient si cons et que je sois l'un d'eux.

D'arbre de Noël, j'en ai jamais eu. Pas que moi, les autres mômes de la rue Sainte-Anne non plus. C'est même pas parce qu'on n'avait pas les moyens. Ça se faisait pas, c'est tout. Ou alors chez les rupins, qui compliquent tout. On avait l'arbre de Noël de la maternelle, un énorme, dans le préau, il touchait le plafond, même des fois il penchait la tête, ça nous faisait rire. Le vieux Monsieur Sentis, le libraire du coin de la Grande-Rue, faisait le Père Noël. On se disait entre nous, comme un terrible secret, que c'était Monsieur Sentis, on se disait t'as qu'à lui tirer sur la barbe, tu verras, on se le disait mais ceux qui le disaient étaient les premiers à ne pas y croire. On savait bien que c'était le vrai Père Noël, même si c'était un peu Monsieur Sentis c'était le Père Noël, les mystères ne nous gênaient pas, c'était même plus excitant comme ça. L'arbre de Noël, ça ne pouvait être qu'un arbre géant, et nous tous, tout petits minuscules, autour, bouche bée. Pas un petit arbre pour soi tout seul chez papa-maman, ça n'aurait pas eu le même goût.

Je n'ai jamais eu d'arbre de Noël à moi, mais je me rappelle avoir essayé. Déjà le virus de l'individualisme qui me travaillait, faut croire. Sans rien dire, j'avais vidé la vieille boîte à biscuits LU-LU en fer-blanc où je rangeais mes jouets, c'est dedans que j'allais planter mon arbre. J'y entassais au jour le jour les trésors qui décoreraient l'arbre : des bouts de ficelle dorée que je ramassais, à quatre pattes, chez Madame Fouquet, la pâtissière, des boutons de métal brillant chipés dans la boîte à couture de maman, des coques de marrons d'Inde que je peinturlurerais de toutes les couleurs, le moment venu, pour faire les étoiles, des guirlandes de bonshommes découpés dans du journal comme on m'avait appris à la maternelle...

Papa m'avait montré comment faire une lampe mystérieuse : tu vides une mandarine sans abîmer la peau et sans casser l'espèce de tige blanche qu'il y a au milieu, tu laisses sécher deux trois jours, tu mouilles cette tige blanche avec un peu d'huile à salade, tu allumes, c'est beau! J'avais eu une subite fringale de mandarines, maman n'était pas d'accord, elle disait que c'était trop cher, et puis c'est rien que des sucreries trop douceâtres, tandis que les oranges, alors, là, oui, c'est plein de jus, plein de vitamines, c'est ça qui donne des forces et des bonnes joues, surtout en pleine croissance comme voilà toi! J'ai tenu bon, elle m'a acheté des mandarines, une fois, une livre, des grosses. Ça m'a fait six ou huit lampes mystérieuses pour mon arbre de Noël.

Il ne me manquait que l'arbre lui-même. J'ai longtemps cherché, et puis j'ai trouvé : un balai de bouleau tout usé que Lucien, le cantonnier, venait d'abandonner pour en emmancher un neuf.

Il était très beau, mon arbre. Je l'avais dressé dans la cuisine, maman l'avait admiré, mais elle me houspillait parce qu'elle se cognait dedans, la cuisine était toute petite, et moi, à plat ventre sous la table, je regardais mon arbre de Noël, qu'est-ce qu'il était beau!

A côté, j'avais fait une crèche, comme celle qu'il y avait dans la vitrine du Familistère. J'avais eu une idée, je l'avais faite dans le four de la cuisinière, il avait juste la bonne forme, arrondi aux coins, c'était, bien sûr, une cuisinière à charbon, noire avec des choses en cuivre partout. Le petit Jésus était un polichinelle en caoutchouc rouge qui faisait couic quand on lui appuyait sur le ventre, pour son lit j'avais eu une idée charmante : une des chaussures du dimanche à maman, il rentrait bien dedans, juste bien, avec un peu de paille qui dépassait pour faire petit Jésus, saint Joseph était un soldat de plomb, un soldat allemand à casque à pointe et barbe blonde que papa avait trouvé va savoir où, la Sainte Vierge était une belle dame en chemise découpée dans le catalogue des Galeries Lafayette et collée sur du carton, le bœuf une pomme de terre avec quatre allumettes pour faire les pattes, l'âne une autre pomme de terre avec deux allumettes en plus pour les oreilles. J'étais très content. Et puis, ma crèche avait une vraie porte, la porte du four. Je disais « Au revoir petit Jésus, au revoir Sainte Vierge, au revoir tout le monde, dormez bien » et je fermais la porte. Quel bonheur!

Quand maman alluma la cuisinière, tout se passa normalement jusqu'à ce que le four soit bien chaud. Maman s'est longtemps demandé ce qui pouvait bien puer comme ça. Et puis il y eut de la fumée partout, plein, une fumée horrible, des flammèches noires qui retombaient, tu les touchais ça s'écrasait, tout partout, maman croyait qu'il y avait le feu, papa jurait Diiou te stramaledissa, moi j'avais peur, j'avais oublié la crèche dans le four, et quand maman a trouvé sa chaussure du dimanche rôtie comme une châtaigne, remplie à ras bord de ce caoutchouc rouge qui bouillonnait et faisait des bulles...

*

« J'ai connu une petite fille, dit Bibi, elle était précoce, c'est pas croyable. A six ans, elle lisait n'importe quoi. Des trucs que même moi j'y aurais rien compris. Tout à fait au-dessus de son âge, et même au-dessus de l'âge de n'importe qui. Elle ramassait un journal dans une poubelle, elle le ramenait à la maison, et attendez, si elle s'était contentée de lire... Mais elle écrivait. Elle avait déjà une belle écriture, bien formée, que beaucoup d'adultes n'en ont pas une aussi adulte que la sienne, et presque pas de fautes, alors elle répondait à ce qu'elle lisait dans le journal ou dans les publicités de la boîte aux lettres, à tout, quoi. Elle était confiante, cette petite.

« Alors ses parents voyaient débouler à la maison une avalanche de lettres, et surtout des paquets. Toutes les publicités qui disaient « Découpez ce bon et renvoyez-le-nous, vous recevrez par retour du courrier notre superbe dessus-de-lit... » ou notre splendide ménagère plaquée argent, ou notre édition reliée pleine peau dorée à la feuille dix-huit carats, ou notre nouveau fusil perfectionné... Tout ce qu'on peut imaginer, quoi. Et aussi les réponses des célibataires qui passaient des annonces pour se marier ou pour s'envoyer en l'air sans se fatiguer à draguer, vous voyez le topo, la petite estimait que sa maman et son papa devaient être un peu aidés dans la recherche du bonheur... Enfin, bon, une vraie calamité. Naturellement, les parents renvoyaient tout et refusaient de payer, mais vous savez comment c'est, ces arnaques, on vous dit « Vous pouvez renvoyer la marchandise dans les trois jours, sans obligation d'achat », et caetera, seulement à ce rythme-là ils auraient passé leur vie à faire la queue à la poste, et eux, figurez-vous, ils travaillaient, ils avaient autre chose à foutre. Et il y a des annonceurs, c'est des vrais truands. Ils vous foutent le contentieux au cul, vous l'avez dans le dos. Parce que ces mecs-là, la loi, ils la connaissent et ils savent s'en servir. Ils paient des avocats rien que pour ça, pour trouver le vice dans la loi et l'exploiter.

« Moi je dis qu'il lui aurait fallu deux trois baffes sur le museau, mais ses parents, pas question, c'était des non-violents, ils croyaient à la douceur, au dialogue, tout ça. Si bien qu'un jour ils sont rentrés le soir, il y avait deux vaches laitières qui les attendaient dans la cour de l'immeuble, à meugler tant que ça pouvait, elles avaient faim, pauvres bêtes, et quand ils ont réussi à les recaser, en perdant dessus, bien sûr, voilà la gosse qui se met à pleurer, elle les avait prises en amitié, bon, l'enfer, quoi.

« Et sans cesse il se présentait des mecs et des nanas, parce que la petite donnait l'adresse, à tous les coups, et des fois des furax pas commodes qui gueulaient qu'on s'était foutu de leur gueule et qui voulaient faire la peau à quelqu'un. Je sais pas si vous voyez. Si bien qu'un jour il y en a un qui s'est démerdé mieux que les autres et qui s'est embourbé la bourgeoise en deux coups les gros. Cette femme, elle avait pas son content à la maison, faut croire, enfin, bref, elle a découvert la grande amour, là v'là qui se fait la malle avec le coquin, et en moins de deux le père se retrouve veuf et la gamine orpheline.

« Vous croyez que ça l'a guérie? Un mois après, elle avait trouvé, par petites annonces, une nana toute neuve pour son papa, une plus belle que sa daronne et avec dix ans de moins sur les endosses, une bonne suceuse qui lui a ouvert les portes du paradis, ce pauvre vieux a compris qu'il s'en était fallu d'un poil qu'il passe à côté de la vie.

– Et la môme? demande Bec-à-Foin.

– Oh! elle? Elle est devenue écrivain public. Elle a bien essayé d'être écrivaine tout court, mais elle a pas d'imagination. Toute façon, elle s'en fout, son bonheur, à elle, c'est l'écriture, pas l'histoire. Alors elle écrit les lettres pour les immigrés, à la Sécu, aux allocs, au sorcier africain, ces choses. »

LE PONT DES ARTS

ENTRE le Louvre et l'Institut, il y a le pont des Arts. Il aime le pont des Arts. Le Pont-Neuf est plus beau, mais justement, quand tu es dessus tu ne le vois pas, alors que si tu te plantes sur le pont des Arts, au beau milieu, de là tu vois le Pont-Neuf dans sa gloire, la Seine opulente, belle grosse salope qui ouvre large les cuisses, le Vert-Galant qui pousse sa pointe hardi petit dans l'entre-deux, la verdure qui frise autour et Paris tout noir qui s'en fout, grosse bête assoupie. Quand le dernier baquet à touristes a craché son dernier péquenot, débranché son mégaphone et éteint ses projecteurs, alors la nuit est à toi, à toi qui te lèves quand tu en as marre d'être couché. La lune est pleine, des effilochures de nuages lui courent sur la figure, le dôme de l'Académie pousse dans le ciel sa rotondité vaguement obscène, ça l'inspire :

C'était, sur le toit d' l'Institut,
La lun', comme un pou sur un cul.

Il se marre. Et puis il pense qu'il serait bien le seul à se marrer. Lui, il a lu Musset en classe. Qui lit encore Musset? Les spécialistes, peut-être. Les mômes, sûrement pas.

Il marche, le quai est désert, la nuit somptueuse. La petite bête triste grignote.

Le jour où ta femme, celle avec qui tu vis, te dit ces mots terribles : « Je ne veux plus que nous fassions l'amour ensemble. Rien d'autre ne sera changé, mais pour la " chose ", je te prie de me laisser tranquille... »

Oh! bien sûr, ce ne fut pas dit posément, dans le calme et la réflexion, cela jaillit dans un paroxysme, au plus aigu d'une crise qui les vit dressés l'un contre l'autre... Ce fut dit. Cette horreur. Que peut faire un homme à qui l'on a dit cela? La reconquérir? N'en pas tenir compte? Attendre que ça se tasse? Mais vous n'avez pas compris! Il ne s'agit pas de se procurer à tout prix une friandise qu'on vous refuse! C'est le refus qui fait tout.

Elle a dit cela. Elle a pu le dire. Donc, depuis longtemps, depuis toujours peut-être, elle le souhaitait. Quelle révélation! Tout était pourri à la base. Elle subissait ton étreinte, pendant tout ce temps-là, elle la subissait en patience, en silence, de moins en moins en patience, et voilà que la vérité est sortie d'elle à l'occasion de cet affrontement... Et maintenant qu'elle a été dite, cette vérité abominable, on ne peut plus lui tordre le cou, plus rien ne peut faire qu'elle n'ait pas été dite.

La pire des choses à dire à un homme. La pire. Et certes je n'allais pas m'employer à la faire revenir sur cette malédiction, mon humiliation était trop sanglante, tout mon orgueil masochiste s'acharnait à la prendre au mot. Il lui était loisible, à elle, de faire marche arrière, cela m'eût touché, sans annuler la phrase terrible, ni tout ce qu'elle éclairait brutalement, mais cela en eût atténué l'effet... J'étais soudain seul, perdu dans une mer sans horizon, j'avais froid, j'avais peur, je me serais raccroché à n'importe quelle intention amicale. Et puis, je ne peux pas supporter qu'on me veuille du mal, qu'on me méprise, ou simplement qu'on me fasse la gueule. Sale faiblesse de caractère... Mais elle n'avait nullement l'intention d'annuler ou d'atténuer. Orgueil contre orgueil, la situation resterait bloquée. Cela, je pense, l'arrangeait.

Pourquoi ne suis-je pas parti sur-le-champ? Peut-être était-ce ce qu'elle espérait, et peut-être l'élan de sa violence n'avait-il pas pu la porter jusqu'à le formuler? Peu importe. Il fallait partir. Immédiatement. Au moment même où tu as reçu, là, en pleine gueule, la révélation, la certitude qu'elle te subissait depuis... depuis le début? Lâcheté, pitié, culpabilité, tourbillon d'impulsions femelles, méli-mélo paralysant... Je suis resté. J'étais coupable. Elle n'aimait pas mon « étreinte », c'était ma faute. Je n'avais pas su, pas compris, pas deviné, je manquais de délicatesse, ou de savoir-faire, ou de noblesse... Enfin, bon, j'étais indigne. Comme au bal : je ne sais pas danser, j'essaie, on me repousse, on ricane, c'est ma faute, je fuis. Eh bien, là aussi, il fallait fuir. Digne ou indigne, tort ou raison, martyr ou bourreau, n'importe : tout plutôt qu'habiter avec une femme qui ne veut pas de mon corps. Tout plutôt que ce mensonge : un faux couple qui ne s'accouple pas. Qui sauve « les apparences ». Un couple pour les gens. Un enfer intime.

Mais voyons, il peut rester la tendresse, les enfants, le long chemin parcouru ensemble, une certaine estime mutuelle... Foutaises! N'avoir de l'amour que ses sous-produits! Dérision. Frustration. Amertume remâchée. Sentiment d'être la poire. Humiliation... Saloperie! Non. Du jour où ils ne baisent plus, ils ne sont plus un couple, ils ne sont plus rien. Un couple, c'est uni par le bas-ventre, poils dans poils, sueur dans sueur, bouche sur bouche, même dans les pires moments, ceux où le couple, précisément, est le plus menacé. Quand on n'a plus envie l'un de l'autre, ou quand l'un n'a plus envie de l'autre, il n'y a plus couple. Mensonges et replâtrages ne donneront jamais qu'une grimace de couple.

Après tout, dans cette grimace de vie, une grimace de plus ou de moins... Et d'abord, qu'est-ce que c'est que cette mystique du couple? J'étais malheureux? Nous n'étions heureux ni l'un ni l'autre? Bah! qui est heureux?

Je rencontrai Gabrielle.

*

Et alors, voilà, il y eut un jour où j'en fus là aussi avec Gabrielle. Au même point. Ça s'était fait lentement. Elle avait cru je sais trop bien quoi. Que je serais son homme à elle toute seule. Que je lâcherais tout ce qui n'était pas elle. Elle était faite pour avoir un homme, pour se fondre en lui, lui faire des enfants, se dévouer, s'anéantir dans le couple... Oh! il est certain que, eussé-je été « libre », comme on dit, je me serais laissé faire. Malgré mon peu de goût – d'aptitudes, plutôt – pour le mariage, malgré que je ne puisse plus avoir d'illusion sur le détestable compagnon que je suis, je me serais laissé faire, je le sais bien. Je me laisse toujours faire. A tous les coups, j'épouse. Si je ne suis pas déjà en main, bien sûr. Tellement convaincu de l'inestimable valeur du cadeau qu'elles me font en me permettant d'user de leur sexe et de sa banlieue, tellement persuadé de la minceur de ce que j'ai à leur offrir en échange, que, non seulement j'en passe par où elles veulent, mais je vais au-devant de ce que je crois avoir compris de leur désir. Je comprends de travers la plupart du temps, d'ailleurs. Dans le cas de Gabrielle, le message était clair. Sans homme, elle était perdue. Elle avait besoin de voir l'avenir devant elle, droit comme une allée ensoleillée, et de s'abandonner du soin de veiller sur elle à un homme, son homme. Une amoureuse intrépide, une tigresse, une esclave, une mère poule. Pour son homme. Elle l'avait été. Pour moi. Tant qu'elle avait cru qu'il y avait une lueur d'espoir. Moi, je vivais au jour le jour cet amour démesuré qui m'emplissait et me bouleversait, cet amour trop grand pour moi. Mes poumons étaient trop petits pour tout cet air pur. Je ne vivais que pour la retrouver, je travaillais porté par les anges, jamais je n'avais atteint ces sommets d'exaltation, cette possession... Eh bien, même cet état de grâce n'a pu me faire sauter le pas. Plus j'étais heureux, moins je pouvais faire de la peine. Car je me figurais que je ferais de la peine, telle était ma présomption, ou ma fatuité.

Si bien que tout se passait comme si j'étais le bon gros beauf' père de famille qui va tirer sa crampe en ville et puis se taille, furtif, merdeux, au milieu de la nuit, sur ses chaussettes, pour éviter la scène des adieux, et retrouve son port d'attache légal et décent, ce lieu où ne le retiennent plus – mais avec quelle force! – que les liens dérisoires des servitudes et des habitudes, aussi l'obscure trouille de l'aventure (on a pris de la bouteille et de la brioche, entre-temps), plus quelques vagues illusions qu'on préfère ne pas chercher à démêler.

Elle fut longue à comprendre, ou plutôt à admettre, que je ne bougerais jamais. Encore, toutes illusions perdues, s'acharna-t-elle à essayer de s'adapter à la situation. Elle n'était plus la fiancée aux bonnes joues qui s'illuminait du plus loin qu'elle me voyait, et battait des mains, mais elle faisait vaillamment bon visage, voulait profiter des bons moments et, pendant les autres, attendre que les bons reviennent... Elle n'y parvenait pas. Il y a toujours un instant où il faut se quitter, il y a les nuits solitaires, il y a les terrifiants week-ends... Allons, c'est fini, c'est loin. Ce qui n'est plus n'a jamais été, tu le sais bien, dit l'œil lucide. Et moi je me réveille la nuit en sanglotant, et j'ai en moi un vide qui hurle, car elle me manque et me manquera toujours. Et si j'avais agi autrement, si j'avais agi, tout simplement, peut-être aurais-je un autre manque, et peut-être me réveillerais-je en sanglotant, peut-être, mais c'est elle qui me manque et je crèverai avec ce manque, et j'ai faim de son ventre, je cherche son ventre dans le noir, pour y poser ma joue, son ventre large, et ferme, et blanc, ton ventre ma mère, ô mon amour...

*

J'avais donc deux femmes et n'en baisais aucune. (Rires. Le lecteur comprend enfin où il est : il est à « Au théâtre ce soir ». Le lecteur est soulagé. Il sait qu'il a le droit et le devoir de rire. C'est bon de savoir où on est, tout ce qu'on voudra.)

Et bon, j'ai tout gâché, tout au long. J'étais pas doué. Ma vie : une enfilade de ratages. Maria, Liliane, Tita, Gabrielle... L'écriture? Mais ce n'est que le boulot, l'écriture. Le nutritif. Pas l'essentiel. L'essentiel, je l'ai salopé. Alors, quoi? Alors, rien. Le bouchon sur l'eau. Ça clapote. Ça ne bouge pas de place.

OPÉRATION MALTHUS

« La seule chose à faire, c'est de les stériliser, dit la dame aux chats.

– Ça ne leur fait pas mal du tout, vous savez, dit la dame aux chats du square de Cluny, venue en visiteuse pour causer du problème et discuter des mesures qui s'imposent. Nous avons un réseau de jeunes vétérinaires qui nous font des prix par quantités.

– Et ça leur laisse tous leurs instincts, absolument comme si de rien, dit, rougissante, la dame aux chats de la montagne Sainte-Geneviève, certainement une vieille jeune fille restée demoiselle.

– Vous êtes sûre de ça? dit Tarzan des Chats, pas convaincu du tout.

– Absolument! Elles gardent une vie sentimentale normale. Naturelle, quoi. Simplement, elles ne risquent plus d'avoir des petits.

– Mais si elles n'ont pas de petits, elles seront malheureuses! Qu'est-ce que vous croyez? Les chattes, c'est en accouchant qu'elles prennent leur pied, pas en baisant. Je les connais bien, moi. Quand elles baisent, ça leur fait mal, elles aiment pas. Elles gueulent, elles griffent le matou, faut voir ça... Mais alors, quand elles pondent leurs chatons, là, oui, pardon, quel bonheur! Elles te vous sortent ça comme vous cracheriez des noyaux de cerises, pft,

pft, pft... Et elles ronronnent, elles arrêtent pas. Elles les lèchent au fur à mesure, elles bouffent le sac, le sang, la merde, heureuses comme tout. Jamais vu personne d'aussi content qu'une chatte qui accouche. Ça, oui, c'est la nature. Et vous voulez les priver de ça? Vous croyez leur faire un cadeau en leur permettant de tirer des coups sans risquer le polichinelle? Mais vous déconnez, mesdames! C'est des idées de bonnes femmes, ça, pas des idées de chattes! Vous leur y avez demandé leur avis, aux chattes? Ah! Vous voyez bien. C'est les bonnes femmes qui veulent se faire sauter à couilles rabattues et pas avoir de môme. Toutes des salopes. Pas les chattes. Les chattes, ça serait plutôt juste le contraire. Si elles pouvaient se retrouver pleines sans être obligées de baiser, les chattes, ça serait le paradis. Faut savoir, avant de causer.

– Entre trois et huit chatons par portée. Deux portées par an. Ça fait douze petits par an, en moyenne, disons. Qui se reproduisent dès l'année suivante. Ça fait cent quarante-quatre petits. Qui se reproduisent ettcétéra. Faut vous faire un dessin? dit la dame aux chats, celle d'ici.

– Les chattes stérilisées sont tatouées. En même temps, on leur fait le vaccin contre la rage. On peut même leur mettre une médaille. Comme ça, quand les types de la fourrière les attrapent, ils voient le tatouage ou la médaille, aussi sec ils les relâchent. Ils ont des ordres, dit une des dames aux chats.

– Vous parlez qu'ils les relâchent! Ils sont payés à tant la tête. Ils coupent les têtes, ils les foutent dans un sac, ils vident le sac, on compte les têtes, ça fait tant, c'est marre. Tatouage ou pas tatouage. Médaille mon cul.

– Il ne faut pas voir tout en noir, dit Paule. Il n'y a pas que des salopards.

– Quand le fric est en jeu, si, madame. Que des salopards.

– Enfin, voyons, dit la dame aux chats des Arènes de Lutèce, celle qui n'a encore rien dit, enfin, voyons, il faut être réaliste. Si on ne fait rien, ils vont se multiplier comme des rats...

– Attention à ce que vous dites, interrompt Tarzan.

– Ils vont se multiplier à n'en plus finir, et alors ils auront beau jeu de les massacrer à tout va, et on ne pourra rien dire, on aura tout le monde contre nous, surtout avec cette trouille de la rage qu'ils ont tous. C'est ça que vous voulez?

– Cette histoire de rage, dit Paule, c'est les chasseurs. Pour pouvoir tuer hors saison. Ils gueulent il y a la rage, c'est la faute aux renards c'est la faute aux lapins, alors chasse aux nuisibles permise hors période d'ouverture, battues spéciales, vous parlez, c'est du gâteau! Et, en plus, le droit d'abattre tous les chats et les chiens qu'on trouve hors de chez eux.

– Oui, bon. Mais alors, rendez-vous compte, dit Tarzan des Chats, si on fait comme vous dites, ces chattes-là sont les dernières. Elles vont vieillir, elles vont crever, et après, plus personne. Si bien que, de toute façon, vos salopards qu'aiment pas les bêtes auront gagné, un peu plus tôt un peu plus tard.

– Allons, allons, rigole Paule, tu sais bien qu'il y en aura toujours quelques-unes qui passeront au travers, des malines, des oubliées, et ça suffit pour qu'en moins de deux il y en ait de nouveau autant qu'avant, des chats.

– C'est vrai que, par moments, ils me font un peu peur, tellement ils y vont, dit Tarzan, songeur.

– Tu vois bien, dit Paule.

– Evidemment, dit la dame aux chats, celle d'ici.

– Ça ne leur fait absolument pas mal, dit une des dames aux chats consultantes. Pas mal du tout, du tout.

– C'est qu'ils finiraient par se dévorer entre eux, dit Tarzan. Les gros mâles, je vois bien comment ils reluquent les petits, quand ils croient que je les vois pas.

– C'est la loi de la jungle, dit la dame aux chats des Arènes, qui a une tête à avoir fait des études. Le gros mange le petit, le fort mange le faible...

– Et mon cul? » dit Tarzan.

La dame aux chats instruite n'a pas entendu.

« Demain, j'amène mes copains vétos, dit Paule. D'accord?

– D'accord, dit Tarzan. D'accord, et merde. »

*

Les trois vétérinaires se cognent aux trucs pointus et jurent des bordels de putain. Tarzan des Chats a exigé qu'on leur bande les yeux. Deux femelles, toutes mignonnes toutes jeunettes, et un mâle, un seul, à grosses lunettes. Depuis qu'il y a en France beaucoup plus d'animaux de compagnie que de bétail à la charrue, le métier se féminise rapidement. Mignonnes, mais aussi mal embouchées que le mec. Au fond, l'aventure les amuse. Après un trajet à quatre pattes assez compliqué, guidés par Tarzan des Chats, ils débouchent dans une cave trapue. Le moustachu n'est jamais venu jusqu'ici. Il laisse tomber à terre le sac où s'entasse l'équipement : gants à tailler les rosiers (contre les coups de griffes des chattes), sparadrap en pagaille (pour immobiliser les chattes), chloroforme (pour endormir les chattes, une bonbonne de deux litres), table d'opération démontable (aux dimensions des chattes), trousse à scalpels et instruments divers, sac poubelle pour y jeter ce qu'on va retirer aux chattes, et enfin la grande épuisette à chattes bricolée sur le modèle de celle des agents de la fourrière dans les bandes dessinées de Félix-le-Chat...

Le moustachu prend le gros projecteur à piles des mains de Tarzan et promène la lumière sur les gros blocs suintants.

Tarzan reluque l'épuisette géante.

« C' que tu comptes foutre avec ça?

– Ben... Attraper les chattes, non?

– T'es pas bien? D'abord, tu les auras pas, laisse-moi te dire. Et tu vas me leur foutre la trouille, elles auront plus jamais confiance. Non, tu me laisses faire, je te les apporte gentiment, l'une après l'autre. Vaut mieux qu'elles voient pas quand la copine y passe.

– Je peux t'aider, quand même. D'abord, les bêtes et moi, ça gaze au poil. Sauf le clébard d'à côté, mais lui, c'est un cas...

– T'occupe, je te dis. Tu saurais même pas reconnaître un chat d'une chatte. Moi, je les connais une par une. Une par une, mon pote.

– Hé! on est arrivés ou c'est encore plus loin? Ça commence à bien faire, votre bandeau de rigolos, là. »

Ça, c'est une des petites vétos, la dégourdie toute ronde frisée mouton.

« Vous pouvez voir clair, dit Tarzan.

– Ben merde, dit le véto mâle tout clignotant, un long machin plein de boutons sur la gueule, on est chez Fantômas, ou quoi? Bon, ce que j'en dis... T'as rien à boire?

– Tu picoles avant d'opérer? Je croyais que les chirurgiens et le tutu ça allait pas ensemble, because la sûreté de la main, tout ça.

– D'abord, je suis pas chirurgien, je suis vétérinaire. Et même pas encore tout à fait : deux ans à tirer. Et je vais te dire, les bêtes, les microbes prennent pas dessus. On secoue nos mégots dedans, on les recoud avec de la ficelle, jamais un bintz.

– Ah! ben, dis donc...

– Nous autres, on se dorlote trop, alors on

devient fragiles, voilà. Bon. La première de ces dames! »

Le moustachu dit « Je vais chercher à boire », une jambe déjà dehors. Voir la petite bête écartelée sur son bout de planche les tripes à l'air, il ne supporte pas l'idée.

Il prend son temps. Il s'achète des alibis : camembert, saucisson... Tiens, et puis des olives, chez le Grec, des marrantes, trois sortes d'olives marrantes mélangées, et puis les bouteilles de Barrail des Graves, celles avec l'étiquette dessinée par Reiser, pourquoi qu'il est mort, ce petit con... Enfin, quand il s'amène, les bras chargés comme un Père Noël, n'osant pas regarder ce qu'il y a dans le rond de lumière, ils l'accueillent comme le, justement, Père Noël.

« La pause! dit le boutonneux. T'apportes à boire? Oh! et le casse-croûte! Bonne maison. »

Ils dévorent comme des laboureurs, les pognes croûteuses de sang caillé – « Tiens, ils ne mettent pas de gants », se dit le moustachu –, boivent au goulot, en faisant de grosses bulles, les gosses de riches c'est plus ce que c'était.

« Alors, c'est ton royaume? dit la toute ronde frisée à Tarzan.

– Une petite partie », dit Tarzan, modeste.

Il me paraît bien bavard, Tarzan. La vieille chatte, entre ses bras, ronronne rouillé, avec des ratés. L'éventration en série de ses copines n'a pas l'air de l'avoir trop secouée. Ça pue le chloroforme, là-dedans.

« Ah! oui? dit la petite véto. C'est les Catacombes, alors! Raconte-nous ça.

– Non, les Catacombes, c'est pas par ici. »

Il hésite, et puis – décidément, il en pince pour la gosse, pas possible! – c'est plus fort que lui, il étale sa science :

« Quand on cause souterrains, on dit " Les Catacombes", et on a tout dit. Vous savez rien de rien. Les Catacombes, bon, mais pas que. Paris, je vais vous dire, y en a autant dessous que dessus. Plus, même. Ça passe sous les égouts, ça passe sous la Seine, ça passe sous les Catacombes. Moi, j'en connais plus que n'importe qui, eh bien, j'en connais pas le centième. Réfléchissez un peu. Plus de deux mille ans que ça existe. Que ça s'entasse sur place. Que ça s'enterre des trésors. Que ça cache le cadavre de sa femme au fond de la cave... Imaginez tous ces siècles où la ville était enfermée dans ses murailles. Les croquants grouillant là-dedans, entassés, le nez dans le cul du voisin, imaginez. Et jamais tranquilles, toujours des guerres, des sièges, des tueries, des armées battant les murs, des Bourguignons, des Armagnacs, des Huguenots, des Ligueurs, des Huns, des Anglais, des Cosaques, des Prussiens... Ils n'arrêtaient pas de creuser des souterrains secrets, c'est forcé, c'est la première chose qui vient à l'idée, non? Prenez le Louvre, le Palais, le Temple, la Bastille, le Grand Châtelet et le Petit, l'Archevêché, et les grandes abbayes comme Saint-Germain ou Saint-Victor, vous savez, j'ai bouquiné des trucs là-dessus, plein, c'est ma passion à moi, ça et les chats, c'est normal, c'est ma jungle à moi, pas vrai, alors je peux vous dire que les rois et les grands seigneurs ils ne voulaient pas se faire coincer dans leurs palais comme des rats dans leurs trous, alors ils se faisaient faire en douce des réseaux secrets qui passaient sous le rempart et débouchaient au diable dans la campagne, ou alors dans un autre château, c'est comme ça qu'ils sont tous reliés entre eux. Tiens, sous Charles V ils ont reculé l'enceinte, elle datait de Philippe-Auguste, elle pétait de partout, c'était pendant la guerre de Cent Ans, eh bien, il y a des boulevards souterrains, je vous dis pas où, des vrais boulevards pour faire cavaler des armées d'un bout du rempart à l'autre sans que la populace s'en doute, c'était plein d'espions, vous comprenez. Et d'un siècle à l'autre ils oubliaient les souterrains, ils en refaisaient creuser, ça se recoupait ça se mélangeait, ça se perdait dans des marécages, même des lacs il y a, là-dessous, vous savez, des rivières... Tiens, la Bièvre. Je vous y mène tout de suite, à la Bièvre, moi, que vous en causiez l'autre jour. Et les vieilles carrières! Des cavernes énormes, vous en resteriez babas. Sous le Luxembourg, y a un vieux qui élève des crocodiles, je le connais bien, des fois il me file du poisson pour mes chats, mais ça fait loin, surtout que ça zigzague. Tiens, le tonton Mitterrand, il le sait pas, personne le sait, mais quand je veux je me balade juste sous sa chambre à coucher, je me marre bien, je pense aux flics qui font les guignols, là-haut, dans la rue de Bièvre, prêts à flinguer le premier qu'a l'air pas net, et moi, peinard, j'aurais qu'un geste à faire et braoumm... »

Tarzan boit un coup. La vieille chatte s'étire et bâille. Il lui reste un croc, tout jaune. Fumerait-elle?

« Tiens, le Jardin des plantes. J'y vais comme je veux, au Jardin des plantes, en pleine nuit, comme je veux, c'est mon jardin à moi, personnel. Je débouche dans la serre tropicale. Je regarde si les bananes mûrissent. Quand elles sont juste bien, par ici! Meilleur qu'au marché, tiens!

– Je connais des gens, ils descendent sous terre faire la nouba, dit le véto mâle. Il paraît que ça se fait, des espèces de clubs clandestins, avec orchestre, tout.

– Ouais, j'en ai vu, dit Tarzan. Même des partouzes, j'ai vu. Mais c'est des bons branques, pour eux c'est juste du décor, de l'ambiance, ça leur chatouille l'imagination, ça va pas loin.

– Tu me feras visiter? dit la dodue aux blonds copeaux.

– Tu crois vraiment que tu vas voir des éléphants danser la java avec des ours blancs sous l'Arc de Triomphe? ricane, perfide, son collègue.

– Je suis bien con, dit Tarzan. T'as raison, je raconte n'importe quoi. Oubliez tout ça.

– Te fâche pas, quoi, dit la petite.

– Bon. On remet ça? dit le grand jaloux. Faut qu'on se les finisse.

– Bon courage, les enfants. J'ai du boulot, là-haut », dit le moustachu.

Il est déjà parti.

LE MALHEUR, ILS AIMENT

« QUAND j'étais petit, dit le moustachu, la télé, je savais qu'elle était pour dans pas longtemps : déjà, on avait la radio, et c'était tellement sidérant, tellement contre-nature d'entendre chez soi, dans une petite boîte, des gens qui parlaient à l'autre bout du monde, qu'à partir de là, plus rien ne pouvait nous épater, le plus dur était fait, on trouvait même qu'ils prenaient leur temps, les savants, pour se décider à envoyer dans l'espace les images du cinéma comme ils envoyaient les musiques du pick-up, enfin, quoi, le cinéma existait, et en couleurs, même, alors à quoi ça rimait de balancer sur les ondes ce qui s'entend et pas ce qui se voit?

« La radio, on ne l'avait pas, nous. Maman trouvait que ça mangeait du courant et que c'était vulgaire. Si bien que je ne connaissais de cette sublime invention que le « Concert des Auditeurs » et « Ploum-Ploum-tra-la-la », que les radios des voisins balançaient à toute volée, l'été, par les fenêtres large ouvertes, et alors je me disais qu'effectivement c'était plutôt vulgaire et pas très excitant, mais je me disais aussi que c'était à cause du quartier, les pauvres c'est con et vulgaire, j'étais persuadé que les radios des gens riches et instruits parlaient à longueur de journée de Chateaubriand, de madame de Sévigné, de l'orbite d'Uranus, des mœurs des fourmis, de la chute de l'Empire romain, de l'interaction électromagnétique, de la disparition des dinosaures, du mécanisme de la prise du pouvoir par Hitler, de la trigonométrie curviligne, de la relativité restreinte et généralisée, de l'évolution comparée des langues indo-européennes..., de toutes ces choses dont j'étais tellement gourmand. Il suffisait de tourner le bon bouton, croyais-je en mon enfantine naïveté.

« Aujourd'hui, la télé, on l'a. Depuis un bon bout de temps, même. La plupart des gens actuellement en vie l'ont toujours connue, elle fait partie de leur monde aussi bien que l'eau chaude, les restaurants chinois et l'air pollué qu'ils respirent. C'est pour eux un truc naturel, quoi. Ils l'acceptent telle qu'elle est, sans se demander s'il ne vaudrait pas mieux qu'elle soit comme ceci ou comme cela. Ça ne les gêne pas qu'elle soit aussi con. S'ils veulent du pas con, ils s'adressent ailleurs, pas à la télé. Et bon, quoi.

« Moi, j'en suis resté au stade gros plouc écarquillé devant les merveilles de la science. L'eusses-tu cru qu'un jour l'homme, abolissant le temps et la distance, communiquerait par l'image et par le son, gningningnin, ce genre de prose... Et alors je me dis : l'homme a aboli le temps et la distance pour vendre du produit à tuer les poux et du papier torche-cul. Et ça, oui, ça, c'est le vrai miracle!

« La télé, comme je disais tout à l'heure, on l'attendait, on savait que ce serait pour dans pas longtemps, ça ne pouvait plus nous épater. Mais le retour des poux! Quand j'étais tout môme, les poux, ils appartenaient à la mythologie, comme les loups et les dragons cracheurs de feu. On aurait plutôt trouvé un loup-garou dans le bois de Vincennes qu'un pou sur la tête d'un enfant, même très pauvre. Des fois je tombais sur un vieux journal des années moustachues, j'y voyais une réclame pour la « Marie-Rose », « la mort parfumée des poux », j'appelais les copains, ça nous faisait marrer presque autant que les pilules pour faire revenir les règles qu'on trouvait dans les mêmes journaux. Enfin, n'importe qui d'un peu sensible à la symbolique des choses voit sûrement ce que je veux dire : cette invention inouïe, la télévision, pour vendre un truc à tuer les poux...

« La télé, à part les poux, c'est du foot. Ou du vélo, ou des jeuzos, ou de la Formule Un... Bref, du foot. De la compète. Que le meilleur gagne. Délire national! Les mômes, plus accrochés que n'importe qui. Le vainqueur, ils adulent. Le perdant, ils lui crachent dessus. Là encore, on dit : « C'est la nature. » L'instinct. Faut bien se passionner pour quelque chose. Un peuple a besoin de héros, tout ça, tout ça. Alors, dites-moi, pourquoi, à l'école, on n'a plus le droit de les classer, les mômes? Même plus celui de les noter. Ça les traumatiserait. Leur amputerait le sens de l'égalité. C'est les parents, en tout cas, qui le disent. Et à peine rentré à la maison, le cher ange plonge dans la télé, qui est le temple du culte du surhomme. Exaltation délirante de la, justement, inégalité. Ça n'a l'air de déranger personne.

« Entre deux foots et deux marchands de poudre à poux, il y a, de temps en temps, généralement juste après la soupe, un film. Objet d'art. Le cinématographe est un art, le septième, je crois. Un art populaire, et il s'en fait gloire. Un film, de deux choses l'une : ou il est triste, ou il est con. Ou il est les deux, oui, mais ne compliquons pas. Il est triste neuf fois sur dix. On regarde la télé, on va au ciné, pour quoi faire? Pour se distraire. Pour, comme ils disent, s'évader. Ben, merde. Que des histoires à te faire chialer toutes les larmes de ton corps, à te dresser les cheveux, à ressortir de là tout démoli. Ils aiment le malheur. Le malheur, ils aiment. Le spectacle du malheur. D'un malheur qui pourrait être le leur. Ça leur fout les jetons, et après ils se retrouvent dans leur fauteuil, des caramels plein la gueule, et ils se disent ouf, c'est pas moi. Moi, la tristesse me rend triste, le malheur me navre, surtout le malheur quotidien, tu vois, la glu indécollable, le H.L.M. et la pluie, la cour de ferme et la boue, les existences écrasées par les fatalités, les sagas... Pire que tout, les sagas. J'abomine les sagas. Eux, ils aiment. Ils aiment pleurer. Ils aiment tout ce qui est le reflet de leur propre petite merdouille, ils se sentent moins seuls. Cinéma-vérité qu'ils disent, tout farauds. On a dit que c'est comme ça qu'il faut dire. Vérité mon cul. La vérité, je l'ai dans ma cour, dans ma tripe, dans le journal, elle m'écrase le nez, elle m'arrive dessus sans que je l'appelle, elle a une gueule de H.L.M. sous la pluie, de môme qui crève d'overdose et de petite vieille pleurant toute seule dans son galetas. Quand je veux de l' « évasion », c'est de ça justement que je cherche à m'évader.

« Je préfère encore les films comiques, c'est-à-dire cons. Oui, mais, ils sont vraiment très cons. Tellement cons que je pique la crise, et je fous le camp. Alors? Alors, rien...

– T'es rien prétentieux, mon pote, dit l'agent Bec-à-Foin.

– Et les gars qui ont trouvé la télé, ils l'étaient pas, prétentieux? Tu crois qu'ils allaient au foot? Qu'ils savaient si Saint-Etienne a des chances d'accéder en finale maintenant qu'il a racheté Platini? Et ceux, avant, qui ont dégotté les lois de la propagation des ondes électromagnétiques? Et de l'électricité? Et ceux... D'accord, j'ai rien inventé. Mais pourquoi des types calés n'inventent-ils des choses formidables que pour qu'elles servent à des conneries? Des cerveaux de dieux pour fabriquer vos joujoux débiles...

« De loin en loin, avec mille précautions, la télé ose aborder un sujet « difficile ». De la science.

Non, non, vous sauvez pas, pas tout de suite! De la science médicale. Ah! là, ça vous intéresse. Votre tension vous cause du souci, votre oncle Gustave vient de claquer d'un cancer, vous êtes concerné, vous restez sur la chaîne. Alors, voilà. Dix secondes de chirurgie. Du sang partout, le cœur qui saute comme un cabri hors de la cage – très bon, le cœur qui saute à la corde, Coco! Tu mettras la gomme, pour le son : Boum-Boum, Boum-Boum... – Catgut, mademoiselle! ligature, compresse... Du Hitchcock. Plus de dix secondes, votre épouse tomberait dans les pommes, vous vomiriez sur le tapis. Pas fou, le réalisateur, il vous connaît, fin de l'horreur en couleurs, un savant à lunettes vous parle du haut de sa blouse blanche. Il se donne du mal pour ne pas être chiant, il emploie des mots de tous les jours, il parle lentement, comme à des petits enfants un peu retardés, n'empêche, vous, vous regardez la pendule, heureusement le réalisateur, qui vous connaît, envoie vite vite de l'humain. Là, ça va. Enfin, de la science intelligente! La mémère raconte son fibrome, comme quoi elle était inquiète depuis quelque temps, elle l'avait même dit à la bouchère, alors sa bru lui a conseillé de voir son médecin, alors son médecin a dit faut faire une radio, alors... Là, ça baigne. Vous suivez, vous participez. Vingt minutes comme ça. Et merde, revoilà l'autre casse-pieds avec ses microscopes et ses schémas. Heureusement, dix secondes, c'est vite passé. C'était une émission scientifique, vous avez vachement du mérite.

« J'espère qu'après ça vous regarderez la télé avec la supériorité du gars qui sait que c'est rien que des conneries mais que voulez-vous c'est ça ou rien, n'est-ce pas. Ça vous donnera un petit air méprisant et blasé, les femmes adorent.

« La prochaine fois, je vous dirai ce que vous devez penser de votre ordinateur familial.

– Longtemps qu'on t'avait pas entendu en dire aussi long, dit Bibi.

– C'est parce que tu m'as fait picoler, dit le moustachu. Je devrais pas. Après, je me rends compte que j'ai fait chier le monde, et alors je m'aime pas.

– Bon, on se boit le dernier, et salut-bonsoir, dit Bibi. Je voudrais pas louper le film.

– Merde, tu me fais penser! Sur l'A2, y a le match, dit Bec-à-Foin. Je me tire. »

*

Ils sont partis vers leurs paradis intimes. Le revoilà tout seul. Il n'arrête pas de parler pour si peu. Simplement, il se parle à lui-même. Ce qui ne change pas grand-chose.

Ce goût morbide qu'ils ont pour le malheur... Ils ont gratté toute la journée à des boulots chiants, ils sont vannés rétamés aplatis, ils ont la tête clapotante de menus soucis, de menus calculs, de menues trouilles et de grosses paniques, ils sont chômeurs ou le seront demain, ils sont cocus ou impuissants, ou les deux à la fois, ils crèvent de maladies effroyables et voient auparavant crever effroyablement tout le monde autour d'eux, ils ont des vies sinistres, fragiles, menacées, pleines d'incertitude et de souffrances... Alors, pour oublier, pour se changer les idées, ils se jettent sur quoi? Sur ce qu'ils appellent les « moyens d'évasion ». Télé, ciné, théâtre, chanson, opéra, lecture... Lecture, de moins en moins... Et ils y trouvent quoi? Ce qu'ils y cherchent. Ils y cherchent quoi? Le malheur.

Le malheur. Le malheur à la louche. Le malheur dégoulinant, obsédant, universel. Du sang, des larmes, de la peur, de la trahison, du viol, des amours impossibles, des existences saccagées, des jeunes mortes, des traîtres triomphants, fût-ce brièvement, des vengeances, des poursuites, des injustices, des tempêtes sous un crâne, des tortures raffinées, des coups de pied dans les dents, des attentes vaines, des amants sacrifiés, des femmes trahies, des chevaux éventrés, des enfants abandonnés, des voitures en flammes, des Emma Bovary et des Eugénie Grandet, des Dame au Camélia et des Dames de la Côte, des Œdipe et des Yseult, des Dallas et des Iliades, des vieux pères crevant du cancer, des empalés et des écrasés, des exodes et des faillites, des génocides et des angoisses existentielles, des problèmes de couple...

Pas d'histoire sans malheur. Que serait un roman où il ne se passerait rien? Un film où tout le monde serait heureux du début à la fin?... Hé! oui. Pas d'histoire sans drame. Or, pas de drame sans mélo... ils veulent trembler, et vibrer, et espérer, et désespérer, aimer le bon, haïr le méchant, ou plutôt se choisir un héros, un autre soi-même, et trembler, souffrir, triompher par lui...

Mais moi, moi, bon dieu, je n'aime pas la souffrance! Pas du tout! Ni le spectacle de la souffrance! Je n'aime pas avoir peur! Même pour de rire! Je déteste ce mélo tristouille ou violent, ces grisailles et ces paroxysmes dont le ressort, toujours, est le malheur... Tout ce qui leur fait horreur dans la vie, dans la vraie vie, tout ce qu'ils s'efforcent d'éviter, tout ce à quoi ils ne veulent même pas penser – « Tais-toi, ça me rend malade! » –, ils vont s'en régaler sur un écran...

Je te dis qu'ils aiment ça! Ils aiment avoir peur. Ils aiment contempler le malheur. Retrouver leurs propres merdeuses tristes vies vécues par d'autres, avec les mêmes petits soucis, petites angoisses, petites horreurs. Toute vie est horrible, ils veulent avoir confirmation qu'ils sont bien dans la norme, qu'ils ne sont pas tout seuls, que la merde où ils étouffent est la merde universelle. Consolation... Ou que ça pourrait être bien pire. Consolation encore... Ils aiment que les riches soient ravagés par les affres des amours contrariées et s'entre-dévorent en des empoignades de rapaces... Ils aiment que les pauvres soient encore plus pauvres qu'eux-mêmes, que Roméo et Juliette meurent de leur amour, que Napoléon crève comme un con à Sainte-Hélène, qu'Anne Frank soit finalement prise et déportée... Que leur dieu tout-puissant pleure sur sa croix et souffre comme un con... Comme un con, mais oui, comme eux, qu'il pleure, et gueule, et se torde, et pende de tout son poids au bout de ses mains déchirées, et sue, et bave, et pisse, et chie, et désespère, et supplie son papa à gros sanglots. Clouer Dieu sur une croix! Quelle trouvaille!

*

Ma maman à moi n'allait au cinéma que pour les très très belles choses, celles qui valaient la peine qu'elle se dérange. De ces spectacles sublimes, il y en avait peu. En fait, il y en avait deux : *La Dame aux camélias* et le couronnement de la reine d'Angleterre. Maman est donc allée deux fois au cinéma. Deux fois qui lui ont donné du ravissement et du sujet de conversation culturelle pour sa vie entière. Maman était éperdument friande de belles cérémonies et de distinction aristocratique. C'est par une navrante méprise du destin qu'elle était née culterreuse sans le sou et faisait des ménages pour élever son enfant. Naturellement, ce qui l'enthousiasmait, dans les fastes de Buckingham, n'était pas de même nature que ce qui lui faisait considérer *La Dame aux Camélias* comme le chef-d'œuvre des chefs-d'œuvre. Dans ce dernier cas, son plaisir procédait d'un émoi purement esthétique.

« Comme c'est beau! disait maman. J'ai jamais autant pleuré de ma vie! »

Voilà. Pour maman, la valeur artistique se mesurait au tonnage de larmes. Pas que pour maman! Si tu veux laisser un nom, fais dans le pathétique. Surtout pas dans l'humour, surtout pas! Seul le triste est noble, seul le triste est beau. Ils aiment pleurer. Masos comme des petits-suisses, ruisselants comme des couches-culottes.

La culture littéraire – la Culture, quoi! – est entièrement dominée par le mélo. Mélo popu ou mélo grandiose, mélo chic ou mélo de beuglant, tout dépend de la sensibilité de l'auteur, de son talent et du public qu'il s'est choisi. Mais, de toute façon : mélo. C'est-à-dire flatte-con. Guy des Cars appuie sur les mêmes pédales que Stendhal, *Dallas* fait vibrer ses fervents aux mêmes drames de conssience que *Le Cid.* Il n'y a pas douze moyens de faire pleurer Margot, en tout cas pas beaucoup plus. Mélo, mélo, mélo, horrible et putassier mélo, dégoulinant comme un tango, fanfaron comme un Cyrano, épais rata pour miteux vampires s'empiffrant de malheur à même la veine jugulaire...

L'opéra est à la mode, signe des temps : l'opéra est à la musique ce que la bande dessinée (la mauvaise!) est à la littérature. Sommet du mélo. Jusqu'à la caricature. Jusqu'au délire. *Carmen,* opéra le plus con de tous. Le plus joué dans le monde. Normal : le plus putassier. Ce morne fait divers, ce triste cornichon embobiné par une pouffiasse volage et perverse... Mais t'as rien compris! Mais c'est toi, le con! Quels tragiques destins! Quelle fine étude de caractères! Quelle dérision poignante! Et la musique... La musique... La musique, je ne dis rien, je suis incompétent, pour moi tous les opéras sont un seul opéra, des cornichons en costumes de carnaval mâchouillant des paroles d'une niaiserie rare sur une vague psalmodie à peine mélodique, avec de loin en loin un air un peu plus travaillé qu'on attend et qu'on guette, quelle purge, mais bon, mettons, s'ils disent tous que c'est de la musique, et de la sublime, même, alors, ça doit en être, je m'incline, mais pourquoi, bon dieu, pourquoi cette musique – sublime, d'accord, d'accord! – doit-elle obligatoirement raconter une histoire archi-bateau, un cas de conscience riquiqui, et surtout – surtout! – du malheur, du malheur à la pelle?

Faut que ça meure, faut que ça pleure!

La Traviata, hein! Tu connais? La pauvre pute – pardon, à l'Opéra, on dit « courtisane » ou mieux, « femme légère » – la pauvre femme légère qui s'arrache le cœur et crache ses éponges parce que le vieux con a peur que son fils ne délaisse l'affaire de famille (ils fabriquent des gaufrettes ou des faux cols, quelque chose comme ça)... C'est un déchirement entre l'honneur et l'amour, je sais pas si tu me suis bien... Tout ça, tiré de Dumas fils, auteur assoiffé de respectabilité bourgeoise et donnant à la bourgeoisie boutiquière triomphante des émotions artistes à son niveau.

« Evasion », qu'ils disent... Je proteste toujours, à propos de la chasse, que tuer n'est pas un passe-temps. Eh bien, contempler le malheur n'est pas une évasion. Pas pour moi.

S'il est morne, le malheur, genre « saga » vécue comme on nous en inflige tant et tant à la télé, vachement vraie de vraie, avec les vrais paysans d'un vrai village pour la figuration, il m'emmerde. On veut me démontrer que la vie est emmerdante, on a gagné : je m'emmerde. Et je fuis. Ces paysans, ces ouvriers, ces bourgeois petits et grands dont sous nos yeux se succèdent les générations, petits n'enfants attendrissants, adolescents révoltés, premiers zémois et puis mariage – soigne bien la noce champêtre, Coco, ça paie à tous les coups, les noces champêtres – adultes à problèmes, accouchements, baptêmes, communions, vieillards sagaces ou gâteux, enterrements – trouve-moi un corbillard avec des chevaux, si, si, absolument, l'enterrement champêtre, fabuleux, Coco – et de temps en temps la guerre, celle-ci ou l'autre, clairon, canon, départ à la gare de l'Est, fleur au fusil, un des fils y est tué, le plus beau, le plus loyal, l'autre revient avec une jambe de bois, c'est la moindre des choses, mais on sait bien qu'il va foutre la merde, la fille, infirmière, s'est fait coller en cloque par un tirailleur sénégalais, mon dieu, mon dieu, faut se remettre dans le contexte de l'époque, les jeunes d'aujourd'hui peuvent pas comprendre, forcément, comment le papa si à cheval sur l'honneur va-t-il prendre ça, ah! il se suicide, je l'aurais parié, dans un sens, c'est ce qu'il avait de mieux à faire, maintenant la situation est nette... Sincèrement, très sincèrement, bonnes gens, je m'en fous. Avez-vous donc inventé la télé dans le seul dessein de me faire voir mon voisin de palier en chemise de nuit? Fallait pas vous donner tout ce mal, si la vie de mon voisin m'intéressait j'aurais percé un petit trou dans le mur.

Et quand il se veut épique, le mélo, genre film d'action, alors il est toujours décevant. Toujours. Parce que trop prévisible. Trop western, si tu vois. Tu sais d'avance qui va trahir, qui va mourir... Rien qu'aux gueules. Rien qu'à la musique. L'épouvantable musique de film. Le nombre de situations est limité, et aussi le nombre de façons de s'en sortir... Mais la beauté des images, merde! T'en parles pas, de la beauté des images! Les images, c'est tout le cinéma. Le style, c'est l'écriture... Oui, je sais bien, mais ça me suffit pas. Les images, c'est en plus. Si l'histoire ne m'accroche pas, tans pis pour la garniture de légumes... C'est parce que t'es un cérébral, mon pote. Un pauvre con de cérébral qui ne sait pas se laisser aller... Ça doit être ça.

J'aime les polars. Surtout s'ils sont bons, bien sûr. Le côté énigme, enquête, technique, tout ça. Eh bien, je suis malheureux quand l'assassin est pris. S'il est tué à la fin, je meurs avec lui. C'est bien simple, je meurs avec quiconque meurt, j'ai mal avec qui a mal. Très inconfortable. Plus encore que la souffrance et la mort, je ressens l'humiliation. Pensez un peu : on démasque l'assassin, le fourbe qui avait si bien su donner le change, celui que tous croyaient être un loyal ami... Ça, c'est plus terrible que tout, ça. Je vis sa honte, je rougis, je ne sais où me cacher. Quelle amertume! Comment ne pas plaindre le pauvre gars? Même s'il a crapuleusement étranglé la chère vieille dame, la belle jeune fille et les trois petits enfants, pauvres victimes dont la mort me fit elle-même tant de mal... S'il n'est pas tué, seulement livré à la justice, je l'imagine en prison pendant toutes ces années... Cérébral? Trop bon public, oui. Je marche à fond. Trop à fond. C'est pourquoi je fuis les machins tristes. Je veux rire, moi.

Je veux rire. J'aime qu'on me fasse rire, et j'aime faire rire. N'importe quel rire, pourvu qu'il soit réussi. Gros ou subtil, brutal ou allusif, tout m'est bon si c'est bon. Appelons ça humour, si vous voulez. Tellement plus difficile que le mélo, mais tellement plus satisfaisant pour l'intelligence, plus épanouissant pour l'âme.

L'humour. Tant de beaux esprits tour à tour ont cherché à le définir, et s'y sont cassé les dents! Cette manie, aussi, de vouloir tout définir... Disons, et ça nous suffira bien, qu'il est le contraire et l'antidote du mélo, du solennel, du qui-se-prend-au-sérieux. Le clin d'œil de la connivence. Corneille n'a pas d'humour[1]. Les dictateurs n'ont pas d'humour. Les militaires non plus. Les révolutionnaires non plus. Les chasseurs non plus. Ils portent sans rire de grosses casquettes dorées et des flopées de médailles, ou bien des pardessus de béton avec des chapeaux en tôle, ou bien se déguisent en grands

1. Oui, il y a bien *Le Menteur*... Mais il a vite compris que ce n'était pas sa voie.

fauves implacables... Les peuples aiment les dictateurs et les héros. Les peuples n'aiment pas l'humour. Les peuples veulent rigoler après le repas de noce. Ce n'est pas la même chose...!

Il a monté jusqu'au Panthéon tout en se parlant et en se faisant les gestes, il a redescendu par la montagne Sainte-Geneviève, il entre chez le Félix Potin, il s'achète un saucisson, du minestrone que t'as qu'à verser l'eau bouillante dessus et des flocons d'avoine, providence des célibataires feignants. Il raffole de ces grosses bouillies bétonneuses, archi-sucrées, ça bourre comme un cataplasme et t'as même pas la casserole à laver, tu la remplis d'eau, elle se lave toute seule, prête pour la fois d'après.

Le gros bourdon de Notre-Dame déverse sur le quartier à pleines pelletées du bon dieu en bretelles à fleurs. Les petits Chinois – eh, Vietnamiens, pas confondre! –, les petits Vietnamiens picorent la rue en tout sens, allant d'une boutique de Than-Binh, à une autre boutique de Than-Binh, tout est à Than-Binh, à la Maube, tout est asiatique, ou le sera. Il a une brève nostalgie pour l'endroit où il y avait jadis la poissonnerie, en bas des marches. Quand il était gosse, avec son vélo, il faisait toujours le détour pour venir admirer le poisson-monstre du jour, glorieusement exposé sur le trottoir, c'était sa fierté, à ce poissonnier, des fois un espadon avec son épée, des fois un requin, des fois un dauphin... Et bon, quoi, encore une de tirée.

STOP-CRÈVE

Il n'aime pas son corps. Il n'aime pas sa tête. Ne s'y est jamais habitué. Il fuit les miroirs, détourne la tête des vitrines sombres qui, à l'improviste, lui renvoient son image à la gueule. Pour se raser, il concentre son regard sur la lame, refuse de voir l'ensemble. Il connaît une fois pour toutes sa silhouette : une banane plantée sur deux fétus, il ne la connaît que trop. Quand sa main, pour quelque nécessité, se referme sur son mollet étique, une haine de soi lui tord le ventre, il aurait tellement préféré être con, con, con à crever mais avoir de ces solides lourdes épaisses jambes qui portent glorieusement leur bonhomme... Heureusement, se dit-il, que je suis né dans un siècle à pantalons, suppose que je vive sous Louis XV, avec leurs avantageux mollets dans les bas de soie bien tendus, j'oserais même pas mettre le nez dehors... Ça fait que son corps, il le connaît en gros, bien sûr, mais tel qu'il était il y a longtemps. Il s'y dirige comme en pays trop connu, sans le voir, en pensant ses pensées, en rêvant ses rêvasseries. Il arrive quand même, de loin en loin, que quelque détail insolite le ramène sur terre. Il se coupe les ongles des doigts de pied, ça lui arrive, quand ils sont tellement longs qu'ils se cognent au cuir de la chaussure, s'enroulent sur eux-mêmes et reviennent mordre la bête, ça fait mal, alors il prend les ciseaux et il s'y met, il faut être attentif, c'est dur comme du sabot de cheval, les ciseaux ripent et taillent dans la viande, et alors, voilà. Sur le côté du pied, sous l'os de la cheville qui fait une boule, il voit cette saloperie. Un réseau de petites veinules violettes, bien discrètes, mais bien là. Indélébiles. Implacables petites flèches violettes qui t'indiquent toutes la même direction : la sortie.

D'autres hasards lui font découvrir un à un les mille signes discrets de la décrépitude en marche. Certains petits plis aux jointures, si bien perdus dans les plis fonctionnels, mais qui persistent quand les autres s'effacent, comme si trop de peau, et trop sèche, toute fragile. Et ces taches bistre sur ses mains... Il a vu les mêmes au front de sa mère, quand elle était devenue si vieille, si vieille... Ces choses, il les découvre par hasard, et soudain il se dit que depuis longtemps, peut-être bien, elles sont visibles à tous, celles-là et d'autres, éclatantes, et qu'il était le seul à ne pas savoir... Il en rougit de honte. Si ça se trouve, se dit-il, j'ai l'air d'un de ces vieux cons qui se cramponnent, qui croient qu'ils sont préservés, que chez eux ça ne se voit pas, que ça se fait dans l'élégance et l'harmonie, la tempe de neige séductrice, la taille toujours de guêpe, l'échine à ressort, le sourire de porcelaine dans la voiture de sport... Pauvres, pauvres vieux!

*

Il y a longtemps, il lui était venu une idée. Il avait pris conscience qu'il avait à sa disposition un hebdomadaire, et pas n'importe lequel, cent cinquante mille lecteurs inconditionnels, et pas n'importe qui. Jusque-là, pris à la gorge par l'écriture, la confection et le lancement, il n'avait pas pris garde que ça pouvait aussi servir à lancer des idées. Et lui, justement, il en avait une, qu'il n'avait jamais osé dire, surtout parce qu'il n'avait personne à qui la dire.

Son idée était telle. On accepte la mort – la mort dite « naturelle », celle des vieillards à bout de souffle – comme une fatalité inéluctable. Or, on ne sait même pas ce que c'est. On vieillit, tout vieillit, comme une machine s'use, et bon, quoi, c'est pas drôle mais c'est la règle. On ne s'est pourtant pas résigné à la peste, à la tuberculose... Pourquoi se résigner au vieillissement et à la mort? On pourrait au moins regarder ça de près. Savoir si c'est programmé d'avance, comme la croissance et la puberté, ou si c'est le résultat d'un accident, d'une série de minuscules accidents commencée avec la vie. Il avait lu des choses, avait pris des contrats, et s'était bravement lancé dans une série d'articles qu'il avait intitulée « Stop-Crève ».

Il avait reçu des lettres. Pas l'avalanche, mais quand même plus qu'il n'aurait cru. Il se voulait éveilleur, susciteur d'inquiétudes et de vocations. Il savait qu'il n'aurait pas la pugnacité nécessaire pour animer un mouvement, mais il savait gueuler. Il gueula, donc, essayant de sensibiliser les gens, les jeunes surtout, à ce problème qui lui paraissait être le seul qui vaille la peine. Quoi de plus épouvantable, en effet, que de se savoir condamné à mort et, auparavant, à la décrépitude? Il lui semblait que, si infimes soient les chances de parvenir à quelque chose, elles valaient d'être tentées... Enfin, bon, cela n'avait pas soulevé les masses, pas même les savants en herbe à tendances non conformistes.

Il s'était obstiné quelques années, un livre avait même été publié[1], cela avait amusé les gens instruits, fait rigoler les autres... Il aurait fallu un acharné, un dynamique, il n'était qu'un rêveur. Absolument persuadé d'avoir raison, d'ailleurs, et

1. *Stop-Crève*. Chez Jean-Jacques Pauvert.

n'en démordant pas. Il voyait cela comme une aventure gigantesque, à l'échelle de la planète, tous les labos se partageant le travail, priorité à la biologie, les foules palpitantes s'initiant au langage scientifique... Le vrai match du siècle!

On lui objectait niaisement les critiques qu'il avait lui-même prévues et, d'avance, réfutées. Les bras lui en tombaient. La surpopulation (comme si ce n'était pas déjà un problème), le « monde de vieux » (comme si empêcher le vieillissement allait créer un monde de vieux!), et la Bible, et le Coran, et la Nature (majuscule), et les riches qui confisqueraient d'où terribles révoltes des pauvres, etc. Il avait beau dire « Qu'est-ce qu'on en a à foutre? On verra bien. Chaque chose en son temps! », ça ne convainquait pas.

Et puis c'était retombé, il y a tellement de choses sérieuses pour occuper nos enthousiasmes, du football à la politique... Il avait fait comme tout le monde, il s'était résigné. Non seulement à crever gâteux, mais à barboter dans ce marécage d'essentiel-bidon qui leur rend la vie passionnante. Seulement, lui, il s'emmerde. Surtout depuis que son petit essentiel-bidon personnel, à savoir le cul de la femme et ce qu'il y a autour, s'est détaché de lui comme se détache la peau du serpent à la saison où ça se détache.

Peut-être, plus tard, lorsque les Américains auraient trouvé le truc, un de ces petits rats des lettres qui vivent en grignotant les cadavres et en chatouillant les chauvinismes exhumerait-il « Stop-Crève » avec des sanglots, hélas hélas, comme toujours un Français bien de chez nous avait la priorité, sommes-nous futiles et moutonniers, pauvre France, gningningningnin... Comme ces gens qui vous démontrent triomphalement que Christophe Colomb n'a pas découvert l'Amérique, pas du tout, bonnes gens, les Vikings déjà... Et les Romains, donc... Et les Chinois... Et les Arabes... L'eussiez-vous cru? Oui, mais Colomb reste Colomb, et s'il n'y avait pas Colomb à démolir, tu n'aurais pas été chercher si loin...

Oui, bon, je pars de ma pauvre vieille gueule qui part en couille, je me retrouve en train de découvrir l'Amérique. Gobe-la-lune, va!

*

Quand le cancer ou je ne sais quelle saloperie finale me dévorera tout vivant, comptez pas sur moi pour faire le malin, oh! non.

Je ne serai pas le malade calme et souriant qui mérite le dévouement ému des siens et suscite l'admiration du voisinage. Je ne serai pas, comme mon vaillant petit Reiser, que le sarcome boulotta sous mes yeux morceau après morceau, en commençant par le bas, je ne serai pas un gentil farfadet se balançant entre ses béquilles, si pâle, si angélique, riant, souriant, blaguant, travaillant comme si de rien... Ne comptez pas là-dessus, fumiers!

Je ne laisserai pas derrière moi de ces anecdotes héroïco-attendries qui alimentent pour longtemps les conversations de ceux qui vous ont regardé crever à petit feu, tout tristes mais si contents que vous ayez été tellement admirable, jusqu'au bout, un véritable exemple pour la jeunesse...

Je serai un horrible sale vieux con de moribond, chialard, gueulard, cabochard, je haïrai le monde entier et d'abord vous autres, saletés de bien portants, gros cons pétant de santé, merdeux jeunes et beaux! Voleurs de santé, voleurs de beauté, voleurs de jeunesse! Comme si quelqu'un avait le droit d'être jeune, et beau, et bien portant, alors que moi je crève, la tripe éclatée et puant de la gueule! Que je pourris debout... Que je souffre les cent mille tenailles, que je suinte, que je pars en jus d'égout...

Que je me réveille chaque matin, chaque matin, avec l'horrible certitude retrouvée, toute neuve toute fraîche chaque matin... Avec ma tête de mort dans la glace qui me ricane à la gueule... Et bosser quand même. Et voir des gens, et ne pas montrer, ou alors, si vraiment pas moyen, avec sourire courageux et blague badine à la clef, car travailler c'est voir des gens, et donc sauver la face, sinon, ces cons-là, tu les déçois, tu les dégoûtes, tu leur fais peur, et alors tintin pour le boulot.

Je voudrais que le monde entier crève avec moi, et souffre avec moi, et gueule avec moi son épouvante que la vie soit ça, cette horreur.

Oh! non, je ne jouerai pas la comédie du bon petit agonisant courageux et souriant jusqu'au bout pour ménager la sensibilité des siens et mériter les éloges de sa concierge et de la postérité. Je ne fignolerai pas de ces mots de la fin pour bas de page d'agendas, cabotinages suprêmes qui me donnent envie de foutre des baffes au mourant. Ne comptez pas sur moi, merde non!

Quand je serai pour crever, foutez le camp, salauds, bien vite et bien loin, foutez le camp! Car ça va faire du bruit et de la clameur, et je vous cracherai à la gueule vos quatre vérités.

Je n'ai pas été mis au monde pour vous donner le cinéma. Si l'on doit me fusiller un jour le long d'un mur sale – par erreur, soyez-en sûr –, ne comptez pas sur moi pour regarder les fusilleurs dans le blanc des yeux, et les fusils dans le noir du trou, et crier « Vive la France! », ou n'importe quelle héroïque connerie, juste au bon moment, ni trop tôt, ni trop tard. (Il doit avoir l'air con, le type qui croit que c'est le moment et qui crie « Vive la France! » trop tôt, non? Les fusilleurs doivent se tordre de rire! Et après, quand le vrai bon moment est arrivé, est-ce qu'il crie une deuxième fois « Vive la

France! », le cornichon? S'il le fait, l'air encore plus con il a.)

Je n'ai pas l'intention de m'inscrire pour le concours du plus crâne, du plus gavroche, du plus sublime ou du plus spirituel agonisant. Comptez pas sur moi pour le mot d'auteur dans un flot de sang. « Faire la nique à la camarde », c'est comme ça qu'ils appellent ça! Pauvres bestioles! Commediantes, cabotins, cyranos... Comme s'il existait un moyen de lui faire la nique! Autrement qu'en ne mourant pas, je veux dire.

Non, non. Si vous me voyez la joue verdâtre, n'attendez pas le premier râle, barrez-vous! Car vous savez ce que je vais faire? Je vais en emporter un avec moi. Celui qui me tombera sous la griffe. En étrangler un, n'importe lequel, docteur, infirmière, curé, femme, môme, copain, ce qui se trouvera à portée. Tant pis pour sa gueule. Et je serrerai, nom de dieu! Ce que je serrerai! Ordure de vivant, je t'emmène... Cette idée-là, oui, peut-être qu'elle me consolerait un peu de crever. Peut-être...

*

Moulé à son matelas, n'ayant plus rien à portée de la main d'un peu excitant à lire, il se dit tristement que, si feignasse qu'on soit, il y a un minimum de gestes qu'on ne peut s'éviter. Ne serait-ce que pour survivre. Même un clochard, cet être qui, une fois pour toutes, a choisi la renonciation absolue, même lui doit de loin en loin s'arracher à son coin de pavé pour aller se poster en quelque lieu de passage et tendre la main afin de se procurer de quoi acheter le litron qui le maintiendra dans le bienheureux semi-abrutissement sans lequel il s'emmerderait comme tout un chacun à ne rien foutre à longueur de journée. (Le croûton, il le trouve en abondance dans les poubelles matinales, et même le camembert à demi entamé mais plus assez « du jour » pour être digne de figurer sur la table du prolétaire évolué des étages. Il n'y a que le vin qu'on ne trouve pas dans les poubelles. Le vin, même infâme, se liche jusqu'à la dernière goutte.) Mendier exige un effort, ne serait-ce que celui de maintenir la main ouverte et l'avant-bras tendu à l'horizontale, et aussi une technique : il faut connaître les endroits propices, savoir repérer l'âme sensible, lui servir la pantomime la mieux adaptée à sa psychologie pressentie, faire, par exemple, dans l'humilité rampante, dans la familiarité sympa ou dans la dignité rougissante...

Et lui que hante une peur presque panique de « finir à la cloche », il lui faut bien tôt ou tard faire violence à sa terrible flemme pour payer son loyer, son saucisson et son café soluble. Mais ça devient de plus en plus dur. L'instant de la mise en route est la torture de sa vie. Il le retarde de cinq minutes en cinq minutes, se donne jusqu'à la fin du chapitre pour s'arracher à sa lecture, puis jusqu'à tel paragraphe du chapitre suivant, puis... Tristes astuces qu'il paie sur-le-champ d'une sournoise montée d'angoisse à base de remords imbécile, d'une sorte de panique d'esclave fautif devant il ne sait quel contremaître intime et implacable qu'il n'ose regarder en face de peur de lui découvrir le visage de sa mère. Ce n'est que lorsque cet état anxieux devient douloureux au point de lui broyer les viscères qu'il se traîne jusqu'à sa place de travail derrière la table croulante de brouillons, de courrier en instance, de notes griffonnées sur des bouts de papier de hasard, et pose ses coudes de part et d'autre de la pile de papier quadrillé. Alors commence un autre supplice.

Et si, se faisant violence, il décide pour « se secouer », d' « aller faire un tour », à peine le coin de la rue passé l'agitation trépidante de la ville tout autour de lui le plonge dans un désespoir plus grand encore.

« Bon dieu, se dit-il, tous ces types qui arpentent bille en tête les trottoirs, front plissé, mâchoire serrée, attaché-case au poing, ils savent où ils vont et ce qu'ils vont y faire, ils ont un but précis, une espèce de mission, ils sont peut-être en retard, ou peut-être ils ne sont pas sûrs de se montrer à la hauteur, mais bon, ils foncent, ils tiennent le cap. Ces bagnoles sinistres qui coulent l'une derrière l'autre, l'une derrière l'autre, ces camions monstrueux avec, dans la cabine, tout là-haut, ces larges gueules placides à l'œil résolu et même méprisant, pleines de leur importance parce qu'elles transportent des marchandises nécessaires et encombrantes tout ça est à sa place, bien casé dans son créneau, dans sa petite niche écologique, et moi, moi, je me sens tout misérable, inutile, parasite... J'ai choisi d'être ce que je suis, j'en ai bavé, j'ai usé ma vie pour y parvenir, j'ai travaillé deux ou trois fois plus que ces gens ne travailleront jamais, et cette incessante angoisse, et ce doute, et ces échecs, et ce sera comme ça jusqu'au bout, jusqu'au dernier " couic ", et résultat : j'ai honte... »

Là s'insinue la pensée-charnière. Toujours parvenu à cet endroit-là :

« Ducon, s'interpelle-t-il, ces types si occupés, si importants, courent à des rendez-vous miteux où il s'agira de mettre au point de savantes et scélérates astuces commerciales pour persuader d'autres types d'acheter des merdes futiles dont ils n'ont absolument pas besoin et qu'ils n'ont pas les moyens de se payer, ces bagnoles longues comme des porte-avions véhiculent des grosses légumes ou des jeunes loups aux crocs affûtés vers des déjeuners d'affaires qui se traîneront jusqu'à la fin de l'après-midi et ne serviront strictement à rien qu'à grossir le chapitre « notes de frais » de bilans honnêtement truqués, ces camionneurs arrogants trimbalent dans leurs monstres splendides des cargaisons dérisoires, mickeys en plastique, bouteilles d'eau minérale, tonnes de papier de luxe pour imprimer des prospectus qu'on jettera sans même les déplier et des magazines à ragots imbéciles mais splendidement illustrés, ils promènent d'infimes bidules d'un bout de l'Europe à l'autre et puis les ramènent à leur point de départ agrémentés d'une petite soudure qu'il est plus avantageux de faire exécuter à Barcelone qu'à Copenhague au gré des caprices de la rentabilité de la main-d'œuvre multinationale, de l'art de baiser le fisc et de mendigoter des subventions... Tout ça, tu le sais, Ducon! Tu sais que la quasi-totalité de cette fantastique activité apparemment si ordonnée, si « programmée », comme ils se plaisent à dire, n'est qu'agitation tourbillonnante, inutile et même destructrice, tu sais que ces dompteurs de dinosaures à gasoil défoncent les routes, rasent les forêts, réduisent de petites gens à la faillite et les trois quarts de la planète à la famine pour faire voyager à cent trente à l'heure du papier-cul et du Coca-Cola, quand encore ce ne sont pas des engins de guerre ou des fûts de saloperies radioactives! Qu'avec leur merveilleuse activité ils sont bien plus nuisibles que ces clochards qu'ils méprisent mais qui, du moins, ne saccagent pas... »

Il se dit ça, et ça le rassure un peu. Pas tout à fait, quand même, et pas pour longtemps. Tant il est vrai que le besoin d'être conforme est tenace au fond de la tripe et que ramer toujours à contre-courant c'est pas une vie.

LES PIRANHAS

Les yeux ouverts dans le noir, il se laisse dévorer vivant par les piranhas de la mémoire.

Il s'était enfin écroulé, abruti de cachets et de lecture, il a dormi deux heures, mais peu à peu la sale bête assoupie s'est éveillée, elle s'éveille quand lui s'endort, la bête des profondeurs, la bête aveugle qui ne veut rien savoir, qui ne veut rien concéder, concéder serait crever, elle le sent de tout son instinct de bête, elle ne veut pas crever, alors elle crie et se secoue, elle se débat bec et ongles, elle se cogne aux murs de sa bauge, et le voilà réveillé à son tour, lui, le locataire de l'étage au-dessus, tout de suite cruellement conscient, une fois de plus face à face avec l'éblouissante, l'inacceptable certitude : tout est fini.

Ils s'étaient tant aimés... Si joyeusement, si ingénument. Et puis, quand elle eut compris qu'il ne ferait pas le geste essentiel, ils avaient vécu les amertumes d'un amour qui s'effiloche, longtemps, tellement longtemps qu'il leur semblait ne l'avoir jamais vécu autrement. Ils avaient oublié les jours lumineux de leurs premières années, il ne leur restait que ce goût de ratage et d'affrontements, de séparation imminente sans cesse différée, de sursis craintif, de prolongation déraisonnable d'un état de choses morbide. Ils ne savaient pas à quel point déjà ils étaient séparés. Ni quelles formidables racines cet amour plongeait en eux. Ils flottaient sans repère dans un espace-temps gris et flou où rôdaient la peur et la prescience d'un avenir de solitude, d'un avenir horrible où plus rien ne les rattacherait l'un à l'autre.

Combien de fois s'étaient-ils quittés et repris... Jusqu'à ce jour où elle l'avait enfin arraché d'elle et jeté au loin. A ces moments, elles sont terribles... Il n'avait plus tenté. Il rôdait sous ses fenêtres, luttait contre ses impulsions de téléphoner, écrivait des lettres fébriles qu'il jetait au panier, harcelait ses amies, vieux fou pitoyable... Des temps plus calmes étaient venus. Ils se rencontraient de loin en loin pour des « bouffes », comme des divorcés restés bons amis malgré tout. Elle affectait une gaieté de collégienne, lui prenait le bras, copine comme tout. Peut-être n'avait-elle pas à affecter. Il jouait le jeu, se mettait à l'unisson, s'efforçait de ne pas la dévorer des yeux, de se comporter en bon vieux pote avec autant de naturel qu'elle-même. Mais lui n'y arrivait pas. Il souffrait comme un chien. Oh! la prendre dans ses bras, respirer ses cheveux... Jouait-elle, coquette, de ce supplice de Tantale? De sentir son pouvoir? C'eût été bien naturel, il ne lui en voulait pas pour cela. Mais cette gaieté tranquille et sûre d'elle proclamait « Je ne t'aime plus », et cela, oui, le poignardait.

Un jour vint où elle lui dit, badine, mais sa voix dérapait :

« Mon pauvre chéri, je me remarie. »

Ils furent très tristes tous les deux. Oui, il fut triste, seulement triste. En sa présence. C'est plus tard, lorsqu'il serait seul dans son antre, qu'il recevrait le coup bien à son aise, en pleine mâchoire. Il ne dit rien. Ce fut donc elle qui dut parler.

« Tu comprends bien que ça ne pouvait pas

continuer? Tu sais que je ne peux pas rester seule, je suis incapable de mener ma vie, je panique... »

Oh! certes, il comprenait. Il savait bien que cela devait se terminer ainsi. Mais, éternel niguedouille, il s'était de nouveau bricolé un nid précaire dans ce provisoire-là, picorant les miettes, ignorant les lendemains.

Il l'avait emmenée dîner. Il avait commandé du champagne. Il déteste le champagne, cette giclée aigre, et toutes les allégresses de commande auxquelles il préside, mais, dans son désarroi, il n'avait rien trouvé d'autre à quoi se raccrocher que cette parodie. Cela l'avait attendrie. Elle avait dû voir dans ce geste il ne savait quelle héroïque crânerie. Au moment de se quitter, elle lui avait ébouriffé les cheveux, elle avait dit « Vieux chien ». Elle n'avait plus fait cela depuis les tout premiers temps. Il espérait qu'elle n'avait pas vu ses mains trembler. L'espérait-il vraiment? Rien de plus vexant que la dignité prise au mot.

*

Il est privé d'amour, il ne pense qu'à l'amour, bien sûr. Et, bien sûr, l'amour ne saurait avoir que le visage de Gabrielle, que le corps de Gabrielle. La femme, c'est elle, il n'y en a pas d'autre, il n'y en aura plus jamais d'autre. Ce n'est pas la « conséquence d'un vœu ». Il ne peut pas, tout bonnement. Il a essayé. Des femmes qui lui plaisaient bien, à qui il plaisait bien... C'est vrai que les écrivains ont des occasions, moins qu'on ne se le figure, mais tout de même, et lui, en plus, avec son cœur en écharpe et sa dévotion proclamée à la femme... Il a essayé. De tout son désir d'en sortir, de toute sa soif de revivre. Il a connu de nouveau l'excitation des premiers émois, le bonheur de plaire, la fièvre des rendez-vous... Et le désastre des fiascos! Un ratage, en soi, n'est rien, il se sait émotif avec excès, il se méfie des premières fois, n'en fait pas un drame, d'ailleurs les femmes comprennent et sont touchées de causer une telle perturbation, et puis il a de la ressource... La vraie déroute n'est pas là, mais bien dans cette terrible déception que ce ne soit pas SON corps. Il avait beau s'être excité l'imagination sur la nouveauté, sur la découverte, sur cet inconnu fascinant, oui, oui, mais cela, c'était dans sa tête, c'était le travail de sa tête. Son corps, lui, ne marchait pas. Son vieux chien de corps voulait sa maîtresse. Il flairait l'intruse, et puis, tête basse, s'en retournait s'affaler dans sa solitude, la truffe entre les pattes...

Et puis, insensiblement, la petite tête de papillon papillonne. La voilà qui dérape vers des généralités. Thème du jour : les talons. Il s'était, en ses adolescences intransigeantes, voulu adepte du « naturel ». S'il ne s'est pas fait nudiste, c'est que l'occasion ne s'est pas présentée, et aussi que tous ces pépères boy-scouts des fesses à l'air insistent vraiment trop sur la pureté de leurs mœurs et de leurs pensées, ça pue son tartufe. Et donc il avait été surpris, presque choqué, lorsqu'il lui avait bien fallu prendre conscience de l'effet extraordinaire que déclenchaient en lui, en dépit des anathèmes crachés par sa puritaine maman, les femmes juchées sur des talons « Louis XV », c'est comme ça qu'on les appelait alors. Il ne s'agit pas là de fétichisme de la chaussure, enfin il ne croit pas. C'est bien plus beau : la femelle d'homme grimpe sur ses échasses magiques, et elle devient la Femme. Transfiguration. Naissance de Vénus.

De tous les diaboliques artifices dont use la femme pour magnifier son gouffre rose et attiser le désir du mâle, aucun n'égale en efficacité ce simple fait de se glisser sous chaque talon un petit socle de bois. Quelle glorieuse trouvaille!

Voilà soudain que se galbent les mollets, que se cambrent les reins, que les fesses se haussent et durcissent, que saillent les seins, que houlent les hanches somptueuses... Voilà aussi que s'allonge le cou, voilà que s'affirme le regard, voilà que la tête royale, là-haut, trouve sa position idéale, sa position de souverain équilibre, conquérante, sûre de soi.

Voilà la déesse en marche, hiératique comme une Néfertiti, taillant sa route comme une belle frégate, toutes voiles dehors... Qui a dit que les hauts talons sont « sexy »? Il s'agit bien de cela! Ils sont beaucoup mieux que cela, cochon! Les talons exaltent et magnifient ce qu'il y a de plus noble en la femme, de plus imposant, de plus insolent. Je dirais presque qu'ils nous emmènent loin du sexe. Il nous faut faire effort, contemplant cette bête hautaine, pour ramener nos pensées au tabernacle velu qu'elle cache entre ses cuisses de gloire. Le choc du contraste n'en est que plus délectable.

Une femme t'invite chez elle. Veinard. Elle a décidé de t'offrir un cadeau, le plus beau de tous, le seul, l'unique, celui pour lequel justement tu te trouves là. Elle te dit, mutine, « Fermez les yeux! », presque aussitôt : « Rouvrez! », tu ouvres, eh bien, elle est là, devant toi, nue, offerte, les cheveux en rideau devant le visage pour masquer une confusion presque vraie, ou bien les bras ouverts avec un grand regard franc droit dans tes yeux, ça dépend de son scénario à elle, en tout cas : à poil!

La conne.

Ne faites jamais ça, petites connes, grandes connes! Jamais. Le geste est touchant, certes. Cet élan, ce don total... Mais ne savez-vous donc pas que, ce faisant, premièrement vous ôtez à l'homme l'émouvant plaisir du déshabillage, du mystère peu à peu dévoilé, du saint des saints approché...? Encore n'est-ce le pire : deuxièmement, brusquement privées de vos vêtements, ces oripeaux efficacement lubriques qui savent si bien suggérer, privées surtout de vos précieux talons, vous apparaissez soudain chétives, rapetissées, basses du cul, le mollet lourd, la fesse flasque, le pied plat... Vous marchez en canard, flic-flac, vos talons frappent le sol, vous crapahutez à ras de terre. Où est la déesse? Où, la frégate de haut bord? Il n'y a plus qu'une bobonne, mignonne, c'est la moindre des choses, mais sans prestige. On a envie de lui envoyer la main au cul, pas de tomber à genoux.

Joie bouleversante de la main qui monte le long d'un mollet, tout doucement, en prenant le temps de bien déguster au passage, puis le long de la cuisse, de l'intérieur de la cuisse, là où la peau se fait invraisemblablement douce, de plus en plus, jusqu'à l'ineffable suavité des abords de la bête... Mais sous la jupe, comprenez-vous? Sous la jupe! Sur une femme nue, ce n'est plus que du pelotage, du massage, n'importe quoi...

Lourde de croupe, forte de cuisses, l'entrepont large, la motte ample et bombée, insolemment fendue du ventre au cul... Fouillis de plis parallèles où se perdent les doigts, lèvres ourlées, dodues, amies, tout cela dans ta main moulée en coquille, les poils doucement se caressent à ta peau. Le gros oisillon palpitant tout gonflé de sucs happe le doigt par la seule aspiration du jus d'émoi soudain jailli, bouche gourmande, bouche cannibale... Et l'odeur monte, odeur de tigresse, odeur de maman, odeur de femme... Mais sous la jupe, bon dieu! Sous la jupe!

*

Il s'avisait de ce qu'il avait toujours aimé rôder autour des femmes, évoluer parmi les femmes, les regarder bouger, parler, faire leurs mines, voir leurs jupes se tendre, leurs jambes gigoter, des coins de peau blanche apparaître-disparaître. Qu'il supportait d'une femme des conversations con, mais con...! D'un homme, le centième de ça l'aurait fait fuir.

Il essaie de se faire honte. De se dire : c'est lamentable! Penser que pour moi la vie, son sens, son but, tiennent entre les cuisses d'une femme. Que l'univers, les galaxies, l'insecte, l'atome et ses fascinants mystères, l'histoire, la morale, la vie et la mort, Dieu ou pas Dieu, tout ça n'est que décor, toile de fond, fariboles et fanfreluches autour du trou qui pue! Merde, je pourrais jouer au tennis, par exemple, ou m'intéresser à ceux qui y jouent (beuh...), ou à Beethoven, ou au rock, ou au Sahel, ou avoir peur de la Bombe, ou... Non. Le cul. Tout seul. La présence du cul à travers l'étoffe d'une jupe. Un beau grave visage de femme, signal émouvant qu'il y a un cul bien velu et bien obscène à l'étage en dessous. Ce merveilleux visage, cette harmonie, cette spiritualité, cet angélisme, qui conduisent tout droit au divin bestial cloaque qu'on ne voit pas, qu'on n'ose deviner, tapi dans ses replis bistre et ses lourdes moiteurs, mâchant pensivement le vide et attendant la proie... Ombre et lumière, ciel et enfer, déesse et truie... Merveille!

Suis-je plus obsédé que la norme? se demande-t-il. Comment savoir? Et puis, à quoi bon? Tu es tout seul dans ta tête, comme un petit Robinson, faut faire avec. L'obsession – plutôt obsession de la femme qu'obsession du sexe à proprement parler, mais n'est-ce pas enfiler les mouches? –, l'obsession, même frustrée d'accomplissement, est plus gratifiante que pénible. Voir, apprécier, désirer, se laisser effleurer par de vagues rêves, se dire « Si... » et « Tiens, tiens... », c'est déjà beaucoup, c'est déjà tout. Qu'as-tu de plus, toi qui vis avec cette reine?

Tu pousses ton cri dans son ventre, et puis?... Il oubliait qu'il était en train de crever de l'absence d'une seule femme, le vieux rêvasseur!

Il savait en tout cas qu'il ne se lasserait jamais de la féerie féminine. Il savait que, même quand il ne pourrait plus – et peut-être ce temps était-il déjà là – il lui resterait ce paradis intime dans la tête. Il pensait aux vieux débris qui, sur les bancs, la goutte au nez, reluquent de leurs yeux rouges les jambes des femmes, et sont heureux, et bavent. Il pensait aux infirmières, nues sous leur blouse, dernière bouffée de printemps avant le terminus, si belles vues d'un lit de mourant, même les maritornes à croupes de bestiaux.

D'où étais-je parti? s'inquiète-t-il. Car il a de la suite dans le vagabondage. Ah! oui : elles ne devraient pas se foutre à poil, comme ça, pfuitt, du premier coup. Elles se font du tort. Ça ne peut convenir qu'à des étudiants américains, cette sportivité, si j'en crois mes lectures... Alors, bon, quand ça t'arrive, la seule chose à quoi se raccrocher l'émoi c'est la bonne odeur toute chaude de peau de femme proprette qui emplit la chambre comme pain de ménage sortant du four, parmi laquelle le nez exercé du chasseur démêle les encore timides et déjà sauvages effluves du sexe... Mais non, mon pauvre vieux, t'es encore refait, pour ça aussi! Tu oublies qu'elles se râpent la couenne et les encoignures au savon déodorant, les triples connes assassines, et se vaporisent du désinfectant jusqu'au fond du vagin, et par là-dessus s'envoient moult giclées de parfum du bon faiseur, tu l'oublies, ça! Elles ont partout remplacé la saine, l'innocente, la divine odeur de femelle par de la chimie de garçon coiffeur... Tiens, il s'est rendormi. C'est pas plus mal, il commençait à radoter sec.

*

L'envie de pisser l'a réveillé. Clignant les yeux, il tâtonne jusqu'à l'évier, se cogne, jure, s'affale sur le matelas. Le sommeil reviendra-t-il? Saleté de vessie de vieux! Pour le faire venir, il reprend ses philosophies merdouilleuses là où il les avait laissées.

Ce monde où nous sommes est un monde d'obsession sexuelle. Et c'est très bien. Les mouvements féministes ont échoué, sur ce point du moins, en même temps qu'échouaient quelques autres rêveries sociales de soixante-huit, sans doute parce que la pente naturelle, la pente savonneuse, se fout de la justice et de tous les bons sentiments.

Obsession sexuelle à sens unique. L'appel du rut s'adresse aux testicules, à peu près uniquement. Qu'on ait à vendre de la bagnole, de l'eau minérale, du voyage en avion ou des couches-culottes, on doit se démerder pour placer en gros plan des jambes de femme, des seins de femme, du sourire de femme. Si l'on s'adresse plus spécialement aux femmes, on peut utiliser du beau mâle, mais inutile d'insister sur ses avantages spécifiquement sexuels. La fantasmatique amoureuse de la femme serait-elle moins organique, moins cynique – ou moins lucide – que celle de l'homme? La femme rêve-t-elle vraiment fleur bleue là où l'homme rêve fente et poils?

Enfin, bon, nous évoluons dans un aquarium de frustrations, même si tu es amoureux et comblé il y a toutes les autres, que tu n'auras pas, que tu n'as peut-être même pas le désir d'avoir, mais justement, c'est sur ce manque de désir que se reportera ta frustration, tu es le gosse qui a trop mangé de gâteaux à la crème, tu as mal au cœur et il y a encore tous ces gâteaux dont la seule vue te rend malade, quel dommage! Toutes ces femmes offertes, érotisées à l'extrême par le couturier, le coiffeur, les fards, les bas, les chaussures... Qui te promènent leur cul sous le nez, qui sont une consciente, violente et permanente provocation sexuelle avec préméditation... Et tu dois faire comme si de rien! Ignorer l'appel au rut. Baiser la main, dire « Chère Madâme », faire poinçonner ton ticket, ou payer tes croissants-beurre, comme si tu avais affaire à un machin asexué et pas à une Sémiramis affolante. Les hommes sont vêtus de tuyaux de poêle qui en font d'anonymes silhouettes de tôle. Tu peux, en présence de ton chef de bureau, oublier qu'il a des testicules. Mais, s'il est femme, je te défie bien d'oublier un seul instant ce qui gonfle son corsage et ce qu'il y a plus bas. Les vêtements des femmes sont conçus pour ne jamais nous laisser penser à autre chose qu'à ce qu'il y a dedans, et même pour l'exalter, et même pour le suggérer bien plus excitant qu'il n'est, quand il lui arrive de ne l'être guère.

Coupées en deux. Là-haut la tête, impassible, efficace, ignorant ce qu'il y a plus bas. La tête qui nie le cul. En bas les jambes filent d'un jet vers les paradis infernaux, tu prolonges la voluptueuse courbe du mollet jusqu'à l'épanouissement lacté des cuisses – Ah! ce mot : « cuisses »! Au pluriel, bien sûr... – et quand tu en es là tu ne peux plus ne pas imaginer le nid tiède et odorant blotti sous sa mousse...

Les femmes sur les trottoirs, qui se hâtent dans le crépuscule. Toutes, les jeunes, les vieilles, les entre-deux, toutes elles ont leur fascination. Celles qui portent fièrement leurs rides et s'en font un argument de choc... Les négresses, les longues femmes de nuit, taillées dans un seul bloc de matière ultra-dense, sans ombres, sans nuances, les très très noires, arrogantes reines de Saba, longues, longues, tête petite, crâne dur, serré serré, au bout du long rigide flexible cou, yeux-dents-lèvres, oripeaux tintinnabulants... Comme alors on sent que nous, blancs, sommes inachevés, que ce pigment sombre qui nous manque est une lacune, une infirmité, pauvres tristes petits cochons roses tout nus...

Ça y est. Il a replongé. Il ronfle. Il gargouille. C'est parce qu'il est sur le dos. Quand il s'endort sur le dos, il ronfle. Mais il ne le sait pas. Si ridicule qu'on se croie, on l'est toujours davantage.

LES BERGES

« C'ÉTAIT ma première, dit Bibi. Je l'oublierai jamais. Une Rosengart. Une bonne femme, son bonhomme était clamsé, elle pas question de conduire, elle avait bien trop les jetons, la bagnole pourrissait dans un fond d'hangar, je l'ai eue pour quatre mille balles, autant dire un croissant rassis, j'ai juste eu à enlever les bougies, je fais tourner le moulin à la manivelle, bien racler la rouille, je grattouille les bougies, je mets le contact. C'était un démarreur à bouton, vous avez pas connu ça, j'appuie dessus, vroumm, comme une reine. Un bijou de petit moulin. Tu parles si je bichais! Ma première, eh... Je pars faire le tour du pâté de maisons, au premier croisement un camion me rentre dans le flanc, ah! la vache, il m'a pas loupé, la Rosengart en deux, carrément, comme du beurre avec un fil. Moi j'étais resté au volant, sur deux pattes, le cul s'était fait la malle avec le camion, j'avais l'air de conduire une tondeuse à gazon... Vous me croirez si vous voulez, un plouc du coin me l'a rachetée aussi sec, telle qu'elle était, pour se faire un motoculteur, il disait. Il m'en a filé cinq mille balles et deux poulets... »

Ça roule, ça roule... Le flic Bec-à-Foin guette le trou pour placer la sienne, Cyprien le facteur se laisse bercer au doux ronron des palabres, le petit facteur débutant que Cyprien forme sur le quartier sourit modestement un peu à l'écart, Odile veille à ce que le Barrail des Graves, dans les verres, se maintienne à un niveau optimiste, ils se sentent tout à fait bien, c'est la maison du Bon Dieu, c'est l'heure bénie où les choses prennent du flou et les souvenirs de l'épique... L'heure où si tu communies pas dans le douze degrés tu te sens de trop. Le moustachu s'esbigne à la sournoise, mine d'aller pisser il prolonge la trajectoire jusqu'à la sortie. Il a mal aux yeux, il a trop bossé charrette, c'est toujours la même chose, il remet, il remet, et quand c'est la veille d'être trop tard il cavale comme un dingue, il y passe les nuits, et voilà, il est crevé, son coin de table sous le rond de lumière le rend malade, il faut absolument qu'il voie autre chose qu'une feuille blanche à quinze centimètres de son nez, il n'a pas envie de marcher, non plus, envie de rien, mais quoi d'autre? Alors il se dit bof, je vais faire un tour sur les berges.

*

Il descend la rue Lagrange, puis le trognon de rue du Fouarre, tout ce qu'il en reste, la seule rue au monde qui soit plus large que longue, il caresse de l'œil la vieille vénérable petite façade noire avec son inscription sculptée « Société pour l'Instruction Elémentaire – 1805-1880 » surmontée de quatre médaillons en céramique de couleur où sourient d'austères barbus XIXe, sûrement Jules Ferry et d'autres apôtres du salut par l'alphabet, avec tout du long cette devise-programme : « Arts – Morale – Sciences », par ordre d'importance, regarde-la bien, mon gars, m'étonnerait qu'elle reste encore longtemps debout, les vieilles authentiques historiques petites maisons ont vite fait de laisser la place à de grosses fausses vieilles maisons, par les temps qui courent... Une connerie lui tournaille dans la tête :

Dans le port d'Amsterdam
Y a des marins qui chantent
Qui chantent et qui m'enchantent
Car ils chantent très bien!

Il voudrait bien savoir s'il est le seul ou si tout le monde est comme ça. Il n'a jamais osé demander. Il a la tête pleine de bouts de chansons dont il ne connaît que quelques mots, une mesure ou deux, et toujours un de ces lambeaux de rengaine lui martèle le crâne, celui-là ou un autre, et rien à faire pour s'en débarrasser, il revient, sans cesse et sans cesse, il le mâchouille et le remâchouille, comme il ne sait pas les paroles il complète avec ce qui lui tombe sous la main, défendu de chercher, c'est la règle du jeu, simplement faut que ça rime et que ça remplisse les trous. Là, c'est le « Port d'Amsterdam », de Brel, qu'il n'a jamais entendu en entier, et qui cependant le hante, va savoir pourquoi.

Dans le port d'Amsterdam
Y a des marins qui pleurent
Qui pleurent pour du beurre
Car ils pleurent pour rien!

Ça le fait pouffer. Ces niaiseries. Puisqu'il ne peut pas lutter, il a décidé de jouer le jeu. Chaque fois qu'il se surprend à se chanter cette connerie dans sa tête, il doit débiter tous les couplets déjà faits et en ajouter un. Chaque fois.

Dans le port d'Amsterdam
Y a des marins qui gueulent
Qui gueulent et qui dégueulent
Car ils ont bu du vin!

Des fois c'est une réminiscence de son enfance, une de ces obscénités naïves, délices de l'âge caca-boudin :

Les couilles de mon grand-père
Sont pendues dans l'escalier
Et ma grand-mère
Se désespère
De les voir se balancer...

Ou bien :

En rentrant dans ma chambre
J'ai renversé le pot de chambre,
Le caca, le pipi,
Tout ça sur le tapis...

Sur le quai, un quidam l'aborde, c'est un quidam britannique suivi de sa petite famille.

« Please, la Concierg'ry?

– Aoh, yes! » (Il adore faire « Aoh », comme les clowns d'autrefois.)

Il indique. C'est de l'autre côté. Il regarde sa montre. Dépêchez-vous! (Hurry on!) Vous avez de la chance. Une fois par an – et c'est justement aujourd'hui – on voit le fantôme de Marie-Antoinette (Mary-Antoinett's ghost) passer devant les fenêtres en tenant sa tête dans ses mains. Courez!

Ils courent. Une bonne chose de faite.

Une fois, un Américain impubère lui avait demandé « the School-street ». La petite vipère! C'est là qu'on se rend compte que nous ne sommes que pâle copie doublée. La version originale est en anglais.

*

A cet endroit, la berge file d'un jet depuis Notre-Dame jusqu'au pont d'Austerlitz, deux bons kilomètres hors temps, hors espace, hors tout. Au-dessus de ta tête, tout là-haut, le quai gronde et rage, les millions de pistons trépignent dans leurs boîtes en tôle. Ici, rien. Tu l'entends, bien sûr, mais c'est devenu quelque chose de lointain, de fondu, un doux ronron sans méchanceté. Tes oreilles osent s'épanouir. La berge aux gros pavés bossus s'élargit bien à l'aise, les troncs noirs des peupliers s'élancent, monstrueux, inclinés vers l'eau, la vieille pierre est couleur du temps, l'herbe pointe, la mousse grignote, les formidables anneaux de fer se tendent vers des câbles de chanvre qui ne viendront plus les cravater, la Seine se prend pour la mer, elle porte des îles chargées d'architectures serrées, désuètes et bien convenables, l'île Saint-Louis, en face, pue jusqu'ici le fric bon genre. Bras dressés, jambes écartées, Notre-Dame, vue de dos, a l'air d'une grosse vieille qui pisse tout debout, en cueillant des pommes. Le bleu du ciel est à tout le monde, et il y en a, il y en a, en long, en large et en hauteur, jusqu'aux nuages, avec plein de mouettes dedans, qui tournaillent et piaulent. Car, ici, on les entend, mais oui.

Le cul de la Cité est fait en croupion de canard. La Seine est tellement large à cet endroit que les hideux bateaux dits « mouches » en profitent pour faire demi-tour et remporter leurs cargaisons de Japs-Chleuhs-Amerloques vers l'autre bout du serpent, à la Tour Eiffel, je crois bien, j'y suis pas allé voir. Si bien qu'au-delà, vers l'Arsenal, l'eau jaune n'est plus battue en neige merdeuse par leurs hélices putassières, ni tes oreilles écœurées à ras de pavillon par les tonitruances grasseyantes des mégaphones, ni les vénérables façades douairières vilainement mises à poil par les projos sadiques. Tu plonges dans la nuit comme en eau profonde, seuls les lampadaires gentils te clignent de loin en loin, t'avais oublié que ça existait, aussi bon.

Sous le pont de la Tournelle, celui ousqu'il y a dessus ce paf en beurre frais qu'il est censé représenter sainte Geneviève, la celle qu'a eu qu'à dire au féroce Attila « Au nom de Dieu, va-t'en » pour qu'en effet ce truand s'en aille tout péteux, une bite dressée pour exalter une vierge, fallait le faire, sous le pont de la, donc, Tournelle, de l'ombre très noire monte un sanglot. Tout contenu, tout honteux, comme de quelqu'un qu'a pas l'habitude. Le moustachu s'avance, prudent, et il voit. C'est, dans un de ces renfoncements bien carrés comme il y en a sous les ponts, une cloche, un tout vieux, bien abîmé, qui chiale, au fond du désespoir. Il lui demande qu'est-ce qui va pas, pépère, alors le vieux lui montre son litre plein, il a perdu son tire-bouchon, pas moyen d'ouvrir la bouteille, il s'était fait son nid là pour passer une bonne soirée, il pleure comme un gosse qui a laissé tomber son millefeuille par la portière du train. Le moustachu tire son canif, il a un canif, un « douk-douk » tout en fer, pendu à son trousseau de clefs afin de les entendre tomber en cas de poche trouée. Il s'acharne sur le bouchon, miette à miette, il a réussi à ôter le plus gros mais pour la moitié du bas macache, alors il appuie dessus et fait tomber le reste dans la vinasse, voilà, c'est fait, tu peux y aller, pépère, content? Merde, rugit le vieux, si c'était pour me faire une connerie pareille, j'avais pas besoin de toi, je sais le faire tout seul. Maintenant il va avoir le goût de bouchon, mon pinard, merde!

Dans le port d'Amsterdam
Y a des marins qui pissent,
Qui se pissent sur les cuisses
Car ils n' visent pas très bien!

Oh! marrant, çui-là... Hé! là, qu'est-ce que c'est?

Devant lui, à cent mètres, trois ombres dans une splendide séance de kung-fu. Trois jeunes gars. Magnifiques, les petites gouapes. Il en voit souvent se colleter, dans le coin c'est pas ce qui manque, surtout vers Saint-Séverin, les demi-sel font la fortune des salles de karaté et bien sûr, ça les démange d'essayer pour de vrai leur technique toute neuve. Il regarde. C'est qu'ils sont beaux! Des petits chats. Les deux pieds à l'horizontale dans la mâchoire, c'est ça qui fait mal, tiens! En regardant mieux, il s'aperçoit qu'en fait ils sont deux à s'acharner sur le troisième, beaucoup moins agile, ce troisième, et même tout à fait pataud, et même soûl comme c'est pas permis. Les deux artistes s'offrent un petit ballet féroce, gracieux comme tout, jusqu'à ce que l'autre s'affale, et alors ils s'abattent dessus, le déshabillent en grande virtuosité, et puis se sauvent, emportant les loques et, cela va de soi, ce qu'il y a dans les poches.

Tout ça s'est fait très vite. Le moustachu arrive près du type à terre que les agresseurs sont déjà loin. Il faut dire qu'il ne s'est pas spécialement pressé. Il se penche sur la victime en slip, et alors deux choses lui sautent aux yeux. La première, c'est qu'il a devant lui cette fripouille de Bozec, ivrogne chronique, grande gueule, cerveau biscornu et son admirateur éperdu, à lui, moustachu. La deuxième, c'est un plastron de sang frais qui ruisselle tranquillement de la gorge de Bozec, bien proprement ouverte au rasoir d'une oreille à l'autre.

« Ben... C' que tu fous là? »

Tout ce qu'il trouve à dire. Et tout de suite après il pense merde, c'est vrai, il est mort... Ce qu'on peut être con, parfois! C'est alors que Bozec ouvre un œil.

« Salut, Saïk! T'étais là? T'as vu ces petits cons? »

La voix pâteuse. Il est encore plus soûl que mourant. En tout cas, la gargoulette n'est pas coupée, c'est déjà ça. Ni les carotides. Ça jaillirait autrement fort. A trois mètres, s'est-il laissé dire. Il est vrai qu'il s'agissait de guillotinés.

« Les vaches, qu'est-ce qu'ils m'ont mis », gémit l'égorgé.

Il se tâte les côtes, les yeux, se barbouille de sang. Le moustachu comprend.

« Mais... Mais c'est rien, ça, Bozec! Ils t'ont coupé le cou au rasoir. T'as rien senti?

– Rasoir? Non, rien senti. T'es sûr? C'est ça, tout ce mouillé, alors... Je vais dégueulasser mon costard. Tiens, dans ma poche, prends mon mouchoir, je vais me le mettre autour du cou.

– De poche, t'en as plus, Ducon. Ni de futal, ni de veste, ni rien. Ils t'ont laissé à poil.

– Ah! merde, ça c'est con. Comment je vais aller bosser, demain, moi? »

Le moustachu a tiré son propre mouchoir. Il le roule en boudin, l'applique en collier bien tassé contre la blessure, ça commence à pisser moins fort, des caillots s'amassent. Il prend la main de Bozec, la pose sur le mouchoir.

« Tiens ça en place, essaie que ça bouge pas. Je vais chercher une voiture.

– Je vais avec toi. Me laisse pas.

– Si tu bouges, ça va ressaigner. Reste tranquille, bon dieu!

– Saïk, je vais avec toi, merde! »

Pourquoi Saïk? Il paraît que ça veut dire François en breton. Bozec est breton. Enfin, il l'a été, il y a longtemps, il lui en est resté des bribes entre les dents. Saïk sait qu'on ne discute pas avec Bozec bourré. Il hausse les épaules et se résigne. Il le soutient sous les bras, Bozec oscille et titube, mais c'est l'ivrognerie. Ils se hissent à hauteur de quai par l'escalier de pierre. Bozec ricane :

« Dis donc, si je clamse, ils t'auront tué ton dernier lecteur! »

Au débouché de la petite rue de Bièvre, les deux flics de planton discutent le coup avec le chauffeur de la camionnette Police secours de la relève. Ils regardent sans émoi s'approcher les deux types arc-boutés, dont un guillotiné en caleçon tenant sa tête en place à deux mains et pissant le sang sur l'asphalte. Un des flics fait un pas en avant et porte deux doigts à la visière de son képi, sévère mais courtois.

« Eh bien, voilà. Je viens de trouver ce gars en bas, sur la berge. Il a dû prendre un coup de rasoir, faudrait l'emmener à l'hôpital. Il saigne pas mal. »

C'est alors que l'infect Bozec se met à glapir de son horrible voix de nez :

« Ça va pas, Saïk? Tu vas pas me donner à ces enculés! Aux flics? Tu veux me filer aux flics? Mais je te croyais mon frère, fumier! J'emmerde les flics, les militaires et les curés! Les flics, je les emmerde deux fois. Tous des enculés! »

Eh bien, ça marche pas trop mal, notre petite affaire. Les trois poulets, mine de rien, se sont placés stratégiquement autour de nous. Un triangle équilatéral dont nous sommes le centre. Le flic plus âgé – il a une belle moustache tombante de beauf', et aussi il est gradé – demande, deux crans plus sévère mais plus du tout courtois :

« Dites donc, vous avez l'air de bien vous connaître, tous les deux. Je croyais que vous l'aviez trouvé par hasard?

– Effectivement, nous nous connaissons. Mais je ne pouvais pas savoir que c'était justement lui qui s'était fait arranger. Je passais là par hasard, c'est vrai. Je me promenais. »

Bozec intervient :

« Oh! dis, Saïk, tu vas pas répondre à ces enculés? T'as vu comment ils sont? Tout de suite la méfiance! »

Le flic-beauf' décide d'ignorer l'avanie. Il s'adresse au moustachu :

« Vous, je connais votre tête. Vous êtes du coin. Vous n'avez pas fait de la télé, dans le temps? Ou du cinéma? Enfin, bon, je connais votre tête. Permettez-moi de vous dire que vous avez de drôles de fréquentations. Enfin, bon, on va emmener votre copain à l'Hôtel-Dieu, et faudra qu'il signe sa déclaration.

– Rien du tout! hurle Bozec. Je signe rien du tout! Et d'abord, je porte pas plainte. J'ai pas besoin des flics, moi, pour régler mes affaires. Où qu'ils étaient, les flics, pendant que je me faisais saigner comme un goret? Où que vous étiez, hein? Vous étiez là, à pas cinquante mètres, bien peinards à faire la causette sous votre reverbère, ouais! C'est à ce moment-là que j'aurais eu besoin, maintenant, j'en ai plus rien à foutre. Tiens, je saigne même plus. Votre Hôtel-Dieu, vous pouvez vous le foutre au cul. Tu viens, Saïk? Emmène-moi boire un coup. »

Le moustachu dit :

« Ecoutez, je m'en charge. Je l'emmène à l'hôpital. Juste le pont à traverser, c'est pas la mort. Il se cramponnera bien jusque-là. »

Le gradé n'est pas d'accord.

« Oh! mais non! Maintenant qu'on est au courant, nous autres, supposez qu'il lui arrive quelque chose, on est responsables. Toute façon, faut qu'on fasse un rapport. Allez, en voiture! »

Ainsi fut fait. Après quelques douzaines d' « Enculés! » et de « Vous pouvez crever, tas de vaches, moi je vous en empêcherai pas, alors pourquoi vous venez me faire chier? », Bozec fait son entrée aux urgences de l'Hôtel-Dieu, où il remporte un certain succès.

Il a laissé Bozec glapir de son épouvantable voix de chacal enrhumé des enfilades de « Me laisse pas, Saïk! Tous des enculés, Saïk! » entre les poignes solides des infirmiers. Il se retrouve dehors. C'est l'heure où le mal de vivre le mord au ventre, tellement fort, tellement brutal que ça lui coupe le souffle, l'heure où ses pieds vont tout seuls rôder autour des fenêtres de son amour perdu, « comme des cons », se dit-il, mais ces cons le portent, et le voilà sur le Pont-Neuf à se faire cogner le cœur parce que, oui, il y a de la lumière, là-haut, et mais oui, une ombre qui passe sur les rideaux... Ça peut aussi bien être n'importe qui, son nouveau bonhomme, par exemple, celui qui sut lui apporter présence, exclusivité et sécurité! Peut-être aussi a-t-elle déménagé... Ça ne fait rien. La nostalgie se nourrit de fumées et s'exalte à des fantômes. Le cœur cogne parce qu'il a envie de cogner, les lieux et les choses ne sont que déclencheurs à émotion... Il est bien malheureux, il voudrait crever, là, en cet instant, il déguste son malheur bien à fond, comme on lèche un esquimau, jusqu'au bout de bois... La contemplation de ses bobos intimes rend con l'homme intelligent, et encore plus con l'imbécile. Il gémit des pauvretés du répertoire qui le feraient hurler de rage s'il les entendait dans un téléfilm pour mémères : « Gabrielle, Gabrielle, pourquoi donc ce vieux cœur a-t-il encore besoin d'aimer? Pourquoi la paix du cœur et des sens ne nous est-elle pas donnée avec les premiers cheveux blancs? » Il pleure en marchant, mais oui, mais oui! Il s'arrête, se penche au-dessus du parapet, pas que le paquet de jeunots qui lui arrive en face voie ses joues ruisselantes, on voudrait crever mais on a sa petite pudeur... Et bon, quoi faire? Il rentre. Il avait obscurément espéré je ne sais quoi, la rencontrer, peut-être, soudain nez à nez au coin de la rue, si ça s'était fait il n'aurait su quoi dire, il n'en serait rien sorti, il le sait bien, il n'en attendait d'ailleurs rien, c'était juste une impulsion, besoin de rôder autour du lieu où elle est, où elle pourrait être, où ils furent ensemble... « Vieille ganache! » s'insulte-t-il. Ben oui, et alors? Ganache lucide, ganache n'empêche. La lucidité n'exorcise pas. Allons, ganache, à la niche!

*

Dans le port d'Amsterdam
Y a des marins qui lisent
Une lettre à Elise
Qu'ils ont connue dans l' train.

Mouais...

Dans le port d'Amsterdam
Y a des marins qui rotent
D' la sauce à l'échalote
Et du civet d' lapin.

Je suis sûr, se dit-il, que, condamné à mort et marchant à l'échafaud, la trouille au ventre, claquant des dents, je chercherais encore dans ma tête un couplet bien con pour le *Port d'Amsterdam*. Les autres sont-ils comme ça? Ont-ils un port d'Amsterdam secret qu'ils n'oseraient avouer pour un empire? Suis-je schizophrène? A partir de quel moment un fou ne se pose-t-il plus la question « Suis-je fou? »

*

« Alors, bon, raconte le flic Bec-à-Foin, je repère trois merdeux en train de faucher une tire, je les alpague, voilà-t-y pas ces charognes-là qui me tombent dessus! Ils m'ont mis la degelée, et une sévère... Ah! oui : on était deux, je t'ai pas dit, et en tenue, note bien. Je me prends un coup de ciseaux dans le gras, ça pissait, pardon... Les ciseaux, c'est pour forcer les serrures des bagnoles, t'as des ciseaux dans la poche, c'est pas vicieux, tu comprends. Et alors les passants se mettent avec eux, toutes les bonnes pommes qui traînaient là, ils nous tombent dessus. « C'est des mômes » qu'ils gueulaient, moi je leur disais « Bande de cons, si ça se trouve c'est votre tire qu'ils sont en train de chourer! » On m'a ramené au poste sur un brancard, dans le car Police secours. Sur le banc, y avait des Ratons, y en a un, il m'a craché dessus, en pleine gueule, et il se marrait, tout content. Bon, je suis donneur de sang, vu que je fais de la tension, j'ai la carte, ben, tu peux y compter que j'y donnerai mon sang, aux Beurs.

– Moi aussi, je suis sanguin, dit Cyprien le facteur.

– Oh! mais, du sang de nègre, même un crouille en voudrait pas », rigole Bibi.

Le flic Miches-de-Gouine prend la parole. Distribuer des noms de guerre est le privilège exclusif de Bibi.

« Les Chinois, dit Miches-de-Gouine, c'est pas des faiseurs d'emmerdes comme les Bics. Eux, jamais de ramdam. La discrétion. Tu les entends pas. Leurs histoires, ils se les règlent entre eux, sans bulles. Jamais ils iront appeler la police. Un qui leur manque, ils le punissent, ni vu ni connu.

– Alors, pourquoi on paie des flics? dit Bibi.

– Ces mecs-là, dit le quadragénaire à la gueule de quadragénaire interchangeable pour comptoirs et vins d'honneur, ces mecs-là, ils ont jamais de morts. Va comprendre ça, toi! Ils meurent pas, c'est tout. A la mairie du treizième, jamais un Chinetoque clamsé. Ils se refilent les faffes, tu comprends, c'est pas dur, ils ont tous la même gueule. T'es foutu de reconnaître un Chinetoque d'un autre Chinetoque, toi? Alors ils font venir leurs cousins, toute la clique. C'est pas des charres, je l'ai lu dans *Libé*. Remarque, moi je lis pas *Libé*, mais ça y était dedans.

– Et les macchabées, demande Bibi, qu'est-ce qu'ils en font?

– Ils les enterrent dans la cave, ça fait pousser le soja.

– Ou peut-être qu'ils les passent à la moulinette pour mettre dans leurs raviolis!

– Tu rigoles, mais c'est pas si con, ce que tu dis. Ils bouffent bien des saucisses de chien... »

Ça roule, ça roule...

*

Dans le port d'Amsterdam
Y a des marins qui baisent
Qui baisent la p'tite Thérèse
A lui péter le vagin...

Tout content de lui. Plus c'est con, plus c'est bon. En même temps, il est triste à crever. Ça n'empêche pas. Comme s'il avait deux cerveaux. Un qui déguste en pleine gueule la vacherie de la vie (« Ton mal à vivre », disait Wolinski), l'autre qui saute à la corde dans son coin. Explique ça, toi. Insondable mystère de l'âme humaine... Il pousse sa clef dans la serrure. La serrure la lui recrache au nez et lui tire la langue. Il y a déjà quelque chose dedans. C'est un mot d'écrit. Une feuille de bloc roulée serré serré, sur laquelle il lit :

« Appelle-moi dès que tu peux.

Jo la Rouquine. »

PLATEAU

« Eh bien, dit Jo la Rouquine, voilà. Nous y sommes. Le 27 du mois prochain, ça te va?

– Le 27? Quoi, le 27? Oh! tu veux dire... Merde! Vous l'avez retrouvée?

– Tû-tût! Tu ne sauras rien avant d'être sur le plateau. D'ailleurs, moi non plus, je ne sais rien. On m'a juste chargée de te demander si la date te convient.

– Non, mais, tu te rends compte? Tu me balances ça sans prévenir... J'aurais pu tomber raide. Ça t'arrive jamais d'en tuer?... Oh! là! là! c'est pas possible... Vous l'avez retrouvée?... Bon, bon, d'accord, tu me dis rien... Mais si vous faites l'émission, c'est que vous avez de quoi nourrir le spectacle, pas vrai? Il leur faut du saignant, à vos cannibales... Vous avez retrouvé sa trace. Au moins sa trace. Et pas un petit bout de trace de rien du tout, ça tiendrait pas la distance... Ouïouïouille! Ils vous ont laissés farfouiller chez eux, les Russkoffs? Bon dieu, mais vous allez peut-être bien me la sortir d'une boîte, coucou! Oh! là! là!... Ou alors un jeune con qui dira « C'était ma maman, elle est morte l'année dernière »... J'aurais jamais dû accepter. C'est malsain, ce truc. »

Elle a un petit sourire. Elle fait sa mystérieuse. Elle attend que ça se tasse. Il la presse :

« Dis-moi au moins si elle est vivante. Seulement ça. Tu peux le dire, ça! Même pas? Cligne de l'œil, droit pour oui, gauche pour non. »

Rien à faire.

« Sur le plateau. Le 27.

– Petite vache! »

*

« Je vous rappelle notre condition essentielle, que vous avez acceptée en acceptant de participer à notre émission : quoi que nous ayons pu découvrir, aussi cruel, aussi décevant que puisse être pour vous ce qui va vous être révélé, vous êtes d'accord pour le recevoir. Il est encore temps de refuser. Eh bien?

– Je suis d'accord. »

Il se voulait un peu désinvolte-un peu ému, moitié-moitié, c'est comme ça qu'il s'était vu toutes ces semaines, l'air de celui qui se laisse lire les lignes de la main par la bohémienne puisqu'elle a tellement insisté mais qui veut que les copains voient bien qu'il n'y croit pas plus que ça... Et voilà cette voix toute drôle qui sort de lui, qui lui révèle une chose qu'il ne soupçonnait pas : il a peur. Des semaines qu'elle montait, la peur, en catimini, il n'avait rien senti, il a fallu que sorte de lui cette voix de crapaud malade. Maintenant il sait qu'il a peur, et alors il a peur.

Soleils cruels des projecteurs, caméras trapues, blindées comme des engins de guerre, tout ça pointé sur lui, à bout portant, et aussi, tout autour, dans la pénombre, les yeux blasés des types en pulls, des filles en jeans, qui traînent leurs espadrilles nonchalantes et efficaces dans le grouillement des câbles tentacules, et puis, encore plus loin, tout là-bas dans le noir, la masse hérissée d'yeux implacables du public, c'est une émission publique.

Il a peur. Pas le trac, non. La peur, la vraie de vraie. La télé, il a l'habitude, enfin il l'a eue, naguère. En ce temps-là, il vivait de ses livres, un livre sans télé est un livre mort-né, deux ans de travail, de doute et de désespoir pour des prunes, alors il faisait ce qu'il fallait faire. Sa sauvagerie s'était amadouée peu à peu. Il n'avait jamais acquis l'aisance du beau parleur, simplement ses silences s'étaient faits moins crispés. Aujourd'hui, il n'a pas d'image de lui flatteuse ou sympa à donner. Il n'a rien à vendre. Il est le quidam anonyme cueilli par le destin et jeté dans ce rond de lumière en pâture à ces millions de voyeurs.

Delétang explique l'affaire aux téléspectateurs. Sa voix chaude et grave, son œil persuasif font merveille. Il veut convaincre, il veut charmer, il veut faire sourire et faire pleurer, et il y arrive magnifiquement. Il articule et martèle, il répète plusieurs fois pour qu'on comprenne bien tout. Il mime, il pleurera s'il le faut. C'est vraiment l'ami des familles, l'adoré dans les chaumières de béton.

« ... une histoire d'amour pas tout à fait comme les autres puisque, celle-ci, nous la connaissons, son malheureux héros nous l'a lui-même contée – et avec quel talent! – dans un très beau livre, un livre magnifique qui connut un immense succès, succès parfaitement mérité, et qui fut d'ailleurs récompensé par un prix littéraire, une fois n'est pas coutume, il arrive que les prix aillent aux authentiques talents, n'en déplaise aux dénigreurs professionnels... »

Ça roule, ça roule. Et lui se demande ce qu'il fout là. Il est tout rétréci, il sent les pantoufles fourrées lui pousser aux pieds. Sûr que, n'eût été Joséphine, il aurait envoyé paître Delétang et ses petits vieux. Sacré argument, la rouquine. Il s'est fait avoir comme un puceau. Ou comme un pépé trop sevré. Pour décider les bonnes femmes, qu'est-ce qu'il leur envoie, Delétang? Un play-boy sourire Colgate?... Mais enfin, tu te rends compte, Machin? Ce qui va te revenir, là, tout de suite, en pleine gueule, c'est l'horreur enfouie de Stavenhagen. C'est l'abominable instant de la fulgurante révélation du malheur absolu. Ça va faire mal. C'est même commencé. Il y est en plein. Il revient de la petite ville bombardée, son balluchon plein de choses bonnes à manger sur l'épaule, il marche dans le fossé, les énormes chars frappés de l'étoile rouge le frôlent de leurs chenilles défonceuses d'asphalte, les grappes de troufions rouges entassées dessus chantent, hurlent des hourras, pelotent les femmes allemandes terrorisées extirpées de leurs caves, balancent à la volée les bouteilles de schnaps vides. Trois jours de pillage, trois jours de délire, c'est la récompense du vainqueur, la saine réaction d'après trouille. Et lui se hâte, il a trouvé de quoi manger, Maria l'attend dans la petite cabane, elle s'est barricadée... Pourvu qu'elle se soit barricadée! Il se rend compte maintenant qu'il n'aurait pas dû la laisser, c'est de l'inconscience, n'importe qui d'à peu près normal aurait peur, à sa place, enfin, quoi. Et il se met à avoir peur pour de bon... Puis c'est la cabane béante, Maria disparue à tout jamais, Maria comme s'il n'y avait jamais eu de Maria... Puis la fièvreuse errance dans la Poméranie dévastée, les pistes fantômes obstinément suivies, à pied, dans la cohue des exodes et des derniers combats, en vain, en vain... Il aurait fallu ne pas la quitter, jamais, jamais, pas un instant, ne jamais lâcher sa main!

Delétang raconte :

« ... Il lui avait dit « Ne sors pas. Enferme-toi. Ils « se sont mis à tuer, ils vont y prendre goût. « Attends-moi. Je ferai vite. » Il lui avait dit ça, mais au fond il n'y croyait pas, au malheur possible. Et

Maria non plus. Le malheur, il était derrière eux! L'Armée Rouge les avait rejoints, ils étaient libres désormais, ils avaient ri et pleuré de joie avec les soldats soviétiques, ils n'étaient plus les esclaves du Reich et de ses S.S., le cauchemar était terminé! Après ces jours et ces nuits de tension terrible, ils ne pouvaient s'empêcher de ressentir un immense soulagement, ils voulaient croire à la fin du malheur, ils s'en étaient sortis, ils étaient vivants, ils étaient ensemble... Ils allaient enfin commencer à vivre! »

Delétang marque une pause, les yeux droit dans l'objectif de la caméra, c'est-à-dire droit dans les yeux du téléspectateur. Pour le suspense, faites-lui confiance, il connaît son affaire.

« Il lui avait dit : « Je ferai vite. » Et, en effet, il fit très vite. Très, très vite. Mais le malheur fit plus vite encore. Quand il revint, la porte avait été forcée, la petite maison était vide, tout avait disparu, même son balluchon. Un déporté polonais avait juste pu lui dire qu'un camion de l'Armée Rouge s'était arrêté, que des soldats en étaient descendus et avaient emmené toutes les femmes russes qu'ils avaient trouvées dans le village. Ils avaient enfoncé la porte. Maria leur avait dit qu'elle était mariée à un Français, qu'il allait revenir tout de suite, mais il n'y avait rien eu à faire, ils ne lui avaient même pas permis de laisser un mot. Où étaient-ils allés? Le Polonais ne le savait pas. Il lui semblait avoir entendu le nom de « Neubrandenburg », qui était celui d'une ville située à une cinquantaine de kilomètres de là. Et François s'est aussitôt mis en route pour Neubrandenburg... »

*

Delétang raconte, et lui cependant revit tout, et lui comprend soudain tout. Tout ce qu'il n'a pas voulu comprendre pendant toutes ces années, tout ce qu'il n'a pas voulu voir et qui pourtant était là, grand ouvert, devant lui.

Oh! oui, il l'a cherchée, sa Maria, dans cette informe Allemagne en décomposition, il l'a cherchée de toutes ses forces, de tout son refus du désespoir, de tout son acharnement... Il ne l'a pas cherchée assez. Il le sait, maintenant. Il n'y a qu'un acharnement qui vaille : celui qui gagne. Il a cessé trop tôt. Voilà la vérité. Puisqu'elle était là, quelque part sur ce tas de décombres, vivante ou morte, il devait la trouver. Il devait la trouver ou y crever. Il ne l'a pas trouvée, il est rentré chez papa-maman, pauvre triste petit poussin résigné. Il souffrait à hurler, il savait sa vie finie, devant lui il n'y avait qu'épouvante et ténèbres, et cela, cette épouvante même, n'a pas suffi. Il est rentré se calfeutrer chez papa-maman. Il est rentré déguster son gros chagrin. Il eût fallu un acharné, un bouledogue qu'on tue sur sa proie sans lui faire desserrer la gueule... Il n'est qu'un velléitaire. Un pâle rêveur qui subit son sort. Un hypersensible qui souffre plus que son compte et qui néanmoins finit par accepter la souffrance, et y fait son nid... Il découvre sans étonnement qu'au fond il a toujours été lucide, et impuissant, et complaisant. Un douillet de l'âme. Lâche? Non. Le risque ne lui a jamais fait peur, ni les coups, ni le combat inégal... Fatigué, plutôt. N'y croyant pas.

« Anna Pétrovna Skvortsova. »

Il sursaute.

« Pardon?

– François, dit Delétang, je vous demande si ce nom : Anna Pétrovna Skvortsova, éveille en vous un souvenir. »

Tout à ses déprimantes découvertes intimes, il s'était égaré bien loin du plateau, de Delétang et de ses caméras.

« Euh... Non! Non... Ça devrait?

– Anna Pétrovna Skvortsova fut pendant deux ans et deux mois la compagne de travail de Maria Iossifovna Tatarchenko. Elles servaient toutes les deux la même machine, une presse chauffante à mouler la bakélite, sur laquelle vous avez vous-même travaillé quelques semaines...

– Ah! Anna?

– Eh oui, Anna.

– Vous savez, je n'ai jamais su son nom de famille. On ne se connaissait que par nos prénoms... Oh! oui, Anna! Bien sûr! Anna à la frimousse de chat! Je ne l'ai pas oubliée. Pourquoi?

– Pourriez-vous la reconnaître? »

Son cœur se met à cogner. Le passé va-t-il vraiment revivre? Anna... C'est un souvenir, Anna. Juste un souvenir. Une image classée à sa place dans la boîte aux souvenirs. Une de ces choses qui garnissent le dedans de la tête, comme les glissades d'autrefois sur le lac gelé du bois de Vincennes, comme papa, comme maman... Comme Maria. Des choses, des êtres, qui furent, qui ne sont plus, qui n'ont donc jamais été. Un souvenir, rien qu'un souvenir...

« Pourriez-vous la reconnaître? »

La reconnaître? Il va la voir?... Il n'aurait pas cru que ce serait aussi secouant.

« Je ne sais pas... Elle était plus âgée que nous. Ce doit être une très vieille dame, maintenant...

– Ceci vous dit-il quelque chose? »

Sur l'écran apparaît un visage. Il s'approche. Il a toujours été myope, il ne porte pas ses lunettes, vieux réflexe de coquetterie. C'est Anna! La frimousse de chat est devenue museau de rat, mais il reconnaît les pommettes tatares, le regard coulissant, et surtout ce drôle de sourire pincé que les rides rayonnant en étoile autour des vieilles lèvres n'ont pas encore réussi à brouiller tout à fait. Zoom arrière. On voit qu'Anna est assise sur un canapé à fleurs. A l'autre bout du canapé, un jeune gars à lunettes. Le jeune gars pose une question, en russe ou en ukrainien, le moustachu tend l'oreille mais tout de suite la voix de l'interprète prend le dessus.

« Camarade Skvortsova, quand avez-vous vu pour la dernière fois la camarade Tatartchenko?

– C'était à Stettin, en septembre 1945.

– Que faisiez-vous à Stettin?

– Il y avait là un grand camp où l'on nous rassemblait avant de nous rapatrier.

– On vous rapatriait dans votre ville ou votre village d'origine? »

La vieille dame hésite, a un petit sourire, un battement de cils :

« Pas nécessairement. On nous envoyait là où l'on avait besoin de nous. L'Union soviétique a beaucoup souffert de la guerre, n'est-ce pas.

– Etes-vous partie de Stettin avant ou après la camarade Tatartchenko?

– Je suis partie avant elle. J'ai fait la connaissance d'un officier... »

Battement de cils.

« La camarade Tatartchenko était-elle en bonne santé quand vous l'avez quittée?

– En bonne santé, oui. Mais elle était très triste.

– Pouvez-vous nous dire pourquoi? »

Battement de cils.

« Elle avait un chagrin d'amour.

– Donnez-nous des détails. Vous pouvez parler librement, camarade Skvortsova. »

Hésitation. Battement de cils.

« Elle avait connu un... un Français, et elle avait été malheureusement séparée de lui.

– Peut-être l'avait-il abandonnée? C'était une chose courante, n'est-ce pas?

– Oh! non! Elle était certaine que non. Et moi

aussi, je suis certaine. Je les ai bien connus tous les deux, tout le temps. Elle disait qu'il était à sa recherche, elle était sûre qu'il allait arriver.

– Et elle, a-t-elle cherché à le retrouver? »

Battement de cils.

« Oh! ça, ce n'était pas possible. Pas possible. »

*

L'image disparaît. Delétang enchaîne :

« Vous êtes secoué, François, et je vous comprends. Cependant, pour émouvant qu'il soit, le témoignage de madame Skvortsova ne vous apprend rien que vous ne sachiez déjà. Mais voici maintenant quelque chose de plus récent... Je dois tout d'abord remercier monsieur Anatoly Grigortchenko, professeur de littérature et de civilisation françaises à l'Université de Kharkov, qui s'est littéralement passionné pour notre enquête et a lancé ses étudiants sur la piste de votre Maria. »

Sur l'écran apparaît l'université de Kharkov, puis son portail d'entrée, puis une petite salle où sont réunis quelques jeunes gens autour d'un souriant quinquagénaire à barbiche. Gros plan sur le barbichu. Il est tout content d'avoir l'occasion de parler français à la télé française.

« Le prrobléme se posait à nous comme serrait rrecherrche documentaliste, n'est-ce pas. Où était orriginairre cette camarrade Tatarrtchenko? Kharkov. Bien. Cherrcher méthodiquement dans burreaux état civil de ville de Kharkov, n'est-ce pas, et aussi police, et ensuite banlieue envirronnante, O.K.? Bien. Nous avons commencé ce trravail. Trrès long, ingrrat trravail. Mais voilà la chance qui sourrit. Camarrade Tikhonov, voulez-vous expliquer. »

Le jeune camarade Tikhonov a une bonne bouille

hilare, des taches de rousseur et les oreilles décollées.

« Cette la chance il iétait comme cela que dans ounivierrsitiètè ici, cette, oui, il iêtrre dans prriémièrre anniée de iétoude frrançiaise iétoudiant il a le nom Tatarrtchenko joustiément! »

Son hilarité s'élargit encore, même ses oreilles rient, et tout autour les visages s'épanouissent à l'unisson. Le professeur reprend la parole :

« Camarrade Tikhonov, je vous prrierrai marrquer bien différrence de sonorrité entrre masculin et féminin. « Etudiant », c'est garrçon. Ici, il faut dirre « étudianté », parce que c'est fille. Poniatno?

– Poniatno. Nié zaboudou, tovarichtch profiessor.

– Parrler frrançais, je vous prrie.

– Je dirre, je n'oublier plus, camarrade prrofiesseurr. »

Sur l'écran, le visage de Delétang prend la place de celui de l'aimable barbichu.

« François, je ne sais si vous êtes ému autant que je le suis, autant que nous le sommes tous, ici même ou devant nos écrans, je suppose que vous l'êtes bien plus encore. Car voici que, brusquement, cette enquête qui s'annonçait comme longue, difficile et, disons le mot, presque désespérée, voici que, par un coup extraordinaire du destin, elle prend soudain, si j'ose dire, le mors aux dents! François, vous allez, sur cet écran, devant vous, voir apparaître quelqu'un qui porte le nom de Tatartchenko, le nom même de celle que vous avez tant aimée, tant cherchée, et dont vous n'avez, tout au fond de vous-même, jamais accepté l'idée que vous l'aviez à tout jamais perdue. Je comprends votre émotion. Voulez-vous que nous arrêtions ou préférez-vous continuer? »

Emu, tu parles! Mais curieux encore plus. Il ne

peut pas parler, à cause de cette boule dans sa gorge. Alors, il fait « oui » de la tête.

Voici de nouveau le camarade professeur. Il tient par la main une toute blonde jeune fille, fauve plutôt que blonde, avec ces reflets de bronze qu'elles ont, bouclée comme un mouton, baissant le nez, et puis le relevant soudain, et c'est alors l'éclair bleu des yeux comme un arc électrique, les deux pommettes larges et hautes écartelant le visage en losange, et puis le nez, le nez en petite patate nouvelle, le nez ukrainien... Impossible de ressembler davantage à Maria! La voilà qui sourit. Ce sourire! Son sourire... Il veut reprendre pied : « Hé! là, je me bourre le mou! Je galope, je galope... J'ai tellement envie qu'elle lui ressemble que je trouverais qu'une négresse lui ressemble... » Elle porte un jean et une espèce de tee-shirt qui moule ses vaillants petits nichons soviétiques. Ça le déroute. Ce n'est pas comme ça qu'il voyait les filles de Kharkov. Il imagine Maria en jean et aussi toutes les babas avec, au lieu du fichu blanc serré autour de la tête en boule de gomme, des bigoudis américains maintenus par un filet de nylon. Sous le tee-shirt léger se dessine en relief la solide architecture d'un soutien-gorge soviétique.

Le professeur barbichu interroge, en français :

« Quel est votre nom? »

Un interprète traduit en russe. Elle n'est vraiment pas très avancée dans ses études. Elle répond, et sa voix vous perle sur l'âme en rosée du matin :

« Irina Tatartchenko. »

L'interprète traduit :

« Irina Tatartchenko. »

On lui a dit que quand c'est elle qui parle il doit traduire, alors il traduit.

« Quel est votre patronyme? »

Tiens, c'est vrai, ça. Tous les Russes intercalent leur patronyme, c'est-à-dire le prénom de leur père suivi du suffixe « ovitch » (ou « ovna » s'il s'agit d'une femme), entre leur prénom et leur nom de famille. Pourquoi ne l'a-t-elle pas fait?

Elle ne répond pas. Elle a rougi. « Bon dieu! se dit-il. Mais bien sûr! Elle n'a pas de patronyme parce qu'elle n'a pas de père! C'est une bâtarde! » Et il conclut en fanfare : « C'est ma fille! la fille de Maria et de moi! » De saisissement, sa mâchoire tombe.

« Camarade Tatartchenko, pourquoi avez-vous choisi d'étudier le français?

– A cause de ma grand-mère.

– Votre grand-mère parle le français?

– Oh! quelques mots, « Bonnjourr », « Trravail », « Mon amourr », « Attentsionne! »... Elle n'a pas étudié, elle est ouvrière, elle travaille dans l'usine de confitures « Aurore ».

– Où a-t-elle appris ces mots français?

– En Allemagne, pendant la Grande Guerre Patriotique. Elle était dans un camp où il y avait aussi des Français. Elle parle toujours bien des Français. Elle dit que ce sont les gens les plus merveilleux, et puis elle pleure. »

Sa grand-mère! Ce n'est pas la fille, c'est la petite-fille! Evidemment. Elle aurait quarante-cinq ans, ta fille, vieux schnock! Au moins. Compte sur tes doigts... Oui, mais, si elle est la petite-fille, c'est qu'il y a eu d'abord une fille, qui est sa maman, à elle! Ou un fils... Et la grand-mère, eh bien, la grand-mère, pas de doute, c'est Maria! Les enfants peuvent porter le nom de leur mère, en U.R.S.S.

Delétang est revenu à l'antenne. Très excité.

« François, cette fois c'est sûr, nous tenons une piste. La grand-mère de cette jeune fille, vous l'avez certainement compris, est peut-être celle que nous cherchons. Un « peut-être » bien proche de la certitude. Récapitulons. Premièrement, le nom : Tatartchenko. Le même nom, exactement. Je pense que, même en Ukraine, un tel nom ne doit pas courir les rues. Ensuite, l'âge. La grand-mère aurait eu une vingtaine d'années en 1943. Et, notez bien, cette grand-mère a connu des Français – je crois qu'on peut supposer « un » Français plus particulièrement –, elle a retenu des mots français... « Mon amour »! Qui peut lui avoir répété ces mots assez souvent, avec assez de ferveur, pour qu'elle se les rappelle après tant d'années? Nous brûlons, François, nous brûlons! Je crois que nous pouvons maintenant passer à l'étape suivante. »

MARIA

Mains jointes sous le menton, Delétang se recueille. L'auditoire retient son souffle, s'attend à quelque chose d'inouï. Delétang reprend :

« Il me faut d'abord adresser mes remerciements et ceux de la télévision française à nos confrères de la télévision soviétique, au professeur Grigortchenko et à ses élèves, à l'université de Kharkov, aux journalistes de l'agence Tass et aussi au gouvernement de l'U.R.S.S. qui, tous, ont fait preuve de la plus large compréhension et de la plus active bonne volonté pour faciliter nos recherches et même, comme vous avez pu le constater, pour y participer activement. Voici donc arrivée la minute de vérité. François, êtes-vous toujours d'accord pour l'affronter, cette vérité, quelle qu'elle puisse être? »

Il fait « oui ». En lui, c'est la panique. « Elle est morte. Sûr qu'elle est morte... Qu'est-ce que je fous là? Tous ces vampires qui guettent ma gueule. Ils seront baisés, je réagis à retardement. Longtemps après, quand je suis tout seul. Sur le moment, rien. Du marbre. » Et puis il se dit : « Et si elle est vivante? Si elle allait s'amener, là, par la gauche, tout de suite? Soixante-cinq berges... Un vieux crapaud. Obèse, peut-être. Répugnante. Vieille baba à confitures. Ou vieille dame distinguée. En tout cas, quelque chose de vieux. Et si je ne la reconnais pas?

Et si je la dégoûte? Moi aussi, je suis un vieux débris. Et si elle me saute au cou, devant tout le monde? Et merde, quoi que ce soit, quoi que je fasse, j'ai l'air d'un con. Tu parles d'un piège! On dit oui, comme ça. On ne voit pas les détails. »

Tout ça lui a passé par la tête en un, comme on dit, n'éclair. Mais voilà que, de derrière un machin du décor, Maria, tout simplement, pointe le nez, et puis s'avance. S'avance. Se prend les pieds dans un paquet de câbles, manque s'étaler, se rattrape à un quelconque bazar, jure « Tchort vozmi! Chto éta zaraza? », regarde autour d'elle, ne voit qu'un énorme embrasement, cinq ou six projos qui la mitraillent en pleine figure, éclate de rire, pas gênée, la secousse du faux pas lui a fait oublier son trac.

Imperturbable, l'interprète traduit :

« Le diable emporte! Qu'est-ce que c'est que cette épidémie? »

C'est un interprète soviétique. Il récite son dictionnaire soviétique. Un Français aurait dit :

« Saleté de machin! »

Delétang vient la prendre par la main, il la conduit devant la caméra prévue pour ça, juste au bon endroit. Il marque un temps, puis il dit :

« François, la reconnaissez-vous? »

S'il la reconnaît, tu parles! Plus question de se demander si elle est changée, si elle est grosse, si elle est vieille... Ça ne lui vient même pas à l'idée. Tout ça, les détails, on verra plus tard. C'est elle, il n'y a pas à la reconnaître ou à ne pas la reconnaître, c'est elle, un point c'est tout, telle qu'il l'a quittée hier, ce matin, tout à l'heure. Ces gestes, ces petites manières, ce mouvement de la tête, ce coup d'épaules, ces pieds en dedans... Tout ce qui fait qu'on est soi et pas quelqu'un d'autre, quoi. Il se figurait que ce qu'il gardait d'elle, précieusement, dans son musée aux souvenirs, c'était un visage, des yeux, un sourire... Des traits, des formes, des couleurs : une photo. Hé! non! Ce qui l'avait marqué, et il ne s'en doutait même pas, c'était autre chose : la façon dont tout cela bougeait. Le souvenir n'est pas une photo, le souvenir est du cinéma. La façon dont ça bouge compte plus que ce qui bouge. L'essentiel d'un être, c'est le mouvement.

L'interprète traduit en russe la question de Delétang. Elle ne l'écoute pas. Un mot lui a accroché l'oreille au passage. Elle tend le cou, regarde intensément le moustachu, de bas en haut. Elle le désigne de l'index. Elle dit, incrédule :

« Brraçva? »

Alors, il dit :

« Maria. »

A l'ukrainienne : « Mari-ia. »

Elle éclate de rire, détourne la tête, d'une main se couvre les yeux, agite l'autre, pendante, sous son nez à lui, ce qui est le geste russe pour dire « C'est trop! Tu me tues! » Elle rit, rit, comme elle seule peut rire. Et puis, soudain sévère, elle saisit le bout de la grosse moustache blanche et tire dessus.

« Qu'est-ce que c'est que cette horreur? Tfou! Il faut couper ça tout de suite, rass! »

Elle fait le geste avec les doigts. L'interprète traduit mot pour mot, sauf « Tfou! » et « Rass! ».

Gros succès de rire dans le public. La tension dramatique savamment montée en mayonnaise par Delétang est balayée par cette débâcle.

Lui, tout ce qu'il trouve à dire, comme un con :

« C'est mes moustaches. »

Et puis il se rappelle qu'elle ne comprend pas, alors il le dit en russe. Mais l'interprète a déjà traduit.

« Je vois bien que c'est des moustaches! Tu crois peut-être que je ne sais pas ce que c'est que des moustaches? Eh bien, elles ne te vont pas, ces moustaches-là. Pas du tout. Ça te fait une tête vieille! Toute vieille, toute vieille!

– Mais c'est moi qui suis vieux, Maria! Avant, elles étaient noires...

– Noires non plus, ça ne t'irait pas. Ça te donnerait l'air méchant.

– Ecoute, je les porte depuis trente ans...

– Alors, tu as eu l'air méchant pendant trente ans, et maintenant tu as l'air vieux, en plus, vott. Il faut couper, rass! »

Il ne s'en est pas rendu compte, c'est venu tout seul, depuis un moment il lui donne la réplique en russe, les mots lui montent aux lèvres va savoir d'où ils viennent, les phrases s'alignent, les verbes se conjuguent, les déclinaisons se déclinent, un culot monstre, c'est sûrement plein de fautes mais il s'en fout, elle le comprend, c'est le principal, et comment ne le comprendrait-elle pas, c'est par elle qu'il l'a appris, le russe, pour lui ça n'existe que parlé par elle, l'interprète patauge dans ce galimatias mais c'est son boulot, eux ils sont là, ils se sont retrouvés, tout au bout du tunnel, et ils s'engueulent.

Delétang reprend le contrôle. Jovial et paternel :

« Je crois qu'il est inutile que je vous demande une fois de plus si vous vous reconnaissez! Madame Tatartchenko... »

Elle le coupe :

« Nix « madame ». Mamaselle.

– Pardon. Mademoiselle Tatartchenko ou, si vous le permettez, Maria, voulez-vous nous raconter ce qui vous est arrivé ce jour d'avril 1945, depuis le moment où François vous a quittée pour essayer de trouver de quoi manger. Vous vous trouviez donc dans cette cabane du village de Gültzow, près de la petite ville de Stavenhagen, en Poméranie. »

Elle a écouté attentivement, assise du bout des

fesses au bord du fauteuil, les pieds serrés bien parallèles, le visage tendu vers l'interprète. Le moustachu la voit de profil. Il est tout attendri, le bon vieux. Il contemple ses vingt ans, là, devant lui... Il ne peut pas ne pas remarquer qu'ils ont la peau un peu relâchée sous le menton, ses vingt ans. Ce qu'il décrirait par « en poche de bec de pélican » si ce n'était pas le menton de Maria. Tout de suite il se reproche d'avoir vu ça, faut-il qu'il soit sale con, quand même... Oui, mais ça lui a brouillé l'attendrissement. Pourtant, elle est drôlement bien... Elle est drôlement bien « pour son âge », mon gars. Tu sais bien que, quand on pense « drôlement bien », « pour son âge » n'est pas loin, dit ou retenu... Il aurait fallu que ça se fasse ensemble. Que nos deux gueules, nos deux carcasses, soient restées « drôlement bien » côte à côte... A peine pensé ça, il se prend la main dans le sac : « Et celle qui a vieilli près de toi, qui est effectivement restée drôlement bien et même mieux que ça, qu'en as-tu fait, cochon? » Mais Maria raconte...

C'est l'interprète qui parle :

« J'étais dans petite maison. Les soldats sont venus, soviétiques soldats, dans le camion. Ils frappent la porte. Dire « Il faut venir ». « Pourquoi? » je demande. « Tous les citoyens soviétiques il faut se présenter à Kommandatoura Armée soviétique. » Je dis : « Mais moi je suis mariée avec Français, il revient tout de suite. » Eux : « C'est les ordres, ce n'est pas longtemps, vous expliquez, vous revenez ici après dix minutes. » Ils sont très gentils. Je dis : « Très bien. Dix minutes. » Et nous montons dans camion, mais voilà, à peine nous avons fait un kilomètre il y a un gamin Volkssturm derrière l'arbre avec le Panzerfaust – comment vous dites? Bazooka – avec le bazooka, il tire sur le camion, le camion saute en l'air et Maria se réveille dans l'hôpital.

– Tu étais blessée?

– Non, pas blessée, pas vraiment, mais deux jours sans la connaissance. – Comment vous dites? Dans les poires? Non, les pommes. – Et quand je réveille, je retourne à petite maison, mais tu n'es plus là, plus personne, plus rien. Alors je pleure, je demande, je cherche, je marche beaucoup, beaucoup, mais je ne te trouve pas. »

Sa voix se casse. Elle pleure. Delétang profite de l'ouverture :

« Et pendant ce temps, François cherchait de son côté! On peut penser qu'ils sont peut-être bien des fois passés tout près l'un de l'autre, qu'ils se sont manqués peut-être de quelques heures... Ce franc-tireur attardé, ce gosse fanatique et suicidaire, a fait basculer le destin de ces deux êtres qui s'aimaient, inexorablement. »

Le moustachu lève la main. Il s'adresse à Maria :

« Le Polonais m'a dit que les soldats avaient enfoncé la porte. Qu'il y a eu des brutalités. Que tu criais... D'ailleurs, j'ai trouvé la porte enfoncée. »

Il a parlé français. Maria écoute l'interprète. L'attention lui fronce le nez. Elle répond :

« C'est Polonais qui casse la porte! Quand je pars avec soldats, certainement tout de suite Polonais casser pour voler. Polonais très voleurs.

– C'était avant la démocratie populaire », précise Delétang, sans rire.

Le public, lui, n'a pas à se retenir. Il rit.

Le moustachu dit :

« Par la suite, j'ai vu bien souvent des gars de l'Armée Rouge ramasser les filles déportées. Ils n'étaient pas gentils du tout. Ils disaient qu'elles étaient comme les Boches, qu'elles s'étaient laissé prendre au lieu de se sauver devant l'avance allemande ainsi que l'avait ordonné le généralissime

Staline, qu'elles n'étaient que des putains et des traîtres à la patrie soviétique. Ça, je l'ai vu. »

Il surveille l'interprète, qui, gêné, édulcore. Il rectifie : « Kourvi : putains ». Elle répond :

« Je ne connais pas des choses comme ça. Peut-être les filles que tu vois sont vraiment des putains. Ou des espionnes. Ou des volontaires. »

Delétang intervient :

« Donc, vous l'avez cherché par toutes les routes de la Poméranie dévastée, et finalement...

– Et finalement je reste à Stettin, dans très grand camp, j'attends longtemps dans ce camp, j'espère qu'il vient me chercher, mais il ne vient pas, et alors il faut partir.

– A Stettin, dans ce camp, j'y suis allé, j'y suis resté une dizaine de jours, fin avril-début mai. J'ai vu des copines, plein. J'ai attendu tous les jours à la porte du camp. J'ai laissé une lettre pour toi, si tu passais par là. J'ai su, beaucoup plus tard, une fois rapatrié, que tu avais été vue à Stettin en août 45. »

Elle hoche la tête avec vigueur :

« Oui, oui, c'est cela, en août, dit-elle, très vite.

– On t'a remis ma lettre? »

Elle hausse les épaules.

« Lettre! Tu oublies comment c'est, ce camp? Beaucoup du monde arrive, beaucoup du monde s'en va, tous les jours, très grand mouvement, c'est la guerre, camarade madame officier chef de camp souvent change, trois mois c'est trop longtemps, où est la lettre? Le diable sait cela. »

Delétang ne laisse pas son émission se perdre dans les détails :

« Désespérée, le cœur broyé, vous avez donc décidé de quitter le camp de regroupement de Stettin? Vous ne croyiez plus à la venue de François? »

Elle hésite un peu, les yeux baissés, ses sages

mains bien à plat sur ses sages genoux, ses petits pieds dodus – ils n'étaient pourtant pas dodus, bon dieu! –, et même grassouillets, bien serrés l'un contre l'autre :

« Il faut partir, à la fin. Il y a beaucoup de camarades blessés, malades, qui arrivent. Et aussi des soldats. J'aide à soigner. Mais il faut laisser la place. Ils demandent camarades volontaires pour travailler à reconstruction dans régions très abîmées par la bataille. Je suis volontaire. »

Elle fait les gestes de manier une pelle.

« Où as-tu été envoyée?

– Stalingrad... Euh... Volgograd, rectifie l'interprète.

– Mais tu étais de Kharkov! Kharkov aussi était très abîmé!

– Il n'y a pas convoi pour Kharkov. Il y a pour Stalin.... pour Volgograd.

– Et sans doute, à Kharkov, envoyait-on des gens originaires de Stalingrad, lance Delétang. Ah! l'administration! C'est bien partout pareil! »

Quelques rires dans le public.

« Et ensuite?

– Ensuite, je reste longtemps à Volgograd. Trois ans. Beaucoup du travail. Ensuite je demande pour faire volontaire à Sibérie, sur la route en fer... Le train. Beaucoup du travail. Ensuite, je rentre à Kharkov, je marie un homme très gentil. Je nais un bébé, petite fille. Je travaille dans la fabrique. Encore jusque maintenant. L'homme est mort, j'ai appartement très joli, deux pièces, chauffage central, baignoire, télévision, je peux avoir téléphone si je veux, mais pour quoi faire, téléphone? Ma fille il veut téléphone, ma petite-fille il veut téléphone, mais moi je dis pour quoi faire? Les amis ils viennent ils viennent pas, pas besoin dire avant, ils appellent dans la cour, tu entends dans la fenêtre, tu dis « Voilà! », alors ils montent ou toi tu descends, pour quoi faire, téléphone?

– Ta fille et ta petite-fille habitent avec toi?

– Oui, naturellement. Petite-fille Irina va dans université. Elle fait tout ce qu'elle veut avec sa tête. Da, da! »

L'interprète n'estime pas nécessaire de traduire « Da, da! »

Oui. Ça tourne à la visite chez les cousins de province. Le moustachu prend conscience qu'il commence tout doucement à s'emmerder. Il se le reproche. Où est cette bouleversante émotion attendue? Mais quel salaud! Mais quel cœur sec! Enfin, quoi, c'est ta Maria, elle est là! L'incroyable est arrivé, quarante-cinq ans abolis, n'importe qui fondrait, béerait, aurait la tremblote, et la preuve : on en fait une émission de télé. Mais toi, rien. Tu t'emmerdes. Passé le petit chatouillis ému de la première seconde, tu t'emmerdes. Ton pouls bat à soixante, tu as l'estomac un peu lourd parce que tu as mangé trop vite, tes fesses en ont marre d'être assises, et tu te demandes ce que tu vas bien pouvoir faire après l'émission... Tout de même pas juste l'emmener bouffer une frite et puis salut!

*

Et justement, on y est. Une dernière envolée lyrique de Delétang, on applaudit bien fort, voilà, ils sont « hors champ », de l'autre côté du décor, dans un grand vide informe, l'interprète est là, souriant de son sourire d'interprète, il a deux dents en or sur le devant, un monsieur et une dame sont là aussi, souriants aussi, tout à fait l'air de camarades accompagnateurs de l'Intourist, la dame porte un corset, son sourire aussi.

Il est tout embarrassé. La simplicité n'est pas son fort, ni la spontanéité. Il devrait peut-être la prendre dans ses bras, la tenir serrée contre son cœur, lui effleurer les cheveux de ses lèvres... Ces cheveux où il plongeait son visage, se frottant les joues à la dure rondeur du crâne, trompant par ces véhémences la terrible envie de son corps qu'il avait... Et elle qui riait, qui le giflait... La poudre de bakélite brûlée s'envolait de ses cheveux et retombait tout autour... Oh! l'odeur de la bakélite brûlée... Il la sent soudain, l'horrible saleté, elle lui arrache la gorge, elle lui pique les yeux. Il l'avait oubliée. Il ne savait même pas qu'il serait capable de s'en souvenir. Et la voilà, à pleines narines, et alors, là, oui, il fond. Il a vingt ans, le monde a vingt ans, il pue la bakélite, le monde et il y a Maria dedans... On a les madeleines qu'on peut. Il dit, très résolu :

« J'aimerais emmener Maria dîner. En tête-à-tête. Je vous remercie beaucoup pour votre aide, mais je vous prie de nous excuser si nous préférons être seuls pour ces retrouvailles. »

Les deux accompagnateurs se parlent très vite, en russe, sans cesser de sourire, tellement vite qu'il n'arrive pas à saisir un mot. L'interprète transmet :

« Nous sommes très heureux d'avoir pu collaborer à cette intéressante prestation (il connaît des mots comme « prestation » !). Télévision française et télévision soviétique ont coopéré la main dans la main. Nous sommes responsables de sécurité de camarade Tatartchenko, cependant nous comprenons tout à fait votre désir de passer une soirée dans la tête-la tête avec souvenirs émouvants de chères vieilles terribles années. Nous donnons à vous adresse de l'hôtel où chambre retenue. Attention, demain avion seize heures trente. »

La camarade accompagnatrice prend Maria à part pour lui confier à voix contenue, tout sourire, très maternelle, des choses qui ont l'air de recommandations. « Maman préparant sa fifille avant la nuit de noces », se marre-t-il. Elle lui tend un carnet souple. « Un passeport. Elle n'avait donc pas son passeport sur elle? » Et puis elle lui dit, à lui, en russe : « Je vous la confie! » Mutine comme tout. Enfin on se serre la main, les trois guignols sourient d'un seul sourire, la camarade au corset baleiné se croit obligée de lancer un ultime et coquin « Au revoir, les amoureux! Amusez-vous bien! »

ENCORE UNE BOUFFE

Il a pris le bras de Maria, il l'entraîne par les couloirs déserts. Elle trottine à son côté, elle fait deux enjambées pour lui une, quand il s'en aperçoit il casse son pas afin de marcher au sien, et alors il a l'impression qu'on lui a attaché les chevilles ensemble avec une ficelle, une ficelle trop courte, ça l'agace, exactement l'agacement d'autrefois, quand, sur les routes bombardées de Poméranie, il essayait en vain de synchroniser leurs allures, mais alors il y avait son babillage, elle n'arrêtait pas, l'air sentait la mort et la liberté toute proche, et aussi le printemps, elle tricotait son volubile petit caquetage, elle lui faisait la leçon comme à un bébé, ne s'interrompait que pour chanter, c'était toujours une chanson déclenchée par quelque chose, le soleil levant, la pluie, une aubépine en fleur, le cul blanc d'un petit lapin, l'éclair bleu d'une libellule... Elle avait des chansons pour tout, la guerre devenait opérette. Là, elle ne dit rien. Elle trottine, tête baissée, dans ces couloirs gris, et ne dit rien.

Les voilà dehors. Le froid de la nuit le rappelle aux réalités. Qu'est-ce que je fais, maintenant? Je l'emmène bouffer, déjà. Bon. Et après? Promenade? Visite Paris? Tour Eiffel?... Non, mais tu te rends compte? C'est tout ce que ça te fait? Ben, oui. De loin, on voit de l'inouï, du cosmique, on n'ose même pas imaginer. Alors voilà, tu le vis, l'inimaginable, et tu sais même pas par quel bout le prendre. T'es surtout emmerdé, avoue. Elle aussi, on dirait. Bon, allons toujours dîner, ça se détendra bien tout seul.

Il la prend aux épaules et, facétieux, propose :

« Nou, Maria! On va manger un Stamm? »

Le Stamm, c'était cette soupe claire, ou bien les deux petites pommes de terre avec une sauce brune, qu'on pouvait obtenir, sans tickets, dans certains restaurants populaires de Berlin, avant la grande famine des derniers temps.

« Stamm? Qu'est-ce que c'est?

– Tu ne te souviens pas? Quand on avait si faim. Le Stamm chez George, à Treptow? Chez George, le boxeur. Sur les cuillères d'aluminium était gravé : « Gestohlen bei George », « Volé chez George ». Tu n'as pas oublié ça, quand même?

– Tous les mots allemands, je les ai oubliés. Tu sais bien comment je suis : ça entre par là, ça sort par là! »

En même temps elle fait le geste, avec ses deux index, ça entre par une oreille, ça sort par l'autre, « Rass siouda, rass touda! » Le preste petit geste d'autrefois, le même! Avec le petit sifflement d'accompagnement.

Eh bien... S'il n'y a même plus la complicité des petits souvenirs cuculs, que leur reste-t-il?

« Et le français, Maria? Tu as oublié aussi? Comment tu dis « Je t'aime »?

– Monnamourr!

– Bien! Très bien! C'est presque ça, mais pas tout à fait. Rappelle-toi : " Je t'... " »

Elle fronce le nez, plisse le front.

« Jo t'... »

Et puis envoie tout promener.

« Niet! Nielzia! Oublié. J'ai une tête toute petite. Les choses ne restent pas dedans. »

Ils vont. Un autobus passe. Elle dit :

« Avtobouss?

– On va prendre un taxi. C'est la fêtc, Maria! Bon dieu, c'est la fête! Bordel de merde-encule ta mère-baise mon cul-putain de ta race! Hé! Maria, c'est la fête! »

Il enfile comme ça les jurons russes bien gras, rien de tel que les jurons pour le trop-plein de joie, si la joie est en retard ça la fera peut-être venir, comme les patenôtres font, paraît-il, venir la foi...

« Pourquoi tu dis des saletés? »

C'est bien d'elle, ça! Hé! mais... Serait-elle con? Tout simplement? Il ne s'était jamais posé la question.

Le taxi les dépose devant une brasserie où il avait naguère quelques habitudes, pour autant qu'il fût capable d'habitudes. Elle a un mouvement de recul, comme si la porte lui faisait peur. Il la pousse doucement.

On le reconnaît, on a un petit haussement de sourcils étonné, on leur donne une table dans un coin tranquille. Le garçon veut prendre le manteau de Maria, elle le tient serré contre elle, il lui dit de le garder, il y a une place libre à côté. C'est un petit manteau de lainage, ou tout comme, visiblement neuf. Tout ce qu'elle porte a l'air neuf. Pauvre et neuf.

Le maître d'hôtel propose un apéritif. Elle demande :

« Qu'est-ce que c'est? Il y a de l'alcool?

– Oh! c'est très doux. »

Il commande deux pastis. Il n'aime pas le pastis, mais il n'aime pas non plus les vermouths, ni le kir, ni rien de ce qui aide les hommes à se supporter les uns les autres, ce vieux con. Alors, ça ou autre chose... Elle renifle, fronce le nez, goûte.

« Tfou! C'est de l'anis. »

Il ne sait pas comment on dit « anis » en russe,

mais d'après sa grimace elle ne peut pas avoir dit autre chose.

« Tu n'aimes pas?

– Non. »

N'empêche, elle vide son verre. D'un seul coup. Elle hésite, et puis elle demande :

« Ils n'ont pas de vodka, ici? »

Il fait signe au garçon.

« Deux vodkas. »

Elle prend le menu sur la table devant elle, le repose, cherche dans son sac – trop neuf aussi, le sac, ses doigts n'y évoluent pas avec cette aisance des doigts de femme qui connaissent par cœur les mille embûches du bric-à-brac familier –, en tire enfin un étui à lunettes de métal, bien fatigué, l'étui, tout cabossé, son premier objet non flambant neuf, elle extrait de l'étui des lunettes à monture de plastique translucide rose, les chausse. C'est foudroyant. Elle a instantanément, impitoyablement, son âge. Elle se penche sur le menu, alors sa nuque se creuse et s'étire hors de son col comme un cou de tortue hors de la carapace. Ses joues, que l'instant d'avant il aurait jurées fermes et lisses, pendent, oh! à peine, sous l'os. Et frémissent, imperceptiblement. « Tremblotent », pense-t-il, navré mais s'acharnant à son navrement. Il en remet : « Bajoues... » « Je parie qu'elle porte un râtelier. » Il n'avait rien vu de tout ce désastre jusqu'à la trahison des lunettes-révélateur. Ses cheveux, tiens, ses cheveux. Jusqu'à tout à l'heure, il les aurait dits blond fauve, de cette nuance si difficile à décrire mais que lui a gardée bien dans l'œil. Et voilà : ils sont roses. Décolorés et reteints en rose. C'est tout frais, on ne discerne pas la ligne traîtresse des racines...

Un grand froid lui serre le cœur. Il se croyait blindé, il s'attendait, bien sûr, à une Maria ayant pris de la bouteille, une Maria toute ronde – il la voyait ronde « comme une pomme »! –, une Maria certes marquée, avec des paupières un peu lasses – le pouvoir érotique des paupières lasses! –, de fines rides en éventail au coin des yeux – la patte d'oie l'a toujours attendri –, des commissures reflétant la vacherie de la vie – reflétant l'inconsolable chagrin de l'avoir perdu, lui! –... Enfin il se croyait prêt, sereinement prêt, bien calé sur ses jarrets, à retrouver une Maria malmenée par les ans. En fait, il le voit bien maintenant, il attendait une Maria gentiment malmenée par les ans. Que les ans auraient rendue encore plus désirable. Différemment désirable. Beau fruit d'automne, ce genre de chose. Avec cette mélancolie légère, cet air « blessure secrète » qui réveille chez le mâle le protecteur et le satyre, bras dessus bras dessous... Au lieu de ça, cette petite vieille. Cette concierge à fibrome... Holà, hé! Où tu te crois? Replace-toi dans le contexte, Machin! C'est pas une petite annonce de *Libé* qui t'a amené là. Tu cours après ton passé, eh bien, le voilà, ton passé. T'es pas ici pour « refaire ta vie ». Ne soupèse pas la marchandise comme une jument à la foire. Et ne la punis pas pour ta déception. Tu es son hôte, tu l'as prise en charge. Notre bel amour appartient désormais à la catégorie des souvenirs de régiment. Evoquons donc les souvenirs, et gaiement. En avant!

La vodka est arrivée. Deux petites bouteilles échantillons dans un minuscule seau à glace. Maria regarde, ébahie, le garçon qui dévisse les petits bouchons et verse gravement la vodka dans des verres ballons. Ça fait une petite flaque de liquide au fond de chaque verre. Elle va pour dire quelque chose, se ravise, retourne au menu, le voit tout brouillé, ôte ses lunettes, les essuie du coin de la serviette, les remet, n'y voit pas mieux, enfin elle se rappelle, elle éclate de rire. Eh bien, mais, c'est tout à fait son rire, tout à fait! Son rire, lui, a vingt ans.

Les rires ont toujours vingt ans. Même s'ils se terminent en quinte de toux où graillonnent des choses... Le voilà de nouveau ému jusqu'à la fibre, le fin gourmet. Il se promet de déguster ces délicats coups de cœur à la petite cuillère. Elle rit, elle tousse, elle rit, elle lui donne des tapes avec la serviette, comme si c'était sa faute à lui qu'elle soit aussi étourdie. C'est charmant. Elle ne va pas tarder à pleurer de rire, il le sait, et en effet les larmes coulent. Comme autrefois.

« Vous autres, Français, pourquoi vous n'écrivez pas comme les gens normaux?

– Mais, Maria, même si tu pouvais lire, tu ne comprendrais pas. C'est du français.

– Alors, lis, toi. Qu'est-ce qu'il faut manger?

– Ce que tu veux. Je vais te lire la carte.

– Est-ce qu'il y a du goulasch? J'aime beaucoup le goulasch. Chez nous, quand je vais au restaurant, je prends toujours du goulasch.

– Du goulasch? Ah! non. Il n'y en a pas. C'est pas le genre. Tu aimes le gigot avec des haricots? C'est très bon.

– Demande-lui de faire du goulasch pour moi. Il peut faire du goulasch, n'est-ce pas? J'ai tellement envie de goulasch? Ecoute, tu lui dis ça : je vais dans la cuisine et je fais le goulasch. Je lui montre comment je fais, après il sait. Je fais très bien le goulasch. Très, très bon. »

C'est qu'elle ne plaisante pas! La vraie emmerdeuse... Il lève son verre :

« Nazdarovié, Maria!

– Nazdarovié, Brraçva! »

Elle se jette la vodka au fond de la gorge. Il en fait autant, quand faut y aller faut y aller, tout en se disant « J'aurais dû m'en douter! Va falloir s'enfiler des litres de cette saleté, en plus ».

Maria repose son verre. Elle le pose gaillardement, comme un quartier-maître en bordée, en frappant la table, avec un grand sourire heureux. Et c'est le miracle. L'alcool sur ses muqueuses. La baguette magique de la bonne fée. Un ressort, quelque part en elle, a fait sboiinng. Soudain ses yeux sont bleus, intensément bleus. Parce qu'il les reçoit maintenant en plein dans les siens. Ce bleu sans limite et sans fond où il se perdait corps et âme... Soudain les joues se tendent et se colorent, soudain les seins explosent sous le tissu à fleurs, soudain la bouche rit à belles dents blanches, soudain les cheveux se font oublier en tant que cheveux, ils ne sont plus qu'auréole de lumière autour de cette apothéose... Il ne veut pas, il ne veut pas voir le voile, ténu comme une vapeur, qui flotte sur le bleu et en brouille la limpidité, il sait trop bien ce qu'il signifie, il ne veut pas voir les perfides petites veinules qui hachurent le rose des joues, ni les durs reflets métalliques dans la pénombre derrière l'alignement triomphal des incisives, ni le harnais trop évident du soutien-gorge... Il ne veut pas voir, il ne veut rien savoir, il y a temps pour tout, maintenant est le temps de la séduction, il veut croire aux apparences, il n'est pas de ces chipoteurs qui supputent et dénigrent ce qui se cache sous la splendeur d'un maquillage réussi, il se régale à pleins yeux de l'émouvant spectacle à nous offert par les femmes sur leur visage, il accepte l'hommage de tant de soins, de tant d'art, pour nous, hommes, pour nous seuls prodigués, pour moi seul si c'est moi l'homme du rendez-vous.

Le garçon, carnet en main, attend les ordres. Il lui demande :

« Qu'est-ce que vous auriez qui ressemble le plus à du goulasch?

– Boh... Du goulasch? C'est une espèce de ragoût, non? Vous savez, c'est pas tellement le genre de la maison. Nous, ici, nous faisons plutôt brasserie. Les plats en sauce, n'est-ce pas... »

Il lui explique. Mais elle a déjà changé d'idée :

« Je veux des limaces. Je n'ai jamais mangé de limaces. En France, il faut manger des limaces. Je suis sûre que je vais être malade, mais je dois essayer une fois. Après, je raconte que j'ai mangé des – Tfou ! – limaces, et eux, ils écoutent, et ils sont malades. »

Limaces? Mais bien sûr...

« Vous avez des escargots?

– Certainement, monsieur. Deux douzaines?

– Hm... Je crois qu'elle abandonnera après le premier... Allez, on mégote pas. Deux douzaines, d'accord.

– Et ensuite?... Je me permets de vous recommander le plat du jour : de la blanquette.

– Tiens, c'est pas bête, ça. Ça ressemble un peu à de la cuisine russe. Eh bien, une blanquette pour madame, moi j'aime pas le veau, alors, pour moi, une grillade, ce que vous voudrez.

– Une entrecôte?

– Pourquoi pas? Mais pas « Bercy », juste passée au gril, bleue, avec des patates sautées.

– Et comme boisson?

– Ah!... Maria, est-ce que tu bois du vin?

– Il n'y a plus de vodka?

– Tu sais, en mangeant... Oh! et puis, si ça te fait plaisir... Apportez-nous de la vodka, mais on ne pourrait pas l'avoir autrement que dans vos petites bouteilles de poupée?

– Je vous apporte le demi-litre et je le laisse sur la table.

– Donnez-moi quand même une bière pression, ce que vous avez de plus grand. La vodka me donne soif. »

Elle s'épanouit quand arrive la bouteille. C'est de la polonaise – « Tfou! Il n'y a qu'une vodka : la nôtre ». Il remplit les verres. Elle ne touche pas au sien. Ne le regarde même pas. Au point qu'elle en a le coin de la bouche qui tremble. Il a pitié. Il lève son verre.

« Nazdarovié!

– Nazdarovié! »

Les escargots la plongent dans une stupeur. Ce sont de gros bourgognes à la coquille pâle, disposés sur un plat à alvéoles, bavant leur beurre fondu, béant comme de petits tromblons, soufflant vers le ciel une puissante haleine d'ail.

« C'est des limaces à coquille?

– Bien sûr. Les autres, on ne les mange pas.

– Il faut manger la coquille? Sans coquille, c'est pas bon?

– Mais non. Regarde comment je fais. »

Il lui apprend l'usage de la pince à escargots, de la fourchette à deux dents. Elle n'aurait jamais soupçonné l'existence de tels raffinements. Elle touche du doigt la décadence capitaliste.

« Vous, les Français, vous ne pensez qu'à votre ventre! »

Elle contemple le tortillon noirâtre au bout de sa fourchette, ferme les yeux, avale tout rond, pâlit, a un terrible haut-le-cœur, se jette à toute vitesse le contenu de son verre dans le gosier.

« Vous êtes fous de manger ça! Les Français sont fous!

– Tu n'as même pas pu sentir le goût, Maria. Il faut mâcher...

– Mais je vois la grosse limace qui rampe sur la salade, avec ses cornes, et toute cette bave... C'est dégoûtant! Ne mange pas ça devant moi! Arrête, je te dis! »

Il fait remporter les escargots. Elle pose sa main sur la sienne. Elle veut se faire pardonner.

« Tu te rappelles, le cheval? Il était mort, la bombe l'avait tué, tu es entré dans son ventre, tu as coupé un morceau, tu voulais que je mange...

– Oui. Et tu n'as pas pu. Juste comme aujourd'hui. Pourtant, tu avais faim.

– Voilà. C'est Maria, elle est comme ça. Qu'est-ce que tu fais? Ton travail?... Oh! je dis des bêtises! Tu es vieux, tu ne travailles plus.

– Mais si, je travaille.

– En France, il faut travailler toujours alors? Jusqu'à la mort? Pas de retraite?

– C'est pas du tout ça! Enfin, pour les autres. Moi, c'est spécial. J'écris.

– Ça veut dire quoi, tu écris? Fonctionnaire, c'est ça? Dans le bureau?

– Pas exactement. Dans des journaux. Des livres, aussi. Enfin, surtout autrefois. Maintenant, je bricole.

– Oh! tu es écrivain?

– Ben oui. On ne t'a pas dit?

– On ne me dit rien. C'est la surprise, tu comprends? Ils viennent à la maison, ils me disent : « Camarade Tatartchenko, vous avez été prise par « les fascistes allemands en 1943, vous avez connu « dans le camp un camarade français, vous vous « êtes perdus en 1945 près de Czeczin, qui est « maintenant dans la République populaire de « Pologne, alors voilà, la télévision française vous « cherche pour montrer au public le grand roman « d'amour triste et d'amitié franco-soviétique, nous « vous avons trouvée, vous allez en France, à Paris, « pour l'émission, voilà. » Je ne peux pas croire, il y a si longtemps, j'ai tellement cherché, tellement cherché, je n'oublie pas, jamais, et voilà, ils me disent ça, mon cœur s'arrête, je m'assois sur la chaise, et puis je pleure, je pleure, je demande « Il « est vivant? Il n'a pas oublié? Il veut me voir? », mais ils ne veulent pas dire, rien, c'est le jeu, c'est la surprise, je verrai là-bas, je ne dois pas savoir avant.

– Eh, oui. Moi, pareil. »

Le serveur arrive avec les plats.
« La blanquette?
– Pour Madame. »
Elle regarde sa propre assiette, puis la sienne.
« Pourquoi tu ne manges pas comme moi? Quand on mange ensemble, on mange la même chose.
– Tu n'aimerais pas ce que je mange, c'est de la viande presque crue, et moi je n'aime pas le veau.
– Crue? C'est du cheval? »
Ses yeux s'écarquillent d'horreur.
« Mais non! C'est du bœuf. Meuh! Meuh! »
Elle goûte la blanquette, prudemment.
« Tu aimes?
– C'est un peu comme le stroganoff, mais il faudrait de la crème. Demande-lui d'apporter de la crème. Beaucoup de crème. Bien chaude. Et des concombres. »
Et merde! Il ne se sent pas d'humeur à jouer la grande scène du *Diable au corps*, la scène du vin qui sent le bouchon. Il n'a pas à prouver sa virilité, lui. Il n'a personne à séduire... Faire violence à sa timidité? Plutôt la muflerie, sans hésiter.
« Ecoute, Maria, tu es en France, tu manges français.
– Pourquoi tu te fâches? Tu as honte de moi? Nou, kharacho, je suis en France, je mange français. »
Elle rit. Elle lève son verre, interpelle la mémère de la table à côté :
« Bonnjourr, madame frrançais! »
Et à lui :
« Il faut porter le toast. »
C'est vrai. Il avait oublié. La politesse exige que chaque coup à boire soit accompagné d'un toast. Cul sec, cela va sans dire. Il cherche. Elle trouve :
« A Brraçva! A Maria! A nous!
– A nous, Maria! »

Ils mangent. Il ne sait pas de quoi parler. Il s'en veut de n'être pas plus chaleureux. Il n'ose pas se dire qu'elle l'agace. Ce n'est certes pas l'orgie d'émotions fortes qu'il attendait. Les toasts se succèdent :

« Aux cent millions de bombes qui ne nous ont pas tués!

– A la vieille Anna Petrovna! »

Il a du mal à suivre. Il voudrait plonger dans sa grande chope fraîche. Cette saloperie de vodka lui pèle la langue. Ils en sont aux vieux souvenirs, c'est venu tout seul, elle pleure aussi facilement qu'elle rit, il fait venir une autre bouteille, il lui dit qu'elle la boira toute seule, il n'est pas un terrible cosaque, lui, rien qu'un petit Français pâlichon, nou, kharacho, je boirai toute seule, elle rit, elle rit de plus en plus souvent, de plus en plus fort, sa voix est restée aussi belle, aussi riche, jusque dans le rire, ça donne un rire musical, splendide, on les regarde, il s'en fout, il est bien, elle est alcoolo comme une vieille éponge de comptoir, alcoolo jusqu'à la moelle des os, il s'en fout, il est maintenant vraiment retourné quarante-cinq ans en arrière, il y est en plein, cette vieille vache soûle aux yeux bordés de jambon n'est plus sa Maria mais elle est le seul être au monde à qui il puisse parler de Maria puisqu'elle a été Maria, raisonnement impeccable. Il lui dit ce qu'il n'a jamais pu dire à personne, tout lui remonte à la gorge, des choses qu'il ne se rappelait même pas avoir vécues, il les revit, il les vit soudain aussi fraîches, aussi douces, aussi violentes qu'alors, il ne s'était pas rendu compte, lorsqu'il les vivait pour de vrai, qu'elles avaient ce goût qu'elles ont, il vivait et c'est tout, il ne s'occupait pas du goût des choses, maintenant il les vit avec en plus le goût, sur cette table de bistrot, devant ces assiettes où figent les graisses... La voilà, l'orgie émotionnelle! Elle est venue là où il ne l'attendait pas.

« La lancinante survivance d'un passé qui ne fut pas vécu... » Où a-t-il lu ça? Il prend conscience qu'il a subi sa vie comme un ratage. A vingt ans, il avait trouvé sa direction, sa vocation : Maria. Et puis il l'avait perdue, et le trou ne s'était pas refermé. Il avait vécu, inconsciemment bien sûr, ses amours suivantes comme des ersatz, des à-peu-près, pourtant il ne trichait pas, il y allait à fond. Et là, il regarde cette caricature qui débite maintenant un russe bien trop volubile pour qu'il puisse suivre – elle est même retournée carrément à l'ukrainien –, il se demande : « Et si nous ne nous étions pas perdus? Je me connais : je l'aurais trompée. Je l'aurais quittée... Mais, non, je ne l'aurais pas fait. Trop conscient de ma responsabilité, elle se serait expatriée pour moi, tout ça... En somme, un premier amour, ça dure toute la vie à condition d'être assassiné dans l'œuf. Et ce « passé qui ne fut pas vécu » vous gâte d'avance tout ce qui viendra d'autre. Vous fait vivre un fantôme de vie... Dis, tu crois pas que tu bovaryses un peu? »

La brasserie s'est vidée. Le personnel met les chaises sur les tables. Elle a bravement séché sa bouteille. Il règle et lui dit :

« On s'en va. »

Il doit la soutenir jusqu'à la porte, et puis sur le trottoir. D'un seul coup, c'est de la viande soûle qu'il a sur les bras. Elle pèse. Finie, la féerie. La machine à remonter le temps s'est coincée entre deux étages. Il se demande ce qu'il va bien pouvoir faire de ce tas de barbaque. « Elle va me dégueuler dessus, je sens ça venir... » Elle se cramponne.

« Brraçva, pourquoi on n'est pas restés? On était bien, là. Ils ont de la vodka...

– Il faut rentrer te coucher, Maria. Où est ton hôtel? Tu as l'adresse?

– Me coucher? L'hôtel? Mais il est très tôt! Je ne

me couche pas maintenant. Je veux parler avec toi, encore, encore. »

Et voilà! Il rage. Et puis il se dit que ce n'est qu'un foutu sale moment à passer, que c'est un jour pas comme les autres, un sacré fantastique jour plein d'émouvance, de symboles et de signification, il l'a prise en charge, il faut aller jusqu'au bout, bourre-toi la gueule, triste con, rattrape-la, fais pas ta pucelle, et hop-là! Oui, mais, où l'emmener? Il est complètement étranger à la vie de noctambule. Les bars où on s'accroche par le coude jusqu'au petit matin devant un double scotch, il ne sait même pas où on les trouve, pour lui ça n'existe que dans les polars de Chandler. Et puis, merde, je l'emmène dans la cabane! J'ai pas de vodka, mais le litre de gnôle est presque plein.

Un taxi passe. Le chauffeur sort la tête. C'est un Arabe. Une chance. Un Fransquillon se serait sauvé devant la mémère titubante. L'Arabe rigole, amical :

« La petite dame, il a le coup dans l'aile! »

Il les dépose devant la porte de la cour, descend de voiture pour aider à soutenir la petite dame jusqu'au seuil de la piaule.

« Faut qu'il prend un café bien chaud. Allez, la bonne soirée à vous! »

Elle va déjà beaucoup mieux. Incroyable ce que ça récupère vite, ces Russkoffs!

« C'est ta maison, ici?

– Eh, oui.

– Mais c'est tout petit! »

Elle montre les grosses poutres noires du plafond.

« Chez nous, une maison comme ça, c'est une maison de moujik. Vieille maison. Pas belle. Pas moderne.

– Moi, ça me suffit.

– Où je m'assois? »

Il lui montre le matelas mousse, par terre.
« Là.
– Tu n'as même pas un fauteuil? Pauvre, pauvre Brraçva! »
Elle se laisse tomber sur le matelas. Sa jupe se retrousse sur des cuisses gélatineuses qui tremblotent dans le collant. Elle passe le doigt sur le carrelage.
« C'est sale! Tu n'as pas de femme?
– Non. Et je suis très paresseux.
– Tu n'as pas la télévision?
– Eh, non, tu vois.
– Alors, tu es vraiment très pauvre. Chez nous, en Ukraine, tout le monde a la télévision. Il y a même des gens qui ont le téléviseur avec les couleurs, très grand, très très grand, comme ça (elle montre avec les mains une largeur d'une quarantaine de centimètres). Moi, j'en ai un petit (elle montre la dimension d'une carte postale), mais je mets devant lui l'aquarium avec les poissons, je regarde l'écran à travers l'aquarium, ça agrandit l'image, tu comprends?
– Oui, ça fait loupe. (Il a dit « loupa », à tout hasard. Gagné! C'est juste ça.)
– Da, da! Loupa! Tu parles mieux le russe qu'autrefois. Alors c'est comme si j'avais un grand téléviseur, pareil, et les poissons sont rouges, ça fait la télévision en couleurs. Vott kharacho! »
Elle demande :
« Tu as de la vodka? »
Il allonge le bras, ramène le litre de gnôle. C'est fait avec on ne sait trop quoi, des queues de raisin, des pommes pourries, des bouses de vache, le gars qui lui a filé ça n'a jamais pu lui dire, c'est fort comme la mort et méchant comme un âne rouge. Il va pour rincer un verre, son verre à dents, mais elle l'arrête :
« Pas la peine. »

Elle montre le goulot.

« C'est meilleur comme ça. »

Elle s'en envoie une bonne lampée. De grosses bulles d'air glougloutent et grimpent en se bousculant.

« Oï ty, zaraza! C'est fort! »

Elle accuse le coup. Ses yeux sont noyés de larmes. Il boit à son tour. Il s'est vautré près d'elle, sur le matelas. Il voudrait bien que revienne l'instant magique de tout à l'heure, se retrouver sous le ciel bas, dans l'immensité grise, les joues fouettées par le vent de la Baltique, le cher vieux vent de la Baltique qui s'est frotté la panse sur tellement et tellement de camps avant d'arriver ici qu'il pue le vieux pet de chou-rave et la couverture moisie, le cher vieux vent de la Baltique où traîne la plainte triomphale des babas entortillées de blanc, et par-dessus toutes les voix la voix de Maria, à te faire trembler de trop beau...

Il dit :

« Chante, Maria.

– Mais tu chantes avec moi.

– Bien sûr, Maria. »

Elle chante. « Viyout vitri » : « Soufflent les vents. » Celle-là, il ne l'a jamais plus entendue depuis. Il n'osait pas se la fredonner, aux premiers mots sa gorge se serrait, les larmes lui venaient, une envie de mourir le prenait, une terrible et douce envie de mourir.

Elle chante. S'ils ne s'étaient pas perdus, s'ils avaient vécu toutes ces années serrés l'un contre l'autre, elle serait là, tout comme elle y est maintenant, telle qu'elle est maintenant, et elle chanterait, comme elle chante. Elle serait vieille, et ivrogne, lui serait vieux et triste, comme ils sont en vrai, comme ils sont! Ils ne s'aimeraient plus, ou bien ne se supporteraient plus. Ils auraient tant rabâché leurs souvenirs qu'il ne leur en resterait qu'un ennui à vomir, une envie d'étrangler l'autre pour qu'il la ferme...

Elle chante. Elle oublie tout le reste, ça ne rate jamais. Sa voix prend de l'audace, monte et s'étend, emplit toute la nuit d'un bout du monde à l'autre, et lui se laisse emporter dans la steppe immense qu'il n'a jamais vue, dos au mur, bras ballants, il pleure comme un veau, il pense « Je suis un vieux con romantique à deux ronds, mais pourquoi s'en priver? », il pleure sur sa vie et sur tout ce gâchis, il y a des gens comme ça qui ne savent pas pleurer pour rien, pour le bonheur de pleurer.

Elle le secoue :

« Tu ne chantes pas!

– Je n'ose pas, Maria. Je n'ose pas. C'est si beau, quand tu chantes! Et moi...

– Avant, tu chantais.

– Parce que tu me forçais.

– Alors, chante! »

Bon, il s'y met. Cette voix sourde et comme exténuée qu'il a s'applique à suivre, bien sage, la vieille mélodie, et alors Maria s'envole, improvise, enroule et déroule ses arabesques, la voilà debout, yeux perdus, « En transe, se dit-il, en transe! » Elle hurle des stridences de louve, et puis soudain c'est le ruisseau sur les cailloux, elle est partie, elle s'en fout... Il se sent comme doivent se sentir les mômes qui claquent des doigts devant un juke-box où se défonce un négro américain.

Elle s'arrête, boit un coup.

« Dis donc, tes voisins?

– Ici, les voisins s'en foutent. Ils ont l'habitude. Mais les autres fois, c'est pas moi. »

Elle s'affale sur le matelas.

« Tu ne m'as même pas embrassée. »

C'est vrai. Il ne l'a même pas embrassée. Il la prend dans ses bras. C'est gras et mou. Elle se blottit. Elle fait la câline. Il pense : « Elle doit puer l'alcool. » Il l'embrasse. Elle pue l'alcool.

Elle dit :

« Tu veux? »

Bien emmerdé. Pourquoi ne reste-t-elle pas à l'état de souvenir? C'était si bon, tout à l'heure... Non, il ne « veut » pas. Non, non, oh! non. Et voudrait-il, pour faire plaisir, qu'il ne pourrait pas.

Elle n'insiste pas (Ouf!). Elle s'adosse au mur. Elle ne dit rien. Quelques minutes passent, comme ça, lui ne sachant que faire, ni que dire. Il la regarde. Les larmes lui coulent le long des joues, sans bruit, comme au cinéma, et tombent, plof, sur le corsage à fleurs. La petite lampe, étoile de ses insomnies, fait briller les larmes par en dessous, c'est pathétique comme tout. « Très icône », ne peut-il s'empêcher, car il n'en loupe pas une, et comme en même temps il se rend compte, il se méprise, sans excès toutefois, se rendre compte qu'on est con n'empêche pas d'être con, mais faut faire avec, non?

Donc, elle pleure. Il ne supporte pas qu'une femme pleure, c'est d'ailleurs comme ça qu'elles l'ont eu, mais peut-être pleuraient-elles pour de vrai, c'est ce qu'il faut toujours se dire. Maria pleure, et soudain tout est de sa faute, à lui. Toute la culpabilité de sa vie, toute la culpabilité du monde, tout ça lui tombe sur les épaules. C'est parce qu'il fut trop insouciant qu'il l'a perdue, parce qu'il ne fut pas assez acharné qu'il ne l'a pas retrouvée, et tout ce qui s'ensuit... Son premier crime. Il ne l'a pas fait exprès, mais ça, le destin s'en fout. Feignant, voilà. Baisse les bras. Trop vite résigné. Il comprend tout, c'est lumineux. La gnôle aide bien. Il se joue ce film-là, c'est le thème de ce soir. Et vas-y donc! Tout s'explique par ce crime initial. « Crime initial », si si, c'est comme ça qu'il se cause! Liliane, s'il ne l'avait pas, comme un con, abandonnée entre les pattes de ces internes bourrés, dans cet hôpital en goguette... Tita, qu'il a déçue, et déçue, et déçue... Gabrielle... Fumier! Même pas : ınınable gobe-la-lune gnangnan à la fausse gueule de dur, poulet plumé qui agite ses moignons d'ailes et se prend pour un aigle, cœur d'artichaut semeur de désastres... Il se voit abject jusqu'au grandiose, irresponsable dégueulasse à qui on n'en fera jamais assez baver...

Elle cherche dans son sac, son sac tout neuf. Tiens, on a oublié de lui acheter un mouchoir. Les mouchoirs de papier existent-ils, en U.R.S.S.? Il se lève, ne trouve pas de mouchoir propre, alors il lui tend le rouleau de papier-cul. Elle s'essuie les yeux, même pas étonnée. Et puis elle dit :

« Ramène-moi à l'hôtel.

– Pas encore, Maria. Parle-moi de toi. Ta vie. »

Hypocrite comme tout. Hypocrite par charité, comme il a toujours été, c'est même comme ça qu'il a semé les pires dégâts, pour ne pas faire de peine il va au-devant, il en rajoute, tellement convaincant qu'elles prennent ça pour argent comptant.

« Ma vie! »

Elle hausse les épaules, les yeux au loin, et soudain le regarde droit en face. Elle dit, dents serrées :

« Tu veux connaître ma vie? Tu veux vraiment? »

Il lui répondrait bien « Je m'en fous », c'est ce qu'il ferait s'il était n'importe lequel de ces mecs qui vont où ils veulent, quand ils veulent, mais lui fait « Oui » de la tête. Elle a des yeux qui annoncent « Pas de cadeau ». Il attend le choc.

MARIA RACONTE

MARIA raconte.

« Le camion arrive sur la petite place devant la maison. J'entends le bruit, je me méfie, je regarde par le trou pour la clef, par la fenêtre je ne peux pas, il n'y a pas de rideaux. Les soldats sortent du camion. Ils ont les mitraillettes. Je vois un Polonais, il sort de la grande ferme, en face, les soldats lui demandent s'il y a des femmes soviétiques dans la ferme, le Polonais dit « Oui, deux, une jeune et une « vieille, une la fille, l'autre la mère ». Le soldat dit : « Davaï siouda! », le Polonais court, et voilà : il revient avec ces femmes. Le chef des soldats demande « Qui êtes-vous? D'où êtes-vous? Pour- « quoi êtes-vous en Allemagne? » La vieille répond, mais il ne la laisse pas parler, il crie : « Vous êtes « des collaboratrices de l'ennemi fasciste! Vous « vous êtes laissé prendre exprès! Vous étiez sûres « que les fascistes allaient gagner la guerre et « liquider la révolution socialiste! Toi, vieille « putain, tu as couché avec les fascistes, tu as donné « ta fille aux fascistes! Vous êtes des traîtres et des « putains! Peut-être même des espionnes! » Elles pleurent. Il crie : « Dans le camion, en vitesse! » Elles pleurent, elles crient, les soldats les prennent et les poussent dans le camion. Le Polonais regarde. Le sergent demande : « Il y a d'autres femmes

« soviétiques dans ce village? » Alors le Polonais montre cette cabane où je suis et il dit qu'il y en a une ici. Les soldats cognent la porte, le sergent crie « Ouvre! », moi je veux me sauver, mais la fenêtre est juste à côté de la porte, il n'y a pas moyen. Alors ils cassent la porte, ils disent « Pourquoi tu te « caches, putain, espionne fasciste? » et ils me battent, je crie que je suis mariée avec un Français, que tu arrives tout de suite, je donne des coups de pied, mais ils rient, ils me portent dans le camion, et voilà, c'est fini, plus de Maria.

– Ça s'est donc bien passé comme le Polonais m'a raconté. Pourquoi as-tu dit le contraire, tout à l'heure, à la télé? »

Elle hausse les épaules. Ces Occidentaux sont vraiment bouchés.

« Les soldats soviétiques de la Grande Guerre Patriotique sont des héros. Ils ne pillent pas, ils ne violent pas, ils ne tuent pas les civils...

– Bon, bon. J'ai compris. Après?

– Quoi, après? Qu'est-ce que tu crois? Ça commence dans le camion, la fille d'abord, pour faire gueuler la mère, et puis la mère...

– Et puis toi.

– Et puis moi, oui, bien sûr, et puis moi. Je pleure, je griffe, je mords, ils s'en foutent, ça les fait rire. Et puis on arrive quelque part, je ne vois rien, le camion est fermé avec la bâche, on descend, c'est une école, quelque chose comme ça, il y a des matelas par terre, les soldats dorment là, ils sont beaucoup, ils changent tout le temps, c'est des régiments qui montent au front, des tankistes, ça dure des jours, je ne sais pas combien. Il y a d'autres filles, beaucoup, des Allemandes parce qu'elles sont allemandes, des Russes parce qu'elles ont été déportées par les Allemands, et aussi des Polonaises, des Tchèques, pour avoir à manger... Eux, ils s'en foutent, ils veulent des femmes, tu comprends? Ils ne sont pas méchants, ils rigolent, ils nous donnent à manger, ils nous font boire du schnaps et de la vodka... Heureusement qu'il y a la vodka. »

Elle se tape un vieux coup de gnôle. Il ne dit rien. Qu'est-ce qu'il pourrait dire?

Et puis une idée lui vient :

« Alors, le gosse du Volkssturm, le bazooka, l'hôpital, c'était de la blague?

– C'est ce que je dois dire.

– Ah?... Je vois. »

Il voit. Des tas de choses.

Elle le prend aux épaules, le secoue.

« Oï, Brraçva, pourquoi tu n'étais pas avec moi?

– Parce que j'étais très con, Maria. Très, très con. Bolchoï dourak. Je le suis toujours... Je suis arrivé à la cabane deux heures après le passage du camion. J'apportais à manger. Comme un con.

– Deux heures... Et voilà. Toute la vie changée. »

Elle hausse les épaules. Boit un coup.

« Je réussis à me sauver. Tout le monde est soûl. Je n'ai pas de vêtements, ils les ont cachés, je trouve une blouse dans un placard, la blouse du maître d'école, je pense, je jette une couverture sur mes épaules, je prends du pain, du saucisson, il y a beaucoup à manger, ils jettent, ils gâchent. C'est la nuit. Je me sauve dans la campagne.

« Je veux te retrouver, tu comprends? Je ne peux penser qu'à ça : te retrouver. Ce n'est pas possible que je ne te retrouve pas. Je sais que tu me cherches comme moi je te cherche, je le sais, j'en suis sûre. Mais peut-être tu es mort? Il y a encore des combats un peu partout. Non, ça, je ne veux pas y penser! Il faut chercher, et marcher, et ne pas penser. Comment chercher? Où? Je me dis que d'abord je dois retourner à la cabane. Forcément tu es passé là. Peut-être tu m'attends là-bas?

– Tu y es retournée?

– Evidemment! J'ai eu du mal. D'abord, je ne sais pas où c'est. J'ai oublié le nom du village.

– Gültzow.

– Oui, mais moi, j'ai oublié. Nous sommes restés une nuit seulement, et tellement fatigués! Mais je cherche dans ma tête, je cherche, je cherche, et enfin je me rappelle le nom de la petite ville à côté : Stavenhagen. Voilà, je suis sûre, maintenant. Stavenhagen. Mais où c'est, cette ville? A droite? A gauche? Loin? Avant tout, il ne faut pas que je traîne ici. C'est la nuit. Très noire. Je marche sur la route, je ne sais pas où je vais, je guette les patrouilles de soldats. Mais il n'y a pas de patrouilles. La guerre est presque finie, l'Armée Rouge a gagné, elle fonce en avant, elle s'en fout de la discipline, ce n'est pas le moment d'emmerder les soldats. Il fait très chaud. Tu te souviens comme il faisait chaud?

– Je me souviens. Un très beau printemps. Moi aussi, je marchais. Je crevais de chaleur.

– Je n'ai pas de chaussures, ils me les ont prises, alors mes pieds brûlent. Je descends dans le fossé sur le côté de la route, il y a de l'eau dans le fossé, tout au fond, je marche dans l'eau, c'est bon. Et puis je bute contre quelque chose, et alors je tombe, et mes mains touchent cette chose, et c'est un homme. J'ai peur. Je veux me sauver. Mais il m'attrape la jambe et il serre très fort. Je retombe sur lui. Il rit. C'est un soldat. Il est soûl. Il me prend dans ses bras et il dit : « Mon amour, ma petite âme, c'est gentil de venir dormir avec moi », des choses d'homme soûl. Et moi je reconnais sa voix, il est caserné dans cette école depuis trois ou quatre jours, c'est un garçon très gentil, très doux, un Ossète, tout jeune, il s'est engagé, il m'avait donné du chocolat américain qu'il avait eu par un ex-prisonnier, on avait causé, et voilà, c'était justement lui, ce garçon gentil, là, au fond du fossé.

– Il avait...

– Naturellement. Comme les autres. Pourquoi pas lui? Tu es fâché? Je savais bien qu'il ne fallait pas te dire tout ça. En marchant sur la route, tout le temps je cherche un mensonge dans ma tête pour ne pas te dire le camion, l'école, ces choses... Quand je t'aurais trouvé, je ne te disais rien, tu ne savais rien. Maintenant, c'est trop tard. »

Elle boit.

« Tfou!... Ça pue, cette chose! Ça pue la pisse de cochon. Pourquoi tu n'as pas de vodka?

« L'Ossète me serre contre lui, très fort, il est fort comme un petit taureau, je pense « Il va appeler les autres! », mais non, il me dit des mots gentils, il me dit « Laisse-toi faire, petit pigeon! », et bon, il fait ce qu'il veut, il fait très vite, il est si jeune, il est tout mouillé plein de boue à cause de ce fossé, et puis il pleure, alors je le prends dans mes bras, je pleure aussi, je le berce comme un bébé, il fume une cigarette, il me dit « Où tu vas? Tu te sauves, n'est-ce pas? Tu vas retrouver ton Allemand? » Je lui dis que je n'ai pas d'Allemand, j'emmerde les Allemands, je veux aller à Stavenhagen rejoindre mon mari français. Il sait où est Stavenhagen? Oui, il sait. Il a vu sur la carte. Il m'explique. Ce n'est pas loin. Douze kilomètres. Il me donne encore du chocolat, il me dit « Bonne chance! », et je pars pour Stavenhagen.

« C'est d'abord la grande route, je dois faire attention, il y a des convois militaires qui passent, heureusement la route est droite, c'est la plaine, je les entends venir de loin, et alors je me cache dans le bois ou derrière la haie. Et puis je prends une route plus petite, je la trouve juste comme il m'a expliqué, et là ça va mieux, il ne passe plus personne. »

*

« Il commence à y avoir des maisons plus serrées, et puis je vois une pancarte avec « Stavenhagen » peint dessus en caractères cyrilliques. C'est déjà le matin. Je n'entre pas dans la ville, il doit y avoir plein de soldats, je vois déjà une femme-soldat qui règle la circulation au carrefour, devant moi, elle a l'air très méchant. Et puis voilà, je reconnais, c'est justement par ici que nous sommes sortis de Stavenhagen, toi et moi, pour arriver dans ce village! Je cherche un peu, je retrouve la petite route, je marche, une demi-heure, ça y est, voilà la grosse ferme, voilà la petite place, et voilà la cabane. Mon cœur bat très fort. Je veux ouvrir. La porte est fermée. La serrure est toujours arrachée, mais il y a quelque chose de lourd qui bloque la porte par-derrière. Je suis contente! Tu es revenu, tu m'attends, tu es là derrière cette porte, tu vas l'ouvrir, oh! je suis si contente! Je cogne, je t'appelle, je n'ose pas crier trop fort. Enfin, on répond, mais ce n'est pas ta voix. C'est un Français, mais ce n'est pas toi. Il dit « Qu'est-ce que c'est, merde? », et moi je ne réponds pas, je ne comprends pas, mes jambes tremblent, et cette vilaine voix crie : « Was ist das? » avec cet épouvantable accent français. Je parviens à dire « Tür auf machen! », ça, tout le monde comprend. Et je recommence à frapper la porte. Il finit par ouvrir en jurant beaucoup de merde - la vache - enculés de Russkoffs de merde, et je le reconnais. C'est un de ton camp, un vieux, au moins quarante ans, un toujours râleur, jamais content, qui n'aime pas les Russes, ni les Polacks, ni les Allemands, un qui n'aime personne, il a le bonnet plat sur la tête, tout noir avec la petite queue, très laid, ça nous faisait rire...

– Un béret.

– Voilà. Il ne m'a jamais parlé, il méprise trop les « sauvages », et puis il a peur des femmes, ça se voit, c'est ça qui le rend méchant, mais il me connaît, tu penses, il sait que je suis ta femme, tout le monde sait ça, dans le camp... Tu vois qui c'est?

– Oh! oui, je vois! J'ai oublié son nom, mais je le vois comme s'il était là. C'était un volontaire, le salaud... Je te dirai quelque chose, tout à l'heure. Va toujours.

– Je suis quand même contente de trouver quelqu'un qui te connaît. Il ne me dit pas d'entrer, alors je lui demande si tu es là, il ne comprend pas, il est très bête, alors je dis « Brraçva hier? » et je fais les gestes, je montre la maison, je montre avec la main comme tu es grand, là je sais qu'il comprend mais il continue à faire le bête, et voilà qu'un autre se montre, un petit, jeune, avec la figure ronde et rouge et des boutons, ils sont toujours ensemble, tu vois qui c'est?

– Je vois très bien. Va toujours.

– Et celui-là dit « C'est Maria! » et il explique à l'autre quelque chose en français, il parle de « Rital », je sais qu'ils t'appellent comme ça, et moi je dis « Da! Da! Brraçva. Rital! Da! Moi, Maria. Ich suche Brraçva. Hast du ihn gesehen? Du sehen Brraçva? »

– Tu vois, si tu avais pris la peine d'apprendre le français!

– J'ai essayé. Ma tête est trop petite, tu sais bien. Rass siouda, rass touda! Bon. Ces deux-là ne t'ont pas vu. Je pleure. Je suis si fatiguée. Je ne sais plus quoi faire. Je veux mourir. Ça a l'air de leur faire plaisir, à ces deux connards. Surtout au vieux. Ils me laissent debout, là, dehors, ils ont envie de fermer la porte. A ce moment-là, un Polonais sort de la ferme, je le reconnais, c'est célui qui a dit aux soldats que j'étais là, lui aussi me reconnaît, il rentre vite dans la ferme mais je fais plus vite, je le rattrape, je lui dis « Tu es un fumier, mais dis-moi si « tu as revu l'homme qui était avec moi, dis-moi « seulement ça! » Il ne dit rien, il veut s'en aller, alors je l'attrape à deux mains par la chemise et je secoue, et je gueule « Dis-moi ça, ordure, sinon je te « fais fusiller, là, le long du mur où tu as fait fusiller « les autres! Je suis la poule d'un officier de l'Ar- « mée Rouge, maintenant. Tu vas voir si je le fais « pas! » Il a peur, tellement peur qu'il ne réfléchit pas que la poule d'un officier ne traînerait pas les routes, nu-pieds, à poil sous une blouse grise d'instituteur et de la paille plein les cheveux. Il me dit que tu es revenu, que tu m'as cherchée et qu'il t'a parlé de Neubrandenburg, il croyait avoir entendu le sergent donner le nom de cette ville au chauffeur du camion.

– Oui. C'est bien ce qu'il m'avait dit.

– Enfin, j'ai des nouvelles de toi! Mais Neubrandenburg, où est-ce? Il me le dit : à cinquante kilomètres à l'est. Et alors je me souviens. Nous avons traversé cette ville en venant de Zerrethin, nous ne nous étions pas encore échappés de la colonne.

– Je me souviens très bien, Maria. C'est peu après Neubrandenburg que nous nous sommes sauvés par les champs, tous les deux.

– Et puis je réfléchis. Il y a longtemps que tu es parti pour Neubrandenburg. Au moins dix jours. Tu as vu que je ne suis pas là-bas. Peut-être tu as attendu, trois jours, cinq jours... Mais maintenant, tu es reparti. Le seul endroit où tu peux me trouver, c'est ici, là où tu m'as laissée. N'est-ce pas?

– Je suis allé à Neubrandenburg, je ne t'ai pas trouvée, on m'a parlé d'un camp à Stettin, je suis allé à Stettin, en passant par Zerrethin et en refaisant à l'envers la route que nous avions suivie. Tu vois quel con! Bien sûr, c'est toi qui avais raison, il fallait revenir à Gültzow, et attendre. Mais j'étais dans un état terrible, je ne pouvais pas rester tranquille, une panique me poussait au cul, il fallait que je marche, que je fouille, que je questionne... Et toi, tu m'attendais au seul endroit où je ne suis pas retourné parce que c'était le lieu du malheur... Oui, bon.

– Je dis à ces deux Français que je reste là, dans cette petite maison, et que je t'attends. Ils restent s'ils veulent, moi je m'en fous. Ils font la gueule, ils parlent entre eux, et le petit dit « D'accord, mais tu « fais la bouffe, le ménage, tout ça ». D'accord. Ils vont chercher à manger à droite à gauche, ça devient difficile, ce n'est plus le grand joyeux pillage. Les Polonais sont installés partout. Les Allemands n'ont plus rien, on ne peut plus leur prendre. Le Polonais de la ferme me regarde en ricanant. Un jour, il me dit : « La poule d'un officier, hein? T'es « la putain de ces deux clochards français, voilà ce « que t'es. » Je lui dis « Je ne suis la poule ni la « putain de personne. Je suis la femme du grand « Français, tu sais bien qui, et il va arriver d'un « instant à l'autre ». Il ricane, il dit que tu m'as laissée tomber comme un vieux caleçon plein de morpions, alors je lui cogne la tête avec le balai, mais après, quand je suis seule, je pense que peut-être c'est vrai, déjà les deux cons français me disent ça avec les gestes, en rigolant, ils disent : « Mam-« selle Russkoff, gut fick-fick! Krieg fertig, raus « Mamselle Russkoff! Weg! »

– Les fumiers!

– Un jour, les gendarmes militaires viennent, ils disent aux Français qu'il faut partir, il y a des camions pour les emmener dans la zone américaine, le rassemblement est quelque part, là-bas, très loin...

– A Schwerin.

– Possible. Enfin, il faut y aller, à pied, naturellement. Moi, j'étais cachée derrière le rideau que j'avais installé pour me laver. Les gendarmes s'en vont. Je demande « Emmenez-moi avec vous. J'at-« tends Brraçva en France. Je connais le nom de sa « ville. Je vais chez ses parents, je l'attends là. » Je dis ça un peu en allemand, un peu en gestes. Ils parlent entre eux, et puis le jeune dit « Ja », mais il a l'air gêné. Alors, le vieux dit « Ja, aber fick-fick ». Je dis « Svolotch! » Salaud! Il me dit : « So ist es. « Nix fick-fick, nix venir. » Il dit encore : « Ich « fick-fick, und Freund auch. »

– Ah! les vaches! Et alors?

– Alors, je crache par terre, je ris. Et puis je pleure. Toute seule, je suis fichue. Avec eux, j'ai une chance. Je ne crois plus que tu viendras ici. Ils voient que je ne sais plus. Ils font les gentils...

– Enfin, bon, ils t'ont sautée? »

Elle fait oui de la tête.

« Tous les deux?

– Non. Le jeune n'a pas pu.

– Dommage! Il avait au moins la jeunesse pour lui.

– Je veux te rejoindre! Qu'est-ce que je peux faire? Je lui dis « Nicht sagen Brraçva ». Il me jure que tu ne sauras rien. Il pue de la gueule, le vieux salaud! Il crie trois fois, comme un lapin...

– Je ne te demande pas de détails.

– Et alors je vois l'autre, le jeune, il pleure, il a du chagrin, il prend le vieux dans ses bras, il l'enlève de sur mon ventre, et il crie « Pourquoi tu as fait « ça? Pourquoi tu as fait ça? » Je comprends qu'il dit ça.

– Ecoute, Maria. Tout ça m'aurait fait de la peine autrefois, mais écoute, si tu me donnes tous ces détails on n'en finira jamais. Bon. Tu es partie avec les deux pédales. Après?

– Attends, tu vas voir. Je pleure, je pleure, et puis je dors. Quand je me réveille, ils sont partis. Ils ont fait tout doucement, ils ont pris leurs affaires et ils sont partis. Voilà. Je suis toute seule, je ne sais pas quoi faire, et toi tu ne viens pas. Et puis une automitrailleuse s'arrête sur la place, il y a des drapeaux rouges dessus, beaucoup de drapeaux rouges, et aussi des drapeaux que je ne connais pas, je pense un américain, un anglais et un français, et les soldats chantent avec l'accordéon, il y en a un qui parle dans le mégaphone, très fort, il dit que c'est la victoire, la guerre est finie, Berlin est tombé, les fascistes allemands ont signé l'armistice le 8 mai, c'est-à-dire hier. Alors, c'est la fête. Tout le monde est soûl, ils chantent, ils dansent, ils tirent avec le fusil et la mitraillette... Et moi, je veux mourir. Je sais que je ne te retrouverai pas. Je ne mange pas, je ferme mes oreilles, je reste dans le noir. Le Polonais vient, il est soûl, il veut coucher avec moi. J'en ai marre de coucher, j'en ai marre des hommes, je le bats avec le balai, je le jette dehors, il tombe par terre. Le lendemain, les soldats viennent avec le camion et une femme-gendarme, ils m'emmènent à la Kommandatoura. Ce n'est plus le grand bordel comme les premiers jours, ils sont très stricts, très sévères, ils m'interrogent, ils m'interrogent, moi je leur parle de toi, peut-être ils t'ont vu, peut-être tu as laissé des messages... Ils rigolent, ils me disent « Ton Français, il est en France, maintenant, avec sa « fiancée française ». Moi je dis « Non, pas possi- « ble », alors ils deviennent méchants, ils disent : « Tu ne devais pas parler aux étrangers. Tu devais « te garder propre en attendant la victoire de nos « armées soviétiques. La guerre n'est pas une « romance à deux sous. Vingt-cinq millions de nos « plus beaux jeunes gens sont morts, nos villes et

« nos usines sont détruites, tu ne vas pas nous « casser les pieds avec ton histoire d'amour! Main- « tenant il faut travailler, tous ensemble. Tu iras où « on te dira d'aller. Sois contente qu'on ne t'ait pas « fusillée comme une sale collabo qui travaille pour « les Boches contre la patrie soviétique et qui se « fait sauter par des étrangers anticommunistes. « Tous les étrangers sont anticommunistes. En « attendant, tu travailles au camp. » Je réponds que tu n'es pas anticommuniste et que je te chercherai encore, et que tu es d'accord pour venir en Ukraine avec moi. Ils me disent « Ta gueule, va nettoyer les « chiottes. On t'aura à l'œil. »

« Après, je suis dans un camp, je suis dans un autre camp, je m'évade, ils me reprennent, enfin je suis dans ce camp de Stettin...

– Où j'avais laissé une lettre pour toi.

– Je n'ai pas eu la lettre. Ils l'ont brûlée, ou peut-être ils l'ont mise dans mon dossier.

– Tes deux Français, là, les deux pédérastes, je les ai rencontrés. Sur une route, je ne me rappelle plus où, je te cherchais, eux ils allaient en sens contraire, vers la France. Je leur ai demandé s'ils t'avaient vue. Ils m'ont dit que non. Le vieux a ajouté, l'air de se foutre de ma gueule : « T'en fais une tête! T'as l'air « d'un mort vivant. C'est parce que tu l'as per- « due? » J'ai dit oui. Il m'a répondu « Nous, tu vois, « ça va. On n'a pas de chagrins d'amour, nous ». La vieille salope! Et il savait que tu étais à Gültzow, dans la baraque. Pourquoi ne m'a-t-il rien dit? Qu'est-ce qu'il en avait à foutre? »

Elle pose sa main sur son bras.

« Parce qu'il aime faire du mal. Il n'a qu'un mot à dire et il ne le dit pas. Il est le maître du destin, tu comprends? Il n'aime personne, personne ne l'aime, alors il devient méchant.

– Mais ce gosse l'aimait!

– Ce n'est pas cela qu'il veut. Il veut une femme,

mais il a peur des femmes. Alors il hait les femmes. Il couche avec ce garçon, mais il n'aime pas les garçons. Tu comprends?

– Oui. Donc, te voilà à Stettin. A partir de là, tu rejoins ce que tu as raconté à la télé, tout à l'heure. Tu as vraiment été volontaire pour Stalingrad?

– Volontaire, tu parles! Je suis mal notée, je suis plusieurs fois convoquée par la camarade chef de camp pour engueulade, et quand les trains peuvent rouler on me met dans le train avec beaucoup d'autres femmes, toutes celles qui ne se sont pas trouvé un fiancé officier ou bureaucrate, des soldats nous gardent, on ne sait pas où l'on va, le train s'arrête, c'est un champ de bataille pire que Berlin, c'est Stalingrad, et voilà, nous travaillons là.

– Déportée, quoi? Encore et encore!

– Tu appelles ça comme tu veux.

– Ça a dû être terrible?

– Oui. Terrible. Mais je m'en fous. La vie, je m'en fous. Ils me disent « Fais ça », je fais ça. C'est dur, il n'y a pas à manger, ils nous punissent, ils nous battent, il faut coucher avec le surveillant pour avoir deux morceaux de sucre, il faut coucher avec la surveillante sinon elle dit que tu ne travailles pas et on te met dans le kartser.

– Kartser?

– Tiourma. Prison. »

Elle croise les doigts de ses deux mains devant ses yeux pour figurer les barreaux.

« Ah! au cachot?

– Je ne sais pas. Peut-être. Là, tu ne vois pas clair, tu manges seulement un hareng salé, très très salé, et tu ne bois pas. Quand tu as trop faim, tu manges le hareng. Alors ta langue brûle, mais il n'y a pas d'eau.

– Merde... Ça a duré longtemps?

– Trois ans à Stalingrad. Et puis encore cinq ans à Iénisséisk. En tout, huit ans.

– Iénisséisk, c'est en Sibérie?
– Oui.
– Pourquoi on t'a envoyée là-bas?
– J'ai fait une grosse bêtise.
– Qu'est-ce que tu as fait?
– Un soir, une femme vient dans la baraque. Elle veut coucher avec moi.
– Une surveillante?
– Non. Une fille comme moi, mais qui est la copine de la surveillante. Une kapo, si tu veux. Elle est soûle... Et moi, je lui dis " Non ".
– Pourquoi? Tu l'avais déjà fait.
– Peut-être, mais je dis " Non ". »
Elle se met en colère.
« Moi aussi, j'étais soûle, si tu veux savoir!
– Tu avais de la vodka?
– On peut toujours avoir, dans les camps, ceci ou cela, on peut toujours... Moi, j'ai besoin. Je suis très triste. Très, très triste. Je veux mourir. La copine dans le lit en dessous du mien me donne de la vodka, très bonne copine, elle sait pourquoi je pleure.
– Et pourquoi pleurais-tu?
– Tu veux savoir? Voilà. Mon bébé est mort.
– Ton bébé?
– Il est né en quarante-six. Janvier quarante-six. On l'a mis dans la crèche, il est bien soigné, je le vois une fois par semaine, le surveillant me conduit. Et puis il tombe malade, et puis il meurt. Je le vois dans son petit lit. Je reviens à la baraque et je me soûle la gueule.
– Tu crois que...
– ... Que c'est ton enfant? Kak éto znat? Comment savoir? Il est ton enfant, ou peut-être celui d'un soldat, ou peut-être celui du vieux cochon français. Comment savoir?
– C'était un garçon?

– Un très beau garçon. Avec les yeux bleus. Très bleus... »

Elle rit :

« Toi aussi, tu as les yeux bleus. Moins bleus que les siens.

– Alors, il avait les tiens.

– Ou ceux du soldat, ou...

– Ou ceux de la vieille pédale, oui, je sais. »

Elle lui met la main sur l'épaule. Elle a un rictus de vieille roulure cynique.

« Qu'est-ce que ça peut foutre, mon Brraçva? C'est si loin... »

Elle se plante le goulot aux lèvres, les bulles montent, le liquide descend. Elle lui tend la bouteille. Il la pose sur le carrelage.

« Après? Raconte.

– Après, eh bien, je suis soûle, cette salope veut me toucher, je ne veux pas, il y a une fourchette sur la planche, je prends la fourchette, je lui enfonce dans l'œil, de toutes mes forces, et puis je lui donne des coups de fourchette partout, je ne sais plus ce que je fais, je suis folle, elle crie, les filles ont peur, et puis je ne sais plus, les surveillants arrivent... Voilà.

– Elle est morte?

– Non. Elle perd un œil. Le reste n'est pas grave. Moi, je passe devant le tribunal, je suis envoyée à Iénisséisk, voilà.

– Dur? »

Elle hausse les épaules.

« Je ne veux plus parler de tout ça. »

*

Il pense soudain à quelque chose.

« Dis-moi... Tu as eu d'autres enfants? Bien sûr, tu en as eu, puisque cette fille, l'étudiante, Irina, est ta petite-fille. »

Elle hésite, baisse le nez.

« Cette Irina n'est pas ma petite-fille. Je n'ai pas de petite-fille. Ni de fille. Ni de fils. J'ai été malade, on m'a opérée, je ne peux pas avoir d'enfant. Cette fille ne s'appelle même pas Tatartchenko.

– Hou! là! là!... »

Il rit.

« Es-tu vraiment Maria, toi, au moins? »

Ça ne la fait pas rire, pas du tout.

« Tu en doutes? »

Non, il n'en doute pas. S'il est une chose dont il est sûr, c'est qu'il a devant lui sa Maria.

« Je suis Maria, Brraçva. Mais je ne suis plus la même Maria. Tu veux tout savoir? Je dis tout. »

Elle lui fait peur. Que peut-il donc y avoir de pis? Et il est si fatigué... Allons, encore un effort! Il lui prend les mains, l'encourage doucement :

« Dis, Maria. Dis-moi tout.

– C'est très simple. Ils arrangent ça pour faire plaisir à la télévision française. Ils me trouvent facilement, je suis très facile à trouver, dans Kharkov. Seulement, il faut quelque chose de respectable, tu comprends? La petite-fille étudiante, très jolie, très pure, et moi je suis la mignonne grand-mère qui travaille à l'usine, qui habite le joli appartement... Et ça permet de montrer l'Université, les professeurs, les étudiants qui parlent français, qui aiment la France, toutes ces choses.

– Et toi, tu n'es pas exactement la mignonne grand-mère?

– Pas exactement... Ecoute. Je suis libérée en cinquante-trois, l'année où Staline meurt. Je reviens à Kharkov. Je travaille dans la fabrique. Je ne gagne pas beaucoup. Je n'ai plus personne, mon père et ma mère ont été tués dans le bombardement. Je rencontre un ouvrier, il est veuf, il a été soldat pendant la guerre, il a une chambre, nous habitons ensemble, ça va très bien, il a une moto, nous faisons des promenades, nous chantons dans la chorale de la fabrique, ça va tout à fait bien. Et puis il y a l'accident. Il meurt. C'était un bon garçon, solide. Il meurt. Et Maria encore toute seule. J'avais commencé à chanter dans un chœur ukrainien professionnel, pour la radio, les disques, tout ça. Quand Volodia est mort, je bois. Au camp, déjà, je buvais, et puis j'avais arrêté, Volodia n'aimait pas. Je suis trop malheureuse, je bois, je bois. Quand il faut chanter, je suis soûle. Une fois, deux fois, et puis le chef me dit : « Ça suffit ». Ça m'est égal. Je ne veux plus chanter. Je lui dis « Va te faire foutre! »... Bon. Je deviens une houligan individualiste à activités parasites et antisociales.

– Ça veut dire quoi, ça?

– Ça veut dire délinquance sexuelle. »

Il ne comprend pas tout de suite. Ça finit quand même par venir.

« Tu fais la pute? Kourva?

– Pute. Voilà. Kourva.

– Je croyais que ça n'existait pas, en U.R.S.S.?

– Ça, ça existe partout. Partout. Comme l'alcool, le jeu, les voleurs. Simplement, chez nous, c'est plus difficile. Souvent, ils m'arrêtent, ils me mettent en prison, et puis dans le camp de rééducation, ou dans l'hôpital pour la désintoxication. Après, je recommence. Qu'est-ce que tu veux faire? »

Il se demande si elle a un mac. Comment dit-on ça, en russe?

« Il y a quelqu'un pour te protéger?

– Oh! il y a eu, mais il fait une grosse bêtise, il vend de la cocaïne aux étudiants de l'Université, il se fait prendre, c'est très grave, chez nous, très, très grave, je n'ai plus de nouvelles, c'est fini. Il prenait tout l'argent, il me battait, alors je suis plutôt contente, je me débrouille toute seule, je suis vieille, je ne suis pas intéressante. Il y a le portier, tu sais, l'homme qui est en bas de l'immeuble, qui voit tous ceux qui entrent ou qui sortent?

– Le concierge?

– Je ne sais pas. Ce portier, il renseigne la police, alors il faut être gentille avec lui. Je lui donne de l'argent, beaucoup d'argent, et lui, il ne voit rien.

– Pourquoi as-tu accepté de venir à Paris?

– Tu crois que je fais ce que je veux? Je dois être gentille.

– Mais eux, ils savaient que je suis vivant... Tu devais bien te douter qu'ils ne t'auraient pas fait venir à la télé si je n'avais pas été là.

– Ils me disent c'est le jeu, c'est la surprise, moi je m'en fous, je ne cherche pas à comprendre, ils me disent que peut-être tu es vivant et peut-être tu es mort, je ne dois pas savoir avant. Bon, on fait comme ça. Je ne t'ai pas oublié, jamais, je sais que je suis vieille, que peut-être tu ne me reconnais pas, mais puisque tu me fais chercher c'est que tu n'as pas oublié non plus ta Maria, alors je veux te voir. Voilà, j'ai vu. Maintenant, je m'en vais. »

Elle secoue la bouteille vide, la regarde par transparence.

« Il n'y a plus rien à boire, alors je m'en vais. Prochtchaï! »

Elle rit. Soudain elle s'affale contre lui, et elle pleure, elle pleure, à terribles sanglots. Il l'entoure de ses bras, lui tapote l'épaule, la berce. Bien emmerdé. Qu'est-ce qui se fait, dans ces cas-là? Qu'est-ce qu'il faut dire? Elle se reprend, cherche un mouchoir. Il lui tend le sien. Quand on pleure, on morve. Plus on pleure fort, plus on morve. On parle toujours des pleurs, jamais de la morve. Les pleurs sont pathétiques, la morve c'est du mucus.

Qui se renifle et fait de vilains bruits. Elle essuie ses pleurs. Et puis elle mouche sa morve. Elle doit souffler fort, ça trompette sonore, au cinéma ça casserait l'émotion, l'aspect « morve » du chagrin ne peut être utilisé que dans les films comiques. C'est même un des signes qui permettent de savoir à coup sûr si l'on a affaire à un film comique ou dramatique.

Il voudrait l'aider, il n'arrive qu'à se dire « Mais qu'est-ce que je fous là, moi, avec cette pauvre vieille dans les bras? »

Elle a un dernier hoquet de sanglot. Elle lève les yeux vers lui. Des yeux de vieux chien dans la cage de la fourrière, qui disent « Emmène-moi » et qui n'y croient pas. Des yeux de vieux chien alcoolo, la bordure rouge a maintenant tout envahi, un filet de mailles rouges court sur le blanc. Son pauvre maquillage a coulé, sur ses joues fripées grouillent les terribles veinules bleues, maintenant implacablement nettes, tracées au tire-ligne.

Elle dit :

« Je ne veux pas rentrer. »

Il ne réalise pas tout de suite, trop occupé à retenir sa respiration. Les buveurs ne savent pas que l'alcool, entrant en contact avec les sucs de l'estomac, violemment attaqué par ces liquides corrosifs, se rebiffe, bouillonne et crache, et projette vers le haut un épouvantable remugle où dominent le vomi concentré et la matière plastique incomplètement calcinée, avec bien sûr des nuances dans l'immonde suivant la boisson ingérée, les plus redoutables étant le vin rouge, le whisky et la bière brune. On ne le dit jamais, ça, que l'haleine d'un qui a bu sent le pet de sorcière, pourtant ça aiderait bien les campagnes antialcooliques... Il y en a qui font boire les femmes pour arriver à les baiser. Les baiser par-derrière, alors...

Cette gnôle sauvage qu'elle a bue repasse en sens inverse en battant tous les records de pestilence. Et il y a ce parfum qu'elle s'est mis, probablement derrière les oreilles, c'est là que ça se met, non? Enfin, il a mal au cœur, c'est pour l'instant son sentiment dominant, il se dit « Pourvu que je ne lui vomisse pas dessus! », il voudrait bien que tout ça se termine... Et c'est à ce moment-là que :

« Je ne veux pas rentrer. »

V'là aut' chose!

Il ne dit rien. Il attend la suite. Il est en alerte. « Attention, Dugenou, attention! Te laisse pas avoir! Hé, t'entends? Te laisse pas avoir! »

Mais déjà elle se reprend. A-t-elle senti son raidissement? Elle rit :

« Je dis des bêtises! La vie n'est pas si mal. J'ai un peu le cafard, des fois. Je suis un peu seule. Ça passe... Et toi, tu es marié? Tu as des enfants? Pourquoi ils ne sont pas là, ta femme et tes enfants? »

Il a un geste vague.

« Je t'ai dit. Maintenant, je vis seul.

– Ce n'est pas bon. Tu es vieux. Tu seras encore plus vieux. C'est triste, ici. »

Il n'a pas envie de s'expliquer. Trop compliqué. Il est un type compliqué. Et feignant. Parler le fatigue. Parler de soi l'ennuie. Les autres ne comprennent jamais. Et ils ont bien raison.

« Tu devrais dormir un peu. Nous prendrons le petit déjeuner ensemble, et puis je te reconduirai à ton hôtel. »

Elle ne répond pas. Elle s'est endormie, appuyée au mur. Il l'allonge plus confortablement, va chercher une couverture dans le placard et l'étend sur elle. Il se couche à son tour. Le matelas mousse est étroit, quatre-vingts centimètres. Coincé entre elle et le mur, inutile d'espérer dormir. Il lui faut ses aises. Un rien de gêne, et c'est l'insomnie. Et quand il ne dort pas, il pense. A des choses qui lui foutent la panique dans le ventre et le mal au crâne dans le crâne. La gamberge infernale. C'est sans doute pourquoi il lit : pour ne pas penser. Là, il n'ose pas, la lumière la réveillerait peut-être, il ne sait pas si elle a le sommeil solide. Alors il pense. Et justement, s'il est une nuit où il ne faudrait pas qu'il pense, c'est bien celle-ci.

Il pense qu'il n'a fait que des conneries tout au long de sa vie de somnambule. Quel gâchis! Les femmes qu'il a le plus aimées, il les voit, l'une après l'autre, amères, éteintes. Il a tout salopé, voilà. Inconscient, irresponsable, pas mûr, il a salopé ses amours comme on casse ses joujoux. Il n'y pouvait rien, il est comme ça. Il en a toujours été très malheureux, d'un malheur très inconfortable, mais pas mortel, puisqu'il est toujours là. On prend l'habitude d'avoir bobo à l'âme, même d'avoir bobo parce qu'on fait bobo. Ça donne une vie dans les tons gris sale, mais une vie. Tu connais beaucoup de vies dans les tons roses?... Et voilà celle-là, son premier crime, qui surgit du fond de la nuit. Grosse méduse suintant les muets reproches. Non, elle ne reproche pas. Les reproches, c'est lui qui les fournit. Il est en train de se faire avoir, de se faire avoir par lui-même. Il sait tout ça, et il s'engueule : « Prétentieux, c'est pas toi qui gâchais les vies (comme si on pouvait gâcher une vie!), c'est seulement que tu choisissais des femmes marquées. Ou qui te semblaient telles. Tu aimes ces femmes-là. Qui ont je ne sais quoi de brisé d'avance. Tu es mélanco, les mélancos te rassurent... » Oui, bon. Il a peur. Il voit la connerie qu'il va faire, gros comme une maison. Elle l'attire, elle le fascine, il ne veut pas, et il va la faire. Morbide à ce point-là, on ne devrait pas le laisser sortir tout seul!

*

Elle ronfle. Il l'aurait parié. Décidément, ça touche au grandiose. Il admire en connaisseur. C'est tellement trop beau qu'il est pris d'un fou rire muet. Bon, d'accord, tu as gagné! « Tu », ce n'est pas elle, pas spécialement elle, plutôt cette espèce d'œil attentif qui nous suit partout et se fend bien la pêche chaque fois que nous tombons dans la bouche d'égout. On peut appeler ça le destin, ou comme tu voudras. Elle ronfle. Touche finale. Emballage-cadeau. Perfection. « Gros bébé-phoque! » pense-t-il. Il s'est toujours fait baiser par les bébés-phoques. Sans plus d'amour, sans plus de pitié que quiconque, simplement parce qu'il est sans défense devant les bébés-phoques. Le monde est plein de bébés-phoques. Infiniment plus dangereux que les crapules. Très tenaces, les bébés-phoques. Implacables. Tu as vu leurs yeux? Il sait qu'il est inutile d'essayer de résister, ils le boufferont jusqu'au trognon, autant que ce soit vite fait.

*

Il a salement mal aux cheveux. Il enjambe la ronfleuse avec mille précautions, se passe de l'eau sur la figure, avale un comprimé de glifanan, s'habille à tâtons, ouvre doucement la porte, sort dans la cour. Le jour se lève, gris. Il est toujours gris au fond de cette cour. Ce n'est d'ailleurs pas pour lui déplaire. Il entrebâille le lourd battant sur la rue, risque un œil à droite à gauche. Se marre : « En plein roman d'espionnage! Voilà que je regarde si on nous a suivis... » La meilleure, c'est qu'effectivement ça aurait pu se faire. La vie quotidienne, de nos jours, dérape facilement vers le roman noir, m'en parlez pas, ma pauv' dame... J'aurais pu y penser avant. Oui, mais, avant, qu'on nous suive ou pas, je m'en foutais... De toute façon, niguedouillc comme je suis, je pourrais bien avoir cinquante sbires du K.G.B. au cul, je les verrais pas. Inutile de se casser la tête, quand on est con on est con, faut faire avec, et à Dieu vat!

HAPPY END

Il va comme ça, par les rues encore à peu près désertes, jusqu'à la cabine publique au coin du boulevard. Il fait tourner le cadran. Pourvu qu'il crèche encore à ce numéro... C'est que ça fait une paye! Combien, au juste?... Ça sonne, là-bas. On décroche.

« Allô, ouais? »

C'est lui!

« Roger?

– Qui c'est?

– C'est moi, bon dieu. Tu me reconnais pas?

– Ah! toi? T'es pas mort?

– Tu vois. Je t'ai réveillé?

– Pas vraiment. J'émergeais.

– Faut que je te voie.

– Tout de suite?

– A quelle heure tu pars?

– Au boulot? Oh! dans une petite heure.

– Mets un bol pour moi. J'arrive.

– A tout de suite. »

*

Le taxi s'en donne à cœur joie dans les rues vides. C'est un taxi-femme, la petite cinquantaine frisée soignée, son berger allemand sur le siège à côté.

Elle est contente, elle finit sa nuit, ça a pas mal marché, elle a envie de causer. Passé quarante-cinq ans, la femme au foyer en a soudain marre du foyer. Les mômes sont élevés et casés, le pépère est encroûté dans ses habitudes de bistrot, ou bien il a une poule en ville, ou bien il a tellement bossé comme un dingue pour assurer le minimum confort-et-dignité à sa tribu que maintenant, sur son élan, il ne peut plus s'arrêter, et bon, Madame est délaissée, Madame s'emmerde dans son bel appart', Madame veut faire quelque chose, mais quoi? Elle fait le taxi. C'est ça ou le tube de gardénal. Voilà pourquoi il y a tant de femmes-taxi, surtout la nuit. Les hommes n'aiment pas rouler la nuit, à cause des agressions, et aussi parce que si j'ai pas mes huit heures de sommeil, moi, y a plus personne. Les femmes n'ont pas peur des agressions. Elles ont le chien, bien sûr, mais c'est un prétexte, l'agression. Elles ont le chien pour le chien, pour lui faire un bisou sur la truffe, pour en avoir des compliments par les clients. Question dissuasion elles ont un petit arsenal qui les amuse beaucoup et dont elles meurent d'envie d'avoir l'occasion de se servir. C'est justement ce que lui explique la pétulante petite dame :

« Ce truc-là, vous voyez, juste une pression sur le bouton, là, à peine à peine, aussi sec il s'en respire une bonne giclée dans les mirettes, le malfaisant.

– Ça fait mal?

– Ouh! là! là! Pardon... A gueuler! A vous tordre par terre! Horrible. Il peut plus rien faire, le gars.

– Et s'il vous a vue arriver? S'il a prévu le coup? Hop, il esquive. Vous tachez vos coussins, et lui, il vous fait le coup du lapin.

– Ah! oui? Et celui-là? »

Elle retrousse sa manche droite. Elle a un autre bidule fixé au bras par des espèces de jarretières.

« Là, j'ai juste à donner un petit coup sec du

poignet, le machin m'arrive droit dans le creux de la main, pchuitt, mon bonhomme s'en prend plein le museau! Et ça, non seulement ça fait mal, mais ça te vous lui peint la gueule en bleu. Indélébile. Ça veut dire que tu peux toujours frotter, tintin! Chouette, non?

– Formidable.

– Et vous oubliez mon Galopin! Vous croyez peut-être qu'il serait resté tout ce temps-là les bras croisés – pardon les pattes croisées –, mon Galopin? Vous avez vu ses crocs? Tenez, levez seulement la main sur moi, vous allez voir! Si, si, essayez, juste pour vous faire comprendre. »

Il aime bien les mémères-taxi. Autant les mecs sont grincheux, veulent pas que tu fumes mais ne veulent pas non plus remonter leur vitre, à moi le courant d'air et la sinusite, autant les femmes sont souriantes, je dirais : maternelles. Les Arabes sont titis, les Cambodgiens impassibles... Fin de l'enquête sur les taxis de Paris, on est arrivés.

*

Roger, en maillot de corps, finit de s'essuyer la figure. Colette en écrase encore, elle commence plus tard. Les bols sont prêts, sur la table, l'alambic à café fait le bruit du cochon qui se farfouille dans le trou du cul avec son groin.

Roger est resté l'apollon de ses dix-huit ans. Juste une légère brioche, mais il la porte noblement. Quand il plie le bras, tu te demandes où il cachait tout ça.

Ils s'enfilent des tartines beurrées.

« Alors, qu'est-ce qui t'arrive?

– T'as toujours ta baraque dans le Tarn?

– Tu parles que je l'ai! Dans deux ans je suis en retraite, je file là-bas et j'en bouge plus. Aux dernières vacances, je me suis fait la fosse septique, dans le roc, ma vache, à la pioche, et puis la bergerie que j'ai transformée en garage, avec porte à télécommande, mais je l'ai habillée genre ancien, tu croirais une vraie vieille porte en chêne, avec les clous forgés main, je voudrais que tu voies...

– Justement. Tu peux me filer la clef?

– Bien sûr. T'irais quand?

– Tout de suite.

– Une nana?

– Oui et non. »

Roger se marre.

« Moi, ce que j'en dis, hein... C'est tes oignons. Tu pars en bagnole?

– Non. En train.

– T'as le corail de huit heures vingt-deux. En te dépêchant...

– C'est un peu juste. Et puis je préférerais un machin moins voyant.

– T'en as un vers les onze plombes, si je me rappelle.

– Ça devrait aller. Bon, merci, Roger. Faut que je me dépêche.

– Hé! attends. Sans bagnole, comment tu feras, pour les commissions? Dix bornes à pied le premier bled. Et chez l'épicier, tu trouves que des conneries, ils vont tous au Mammouth, en ville. C'est leur sortie de la semaine.

– Merde, j'avais pas pensé.

– Tiens, ça, c'est la clef de la Méhari. Elle est dans le garage. En principe, elle roule. Tiens, voilà les papiers. Tu colleras la vignette, à tous les coups j'oublie. Les nuits sont frisquettes, tu trouveras tout le bois que tu veux dans la remise. Tu verras : une cheminée du tonnerre, je l'ai finie l'an dernier, toute en pierre de pays, qu'est-ce qu'elle peut être dure, la pierre de ce putain de pays! J'en ai bavé pour la tailler, tiens. Mais alors, elle ronfle, ma cheminée!

Tu vas voir. T'auras bien chaud. Tu pourras baiser à poil sur ma peau d'ours en crylor.

– T'es le Bon Dieu, Roger! Je me taille.

– Tiens, emporte ça. C'est un salame, ils me l'ont envoyé du pays, mon cousin qui le fait, te casse pas, j'en ai un autre. Allez, ciao!

– Ciao! Au fait, si on te demande, tu m'as pas vu. On te demandera pas, mais bon, je te dis ça à tout hasard.

– La dernière fois que je t'ai vu, c'était il y a trois ans, c'est pas dur.

– Eh bien, voilà. »

*

Passer à la banque. Vider le compte. Trois petites briques. Il venait de palper un à-valoir misérable pour un bouquin splendide, mais, hélas, d'humour. L'humour ne se vend pas en France, lui a répété son éditeur, navré. Ni l'humour, ni les nouvelles, ni la poésie. Le Français n'aime pas. Tu sais ça, quand même! Donne-moi du roman, bon sang, du mélo bien gras, fais-les chialer, raconte-leur la guerre, leur putain de guerre qu'ils ne s'en lasseront jamais... Qui lit? Les vieux. Ils sont en retraite obligatoire, ils vont en crever, et en attendant ils s'emmerdent. La télé leur fait mal à leurs pauvres vieux yeux, et puis il n'y a que du rock, du ski et du foot, ils s'en tapent. Ah! s'il y avait « Au théâtre ce soir » non-stop vingt-quatre heures sur vingt-quatre... Alors, ils lisent. Ils sont les derniers à savoir lire. Suffisamment pour lire un livre, je veux dire. Au-dessous de vingt ans, ils ne savent plus. Ils ne sauront plus jamais. Finie, la lecture! Finie, l'écriture! Fini, Gutenberg! Ou alors les surdoués, mais ça fait pas une clientèle. Alors, mon petit père, si tu veux grignoter ta petite croûte jusqu'aux asticots, sois réaliste : écris pour nos bons vieux. Ils se raréfient d'année en année mais il en restera toujours assez pour t'assurer ton bol de soupe, la plupart sont quand même moins vieux que toi. Il avait répondu que le mélo, il en avait marre, qu'arrivé à l'âge de l'arthrose du genou – putain, ce que ça fait mal! – et de la mémoire à troutrous – tout juste s'il se rappelle son nom à lui – il estime qu'il a assez fait la pute comme ça, il préfère vivre rétréci et écrire ce qui l'amuse, il veut s'épater lui-même, le grand public il l'emmerde, pourvu qu'il subsiste quelques amateurs de bonnes choses, juste de quoi lui maintenir le nez hors de l'eau, il sera content avec ça. L'éditeur lui a dit « Fais de l'historique. C'est bon aussi, l'historique. Toutes ces vieilles instites, tous ces profs d'histoire au rancart, tous ces collectionneurs de soldats de plomb... Le Moyen Age, le cape-et-épée, le Napoléon... Ça marche! Et ça fait un film, aussi sec ». Il avait dit « Beuh »... « Alors, merde, si tu veux absolument les faire rire, fonce dans la grosse rigolade. Vieille gaieté française. « Cent blagues », des choses comme ça, tu vois? C'est pas le Pérou, ni l'Académie au bout, mais ça vivote. » Il avait objecté que pétomane, c'est un métier, qu'il était un peu trop vieux pour montrer son cul ridé et se mettre un faux nez lumineux, enfin, bon, une jeune dame auteur s'était heureusement pointée à ce moment précis du dialogue, les tirant l'un et l'autre des sables mouvants où s'enlisait la conversation. Elle avait une grande bouche humide, des seins qui remuaient le nez comme deux caniches nains dans un panier, des genoux absolument splendides, miraculeusement situés entre cuisse et jambe, enfin tout ce qu'il faut pour vous animer un de ces « Apostrophes » dont même les illettrés totaux se souviennent longtemps.

Acheter des croissants. Du nescafé, j'en ai encore? Du lait... Oh! merde, pas le temps, elle le boira noir. La piaule sent fort. Des tas d'odeurs nuiteuses qui ne sont pas ses odeurs à lui, qui submergent et annihilent ses odeurs à lui. Le parfum – il a failli penser « le parfum bon marché », comme dans les romans, mais après tout, qu'est-ce qui lui dit qu'il est bon marché, ce parfum? Sûrement pas ton nez, fais pas le malin, Dugenou. Parce qu'il vient de « là-bas »? D'abord, il a peut-être été acheté à Roissy, et alors t'as bonne mine... – et aussi l'odeur de mal de mer du sinistre mélange gnôle-suc gastrique exhalé. Il n'y manque que le mégot froid. Tiens, au fait, elle ne fume pas. Plutôt rare, dans son métier. Eh bien, c'est toujours ça.

Elle dort encore, sur le côté, cette fois, les poings serrés devant sa bouche close, comme souvent les gosses. Elle ne ronfle plus.

Il met de l'eau à chauffer, prépare les bols, par terre, devant le matelas. Il va pour la réveiller, il la trouve appuyée sur un coude, l'œil pendant, la joue verte, un désastre. La tignasse en barbe à papa rosâtre hérissonne autour de cette hébétude.

« Bonjour, Maria. »

Ça la ramène sur terre.

« Oï, Brraçva, j'ai mal à la tête!

– Je vais te donner un comprimé. Bois, mange. Attention, c'est chaud. Fais vite, il est tard.

– Tard? Je ne suis pas rentrée à l'hôtel! Ils me cherchent! L'avion va partir! Oï, oï, qu'est-ce que tu as fait, Maria, imbécile de Maria! »

La bouche pleine de croissant-beurre, il lui révèle :

« Tu ne prends pas l'avion. Tu prends le train.

– Le train? Mais non, je sais bien...

– Avec moi. Tu prends le train avec moi. Pas pour Kharkov. On lui tourne le dos, à Kharkov. Juste en sens inverse.

– Tu as l'autorisation?

– Quelle autorisation? On s'en va, c'est tout. On

ne dit rien à personne. Maria, Brraçva, pfuitt, a pus.

– Tu veux dire : je m'enfuis? Je me cache?

– C'est ça. Tu choisis la liberté, comme dit *Le Figaro.*

– Et je deviens irrégulière? Déserteur?

– C'est bien ce que tu veux, non?

– Oh! mais non! Oh! mais je ne veux pas! Pas du tout! Je veux être en règle, je veux rentrer à Kharkov! Quelle heure est-il? L'avion n'est pas parti, n'est-ce pas? Je vais à l'aéroport tout de suite, vite, vite, et d'abord il faut téléphoner!

– Tu te douches en vitesse. Pendant ce temps-là, je me rase. Puis tu t'arranges la figure, pendant ce temps-là, je me douche. Et puis tu t'habilles. Exécution. »

Comme de toute façon il faut commencer par là, elle se déshabille. Il se force à ne pas regarder, à ne pas se retourner quand elle le frôle par-derrière pour se glisser, à travers la minuscule cuisine où il se rase, jusqu'au recoin de la douche. Il sait trop bien que, s'il la voit à poil, il n'aura plus le courage. Elle crie « Oï, zaraza ty! » parce que c'est trop froid, « Tchort vozmi! » parce que c'est trop chaud... Il contemple une dernière fois sa gueule dans la glace, sa gueule telle qu'il la connaît depuis trente ans et plus, façonnée par les formidables bacchantes. Il ne sait même plus à quoi il ressemble sans elles. Son expression, ce qu'on croit être le reflet de son caractère, n'est que celle, artificielle, que suggère ce paquet de poils blancs surajouté, qui annule sa bouche et pend très bas de chaque côté, en frisant un peu. Une fausse tête de Vercingétorix, gauloise et française à en faire bêler d'aise Super-Dupont. Qu'est-ce qu'il y a, là-dessous? Une bouche sinueuse de Rital florentin? Avec de minces rides en étoile tout autour? Assez hésité. Allez, hop! Le gillette mord dans l'épaisse savane, tout un côté s'abat d'un coup, il ne peut plus reculer.

Il s'oblige à ne pas voir l'ensemble, à concentrer son regard et son attention sur le tranchant de la lame. Quand enfin toute la surface est désherbée, il ferme les yeux, se place bien en face, d'un seul coup les ouvre. Un bagnard. Une gueule de photo anthropométrique. Une motte de beurre, avec, quelque part vers le bas, une bouche maussade perdue dans cette immensité. Pas ridée, la bouche. Plutôt affaissée aux commissures, d'où la maussaderie. La fausse énergie un peu clownesque de la moustache envolée, il reste une tristesse un peu hagarde, une absence. Son vrai visage. Pas très emballant. Et bon, il faut l'assumer, comme dit le poète.

Elle s'est préparée sans rien dire. Maintenant, elle le harcèle :

« Tu me raccompagnes à l'hôtel. Vite!

– Tu es heureuse, là-bas?

– Ce n'est pas le problème. Si tu ne m'accompagnes pas, je vais toute seule. Donne-moi de l'argent pour le taxi. Le métro, je ne connais pas, j'ai peur.

– Qu'est-ce que tu as à perdre? Tu t'emmerdes à crever, et ça sera comme ça, et de pis en pis, jusqu'à la fin. Paie-toi une belle connerie avant de crever!

– Je suis vieille, je suis malade. Je n'ai pas envie de connerie.

– Moi aussi, je suis vieux. Deux vieux valent un jeune. Le reste, on s'en fout. Que veux-tu qu'ils nous fassent? On n'est rien du tout. On ne gêne personne. Le seul problème, c'est bouffer. Je gagnerai de quoi bouffer. J'ai l'habitude.

– Tu ne comprends pas. Ils vont me chercher. Ils sont fâchés.

– Et alors? Qu'ils cherchent! Tu as de la famille?

– Non. Plus personne. Mais les camarades accompagnateurs sont responsables. Ils seront punis.

– Bah! juste une petite engueulade. Tu n'es rien, tu ne représentes rien, personne ne saura rien.

– Si les capitalistes savent, ils le mettent dans le journal, à la télé, ils se moquent, ils calomnient l'Union soviétique.

– Là, tu as raison. Je vois ça d'ici : « L'invitée de « Delétang choisit la liberté »... « Après quarante-« cinq ans, la fiancée de guerre perdue et retrouvée « ridiculise le K.G.B. »... Quels titres, dis donc! Eh bien, soyons discrets, voilà tout. Ce n'est pas l'ambassade de l'U.R.S.S. qui ira donner un communiqué à la presse! Et puis, merde, maintenant que j'ai fait le sacrifice de mes bacchantes, tu ne vas pas me faire reculer! J'ai franchi le point de non-retour.

– Tu as bien fait de couper ça. Tu es tout à fait comme avant. Tu es mon Brraçva. »

La voilà qui pleure d'attendrissement.

Tout en discutant, il a bourré des vêtements dans un grand sac de voyage, d'autres dans un sac à dos, dans des poches-réclame en plastique. Ça en fait, du volume, le strict minimum!... De la lecture? Oh! bon, il s'achètera des polars à la gare. Il caresse de l'œil les dix-sept volumes du « Larousse du dix-neuvième siècle », sa seule richesse, troupeau de pachydermes chenus aux dos gercés, imprimés si petit qu'on s'y crève les yeux, si lourds à l'estomac pour qui lit couché qu'on s'y bloque la digestion... Allons, t'auras tout le temps pour les regrets. En route!

Elle n'est toujours pas d'accord, mais se laisse faire, passive, le front plissé, les pieds en dedans.

« Attends-moi. Je reviens dans une minute. »

*

Il court vers la station de taxis. Et manque de s'étaler. Il a buté dans il ne sait quoi. C'est un pied, un pied nu, et même deux. Au bout de ces pieds il y a le clochard Henri, qui finit sa nuit, affalé dans son encoignure derrière une carapace de vieux cartons.

« Ben c'est ça, râle Henri, vous gênez pas, surtout! En plein dans mon panard malade qu'y faut justement que j'aille à l'Hôtel-Dieu tout à l'heure... Ah! c'est toi? Merde, t'as bouffé du lion!... Oh! dis donc, tes bacchantes? T'as vu?

– Bonjour, Henri. Excuses, Henri. Je t'avais pas vu. Je suis pressé...

– Hé! écoute! Y a le petit – je l'appelle « mon petit » – il voudrait te voir rapport au mec de la statue, là, comment tu l'appelles, déjà?... Ah! je sais plus, mais, bon, le petit il a trouvé un truc marrant, faut que tu le voies...

– Pas le temps, Henri. Plus tard... »

C'est là qu'il prend conscience qu'il ne reverra plus les deux cloches, ni la dame aux fleurs – il ne connaîtra pas le fin mot du mystère de l'assassin des fleurs – ni Tarzan des Chats, ni le perroquet de Saint-Julien-le-Pauvre, ni... Oh! bon dieu, il va partir sans avoir dit adieu au perroquet!... C'est là qu'il prend conscience de ce que ce fond de quartier, bidon aux trois quarts, lui avait poussé de racines dans la viande, à lui qui se veut sans racines... Il était temps!

*

Une chance, il y a des taxis à la station, sur la placette. Peut-être devrait-il quand même faire gaffe un minimum? Si ça se trouve, des yeux vigilants l'épient. Il se rappelle alors qu'il n'a plus ses moustaches. Il tire de sa poche ses lunettes de myope, il ne les chausse qu'au cinéma, on ne l'a jamais vu avec, c'est ça qui vous change une tête. Il a ramassé ses cheveux sous un bonnet de laine à pompon retrouvé parmi des pull-overs mangés aux mites. Si ça ne suffit pas, tant pis. On ne va pas en faire une obsession. De toute façon, on peut difficilement la camoufler, elle. Dans les romans, on se « grime » habilement, avec trois fois rien. Oui, bon. Ils ne sont pas dans un roman.

*

Ils ont un compartiment de seconde pour eux tout seuls. Ce n'est pas un jour de « grand départ ». Une chance, car les jours sans grand départ ou sans grande rentrée se font de plus en plus rares sur le calendrier. Alors, voilà, ils se tapent le cul sur la banquette, côte à côte – il aurait préféré face à face, afin de pouvoir lire sur ses lèvres, il n'a plus l'oreille faite aux sons russes, ça l'aurait bien aidé, mais, s'il veut tenir le coup, il vaut mieux qu'il ne l'ait pas pendant six heures en gros plan dans sa ligne de mire, il sent bien que son coup de dingue n'y résisterait pas, qu'il retomberait comme un soufflé dans un courant d'air, que la question qui est là, tapie à fleur de conscience, la sale question qu'il ne veut pas entendre, lui exploserait au nez, sans pitié : « Mais qu'est-ce que je vais bien pouvoir foutre de cette mémère ? » –, le train est parti, le train roule, comme tous les trains, tagda-poum, tagda-poum, et eux, ils sont muets, ils regardent la banquette d'en face, la photo de je ne sais quel château-de-la-Loire dans son cadre chromé. Il a froid autour de la bouche.

Elle pose la main sur sa main. Et, timidement – non, honteusement :

« Je dois te dire...
– Quoi donc, Maria?
– Je suis malade.
– Malade? Tu n'en as pas l'air.
– Je suis. »
Elle baisse le nez encore plus bas.
« Rak. »
Rak? Qu'est-ce que c'est, déjà? Une bête. Un crapaud... Non, ça, c'est « jab », « jaba », quelque chose comme ça, rak, jab, je confondais toujours, elle me donnait des tapes, elle riait... Rak? Ça y est : l'écrevisse! Elle disait « Quand l'écrevisse sifflera » pour « La semaine des quatre jeudis ». Ces gros ploucs ukrainiens disent « rak » pour tout ce qui a des pinces et une carapace, l'écrevisse, le crabe... Le crabe! Nom de dieu!
Il tire de sa poche son vieux petit dico français-russe aller-et-retour. Voilà. « Rak ». Sans appel. Quelque chose de froid lui coule dans le dos.
« Tu es sûre? »
Elle fait « oui » de la tête. Elle regarde toujours ses pieds.
« Peut-être six mois. Peut-être un an. Pas plus.
– Où?
– Poumons.
– Mais... Tu ne fumes pas!
– J'ai beaucoup fumé. Beaucoup trop. Maintenant, je ne fume plus. Il ne faut pas.
– Tu ne tousses pas.
– Non. Je ne tousse pas. C'est un cancer comme ça. Il est dans mes poumons, et je ne tousse pas.
– Tu es en traitement?
– Oui, bien sûr. On me fait la chimie. Très dur, très fatigant.
– Tu étais à l'hôpital?
– Non, pas la peine. Je vais chaque semaine pour contrôle, radio, chimie, tout ça. Ils sont très gentils.

– Enfin, c'est pas possible! Tu parles, tu chantes, tu marches...

– Oui. C'est un cancer comme ça. Et dans un an, pfuitt, pachla Maria. »

« Partie, Maria »... Il n'avait pas prévu ça. Il croyait se lancer dans l'aventure la plus idiote, la plus absurde, la plus désespérée du monde, il croyait avoir battu le destin à son jeu de con, il croyait détenir le record du ricanement amer... Tiens, fume! Le ricanement est cent millions de fois plus amer mais ce n'est pas lui qui ricane.

Elle dit :

« Tu es fâché?

– Fâché? Tu as de ces mots, Maria! J'ai de la peine. Mais on va te soigner, Maria. On va te guérir. Tu sais, ici nous avons des docteurs très forts. Des appareils ultra-modernes... »

En même temps, il pense « Et comment je fais, moi? Comment je paie? Pas de Sécu. Même pas d'identité. Légalement, elle n'existe pas. Lui faire obtenir le statut de réfugiée? Ouh! là! là! toutes ces démarches, cette paperasserie... Et même, aurait-elle droit à la Sécu? Au prix de la journée d'hôpital, mes trois petits millions n'iront pas loin... La planquer jusqu'au bout dans cette baraque? Et quand ça va se mettre à tourner vraiment mal? Etouffements, crachements de sang, métastases, douleurs horribles, toute l'épouvante? Soigner les malades me dégoûte et me démolit. Et puis, j'y connais rien. Et puis, j'ai pas le droit. Ensuite, il y aura ce gros cadavre. Qu'est-ce que j'en fais? Je l'enterre dans la cave? Sans le dire à Roger? »

Il est sur le point de lui reprocher « Pourquoi ne m'as-tu rien dit? Pourquoi m'as-tu laissé faire? Pourquoi m'as-tu suivi? », mais la réponse lui vient au même instant : Parce qu'elle aussi se joue le jeu de la nique au destin, pardi! Crever misérablement dans les suppurations et les goutte-à-goutte ou bien profiter de ce qu'on a encore vaguement forme humaine pour se payer un sursaut de vie, tirer la langue au grand ricanement, vite, vite, avant la grande débâcle et la morphine à haute dose?... Elle n'y pensait pas, je lui ai forcé la main, elle s'est laissé faire, et puis elle a fini par se dire que ça valait le coup, après tout, crever pour crever... Bien fait pour ma gueule. Tu voulais du grandiose dans le dérisoire, te voilà servi, petit romantique de mon cul!

Elle dit :

« Je ne voulais pas te le dire. Tu n'aurais rien su tant que... Tant que j'aurais pu te le cacher. Après... »

Elle a un geste fataliste. « Après, complète-t-il pour lui seul, tu t'en fous, ce n'est plus de ton ressort, démerdez-vous avec ma carcasse souffrante et encombrante... Et elle a parfaitement raison. Devant la mort, chacun pour soi. » Il demande :

« Naturellement, tes « accompagnateurs » savent?

– Naturellement. »

Il ne dit pas « Ils doivent bien se marrer! », mais qui pourrait s'empêcher de le penser? Elle dit :

« Au premier arrêt, nous descendons, nous retournons à Paris, je vais au consulat de l'U.R.S.S. Ils seront fâchés, mais que veux-tu qu'ils me fassent? »

Il suffit qu'on lui offre la solution pour qu'il se braque.

« Maria, écoute. C'est notre voyage de noces. Il a commencé à Zerrethin en avril quarante-cinq. Il a été interrompu à Gültzow huit jours après. Entre Gültzow et aujourd'hui, il ne s'est rien passé. Nous avons dormi. Nous nous sommes endormis hier soir à Gültzow, ce matin nous avons repris la route.

Nous irons jusqu'au bout de ce voyage. Il faut que nous allions jusqu'au bout. »

Elle le regarde, soudain intéressée. Des larmes brillent dans ses yeux, des larmes d'émotion, pas des larmes de deuil. Elle écoute une histoire belle et triste, une histoire de grandeur et de fatalité. Les Russes aiment passionnément les nobles histoires désespérées. Le peuple russe est le seul peuple qui pleure et gémit au cinéma, le seul qui se masse autour d'un poète et meurt de bonheur en scandant des vers bien balancés.

Et lui aussi se gonfle la tête au fur et à mesure. Il se grise de ses propres trouvailles, se convainc à ses propres démonstrations. Il s'y croit. Il y est! Les difficultés s'escamotent, il trace leur route comme un scénario de film.

« Tu sais quoi? Je vais gagner du fric. Je vais écrire une saga. La saga, c'est ce qui marche le mieux. Ou un roman historique. Un péplum, tiens. Pas mauvais non plus, le péplum. J'ai déjà des notes pour un truc au temps de Charlemagne, ça me chatouille depuis longtemps, une idée terrible, allez, hop, je m'y mets. En six mois, c'est dans la poche. Et je touche l'à-valoir. Charlemagne, je sais bien, ils n'aiment pas tellement, ça les déconcerte, ils ne voient pas bien, eux leur faut ou carrément Ben-Hur ou les mousquetaires. Entre les deux, c'est la purée de pois. M'en fous. On leur fera aimer, je te jure! Et on va te soigner, merde! Tes toubibs popoffs sont des cons. On ira emmerder Schwartzenberg, Israël, tous les caïds! »

Un feignant réchauffé, disait de lui sa maman. Il s'excite, il s'exalte, il y croit, d'un œil, certes, mais, bof, suffisamment pour que l'instant soit vivable, avec le minimum de perspective d'avenir plus ou moins crédible qu'il faut aux instants pour être vivables. Et elle aussi s'abandonne au besoin d'y croire, parce qu'elle aussi veut que cet instant la porte à bout de bras. Ça ne va pas tarder, ils vont chanter. Ça y est, ils chantent.

*

Ecoutez-les, écoutez-les, ces deux vieux cons, ces deux vieux fous, ces deux vieux gosses! Ecoutez-les chanter leurs vingt ans, les yeux dans les yeux, les mains dans les mains, rayonnants, comme si c'était la guerre et comme s'ils étaient deux enfants perdus au milieu du carnage, et qui s'aiment.

Ils vont vers un avenir de merde, sans amour, sans désir, ils ne croient plus à rien, qu'à la mort, seule certaine, ils se voient l'un l'autre tels qu'ils sont, ni l'un ni l'autre n'est dupe et tous deux le savent, ils ont compris ça, ils acceptent l'absurde et la vacherie de la vie et même ils en rajoutent. Ils construisent ensemble un chef-d'œuvre de connerie vengeresse... Peut-être feront-ils l'amour? C'est là que ce serait beau, là que ça vaudrait le coup! « Quarante-cinq ans après, ils s'offrent enfin leur nuit de noces volée! » titrerait *France-Dimanche*. Et puis, profitant du coup de bambou d'après-baise et du choc de leurs gueules ravagées, peut-être s'offriront-ils la gâterie d'un suicide double?

Ça y est! Tout de suite : le suicide!... La plus ringarde des ficelles mélo! Décidément, il ne sort pas du répertoire. Un peu de tenue, quoi! Défense de tomber dans le fait divers.

*

Ils chantent. Indépendamment de tout, c'est très beau. Eux, en tout cas, trouvent ça très beau. La vodka aide bien. Il se promet qu'il va s'y mettre, à la vodka, et sérieusement. C'est pas bon? Fais un effort. Qu'importe le flacon...

Tableau final : nos deux bons vieux braillent à tue-tête et foncent à cent cinquante à l'heure vers le Sud-Ouest des bérets basques et du rugby, à la recherche d'une très vieille guerre qu'ils ont égarée, il y a bien longtemps, par un beau jour d'avril, entre Oder et Vistule.

FIN

Adieu, le petit garçon ébloui des *Ritals*.

Adieu, l'adolescent foudroyé d'amour des *Russkoffs*.

Adieu, l'adulte tourmenté, le pêcheur de lune, le goulu aux yeux plus grands que le ventre, l'incapable de vivre...

Les petits cochons l'ont mangé en route.

Table

DU MÊME AUTEUR

Chez Pierre Belfond :

LES RITALS.
LES RUSSKOFFS.
BÊTE ET MÉCHANT.
LES YEUX PLUS GRANDS QUE LE VENTRE.
LES ÉCRITURES.
LOUISE LA PÉTROLEUSE.
... ET LE SINGE DEVINT CON.
ALMANACH-AGENDA DE CAVANNA 1985.

Aux Éditions du Square :

LE SAVIEZ-VOUS ?
LE SAVIEZ-VOUS ? (2e fournée).
L'AURORE DE L'HUMANITÉ.
LES AVENTURES DE NAPOLÉON.

Aux Éditions Hara-Kiri :

4, RUE CHORON.

Chez Jean-Jacques Pauvert :

STOP-CRÈVE.
DROITE-GAUCHE, PIÈGE À CONS.

Chez 10/18 :

JE L'AI PAS LU, JE L'AI PAS VU MAIS J'EN AI ENTENDU CAUSER.
(1969-1970).

Aux Éditions L'École des Loisirs :

MAX ET MORITZ, de Wilhelm Busch,
CRASSE-TIGNASSE (Der Struwwelpeter),
adaptés en vers français par Cavanna.

Chez Julliard :

CAVANNA.

Chez Albin Michel :

LA GRANDE ENCYCLOPÉDIE BÊTE ET MÉCHANTE.
LA NOUVELLE ENCYCLOPÉDIE BÊTE ET MÉCHANTE.

IMPRIMÉ EN FRANCE PAR BRODARD ET TAUPIN
Usine de La Flèche (Sarthe).
LIBRAIRIE GÉNÉRALE FRANÇAISE - 6, rue Pierre-Sarrazin - 75006 Paris.

ISBN : 2 - 253 - 04131 - 9 30/6317/9